译文纪实

# KLUBBEN: EN UNDERSÖKNING

Matilda Voss Gustavsson

[瑞典] 玛蒂尔达·福斯·古斯塔夫松 著
沈赟璐 译

# 诺贝尔文学奖消失之日

上海译文出版社

"论坛"的入口是一扇借助马路石子儿卡着的红色大门，虚掩着，去地下室的楼梯异常陡峭。有两位女士迎接我们。她们提议将我们的外套挂在衣橱里，不过我们婉言拒绝了。往前的走廊是关着的，那儿通往有四个方形柱子的大型表演空间。

我们没有向前走，而是向左转，进了陈列大厅内，我的理解里，那是一个白漆的、没有窗户的大厅。我们走进那儿的房间，进入只有在大教堂和开幕式上才会出现的偶有耳语的寂静空间。我立刻看到了让-克洛德·阿尔诺（Jean-Claude Arnault）。他穿着一件黑色大衣，手上拿着一个酒杯。他站在那里，双臂微微向前伸出，周围有几个男性朋友。

当我们进去时，让-克洛德·阿尔诺打量了一下我们，然后提高了嗓音，说道："看，姑娘们来了！"随着时间的推移，我意识到，他说的这句话和这句话所营造的感觉，远比我当时理解的要多得多。

# 1

当我穿过《每日新闻报》①的编辑部,准备从一台黑色的自动售货机上买咖啡时,我的手机因为《纽约时报》(*New York Times*)传来的讯息振动了一下。上面报道说,一名美国电影制片人被指控性骚扰和性侵。

我只读了标题。这个人的名字我不认识。这天是2017年10月5日。

在我得到这家报社的第一份临时工作之前,我和其他人一样,认为编辑部就在那座钢蓝色的高楼里,到了夜晚,灯光会亮起来,"每日新闻报"和"快报"②两组大字的霓虹灯闪烁交替。斯德哥尔摩(Stockholm)是一个以水为主的城市,站在连接各个岛屿的桥梁上,即便是几英里外,也能看到这座高楼。它能被称为"摩天大楼"也说明,在市中心的其他地方,除了黑暗的教堂塔楼外,只有几座建筑引人注目——有三顶金色皇冠的市政厅、斯德哥尔摩电视塔和沾满烟尘的绿松石穹顶的地方法院。

当我在早晨乘坐地铁穿过特兰堡大桥时,我几乎将斯德哥尔摩的所有古迹都尽收眼底,这种景象有时让我觉得这个城市很小,有时又觉得它是巨大的,让人无法进入。

但《每日新闻报》的编辑部不再是在塔楼里,而是在隔壁的一栋平房里。要去编辑部,你必须挤过几道安全门,通过最后一道门后,一个巨大的、不规则的办公室就呈现在你面前了。屏幕上显示着正在进行的新闻广播,在零落的沙发中,人们正在讨论从字体到独家大新闻等各种问题。

2017年秋天,我担任《每日新闻报》文化版和周末副刊的记者。

几年前,我对诗人和瑞典文学院院士克里斯蒂娜·隆③做了一次高调的采访。从那时起,我主要写各种公众人物的肖像,我试图和《每日新闻报》的一位摄影师一起走近这些人物。我们轻声和他们叨叨,去他们的夏日小屋,然后坐在后台等待,也许能得到一张意想不到的照片或一句揭示其内心的妙语。

我不断怀疑这种体裁,但我喜欢这种像是某个人的影子一般,踏入未知房间的感觉。如果不是因为"记者"这个头衔,世界是很少会暴露在你面前的。"记者"就像一道神奇的通关口令。

我从未听说过哈维·温斯坦(Harvey Weinstein)。但《纽约时报》的报道基本是无法忽视的。我手机的信息速递中,很快就涌入了各种照片,显示这位面带微笑的电影制片人几十年来是如何与他那个时代最伟大的年轻女演员一起走红地毯的。

他的手臂搂着众多才华横溢、美得不可方物的女明星的腰,

---

① *Dagens Nyheter*,创立于1864年,瑞典最大、最具影响力的报纸之一。[本书脚注皆为编注]
② 《快报》(*Expressen*)与《每日新闻报》同属瑞典最大的出版集团邦尼公司(Bonnier)旗下。
③ Kristina Lugn(1948~2020),2006年当选瑞典文学院院士。

她们个个以一种精准的角度把脸对着镜头，这几乎成了一组公开表现男性权力的滑稽照片。她们就像飘荡的蜉蝣，在他身边变换，围绕着这个似乎从未被自身的衰老影响过的普通人。几十年来，他只是穿着皱巴巴的衬衫直挺挺地站在那里。

这种揭露性报道甚至主导了最严肃的新闻媒体。除了《纽约杂志》2015年令人难忘的封面——这版封面描绘了35名各年龄层的女演员，她们都作证曾被喜剧演员比尔·科斯比（Bill Cosby）下药和利用，并因"非自愿的姐妹情谊"而团结在一起——我以前从未见过这种话题大肆占据媒体。在我的记忆中，在当代被归结为"性骚扰和性侵"的经历，一直都被当作女性的事务。或者是一个工作环境艰难与否的问题，又或者作为某种属于私人领域的东西。对知名男性的指控在娱乐和八卦版上占据主要版面，短文中夹杂着自称受害者的模糊照片，照片中的她或许单手拿着酒杯，在派对上跳舞。

当我开始在接下来的一周关注关于哈维·温斯坦的报道时，我发现报道铺天盖地。受害者的证词揭示了充满魅力的交际照片背后的真相。著名女演员的声音与那些试图打入这个行业的不知名女性的声音交织在一起，她们讲述了这种性侵对她们事业的阻碍，性侵破坏了一个演员必须拥有的完全掌控自己身体的权力。

通过阅读这些女性分享自己最私密经历的故事，我看到了刺眼的闪光灯后，电影界过去不为人知的一面。她们讲述经纪人在不同的酒店房间为其安排会面，助理试图平息她们的怒火，而律师则负责起草保密条款。这些故事也许让我第一次真正了解到世界上最大的娱乐行业的权力运作方式。

我也对调查的悖论越来越感兴趣。几个月来，记者们一直在努力揭开一些在电影界似乎已经是众所周知的事情。然而，好莱坞却处于震惊之中。

在2005年的一段视频中，科特妮·洛芙①在红地毯上接受采访。当记者问她对业内的年轻女性是否有什么建议时，她先是嘀咕说，如果她回答的话，她会因诽谤罪被逮捕。我之前从未听过科特妮·洛芙在回答问题时会犹豫并压低声音。然后她飞快地说："如果哈维·温斯坦邀请你参加四季酒店的私人聚会——不要去。"

我看着2013年奥斯卡颁奖典礼的主持人对最佳女配角的提名者说："祝贺你们，不必再假装被哈维·温斯坦吸引了。"

这个笑话很简单，但观众的反应是突然爆发出高亢的笑声——当有人掌握了一个既禁忌又公开的真相时，人们会不由自主地发出的那种笑声。这就是为什么说，终于打破了沉默的说法是不正确的。哈维·温斯坦是电影界最受关注的人物之一。关于这名有权有势的制片人滥用权力的故事已经流传了几十年，而这些耳语和谣言似乎在他本人周围形成了一种特殊的紧张气氛。现在的情况是，他的受害者以前模糊的轮廓开始有了真实的面孔和身体。但最重要的是，人们正在做出回击。不同寻常的是，这条新闻并没有逐渐消失。

我和两位女同事正在谈论我们应该对瑞典文化界的情况做一个大的梳理报道。我们还讨论了一些之前听说过的性侵传闻中的

---

① Courtney Love（1964~ ），美国歌手、演员。

公众人物。但我不愿意调查他们，这主要涉及一个权力问题：他们的影响力还不够大。在聊天中，我写道，像对温斯坦那样的调查，在瑞典是不可能的。这里没有大的资金，各个行业都很小，每个人都或多或少地认识对方。我无法想象，一个人可以用如此系统的方式实施性侵。瑞典文化界也没有人拥有可与好莱坞的大人物相媲美的人际网络。这里没有人可以受到那种梦幻般的、不朽的权力结构的保护。

　　三天后——也是让-克洛德·阿尔诺突然出现在我脑海中的前一天——文化编辑部在沙发上举行了每日早会。我们还能从什么角度来看待美国的性丑闻呢？我们讨论了瑞典的公共领域，每个人都同意，这里肯定也会发生性侵。但五位男记者中没有一个听说过任何具体的案例。他们说不出一个被指控的犯罪者的具体名字。我听得越来越惊讶。我从来没有意识到，许多在理论上了解问题的人，其实在真正的知识上是匮乏的。他们并不知道这些故事。他们和我们在同一条街道、同一个办公室里活动，却有着迥异且有限的观点，仿佛我的经历和其他女同事诉说的经历与他们形成了一个平行的世界。会议最后，我和两位女同事忍不住提到了具体的人名。并不是马上。但当每个人都准备站起来离开会议桌的时候，我们说出了我们所听说的一些男性的名字和姓氏。当时#MeToo标签还没有问世，我们说这些名字更多的是作为一种对现实情况的纠正。不过，听到我们大声说出他们的名字，对我来说还是有影响的。我觉得自己很脏，很清醒。

# 2

2009年6月,我第一次听说让-克洛德·阿尔诺和"论坛"。那是一个温暖的下午,在马尔默①的莫乐坊广场。我在新港餐厅的阳光露台上,对面坐着拉斯穆斯(Rasmus),我和他是在为学生杂志撰稿时结识的。

他在十几岁的时候就开始阅读各种伟大的经典作品,这让我很羡慕。大约在我中断本科的B类课程学习时,他搬到了斯德哥尔摩,攻读文学硕士学位。现在他正在马尔默短期出差。

坐在新港的露天台上,光线很明亮,他向我介绍了大学的情况,还介绍了一个叫瓦尔堡的郊区,以及"论坛"的情况。

他问我是否知道"论坛"?我摇了摇头。他说,斯德哥尔摩最好的文化场所位于一个地下室里,由受人尊敬的诗人卡塔琳娜·弗罗斯滕松②和她的法国丈夫让-克洛德·阿尔诺经营。拉斯穆斯已经在那里工作了6个月。

他异常严肃地告诉我,他第一次来斯德哥尔摩的时候感觉很不好。他经常漫无目的地乘坐地铁,作为打发时间的一种方式。有一次他在一个叫奥登广场的车站下车,在扶梯上他突然认出了他大学里的一位男性教授。他向教授打招呼,在他们简短的交谈中,他提到自己刚来这地方。那位教授于是提出,他很愿意把拉斯穆斯介绍给自己的朋友让-克洛德·阿尔诺。教授说,"论坛"对年轻人来说是一个非常好的地方。很快拉斯穆斯就开始在"论坛"打义工,他负责在演出后打扫地下室。

当我在近十年后的2018年春天再次回想起新港的时候,很多故事都记不得了。

我记得我没有戴太阳镜,在阳光下眯着眼睛。当时我刚从抑郁症中恢复过来,走出长时间呆在公寓里的状态,我开始回到现实中来,所以对自己的强烈反应感到兴奋。我仍然记得那次谈话对我情绪的影响。但拉斯穆斯那次到底告诉了我什么?他现在还记得吗?我通过Skype③询问了他。我们现在仍然是朋友,尽管已经有几年没说过话了。他现在正在美国攻读文学博士学位。

### 拉斯穆斯

我记得,"论坛"曾是我梦想的全部。所有重要的作家和知识分子都会去那个地下室活动。每个人都是我从初中阶段就崇拜的对象。只要走下楼梯,看到一群文化名人,就是一种"伟大的经历",这是我读过的书中的景象。世纪之交那一批的小说中,常常描写主人公搬到了首都,突然被扔进一个完全陌生的世界,然后叙述之后的故事。他们在那里就仿佛受到了持续的冲击。就像《包法利夫人》中的艾玛第一次去参加舞会时:她极其留心富人的举止和他们使用的语言。她还很留心他们的美,与年轻无关

---

① Malmö,瑞典第三大城市,位于瑞典南部。
② Katarina Frostenson(1953~ ),瑞典作家、诗人。1992年至2018年1月任瑞典文学院院士。
③ 一款即时通信软件。

的美。这种场合使她的感官更加敏锐。在地下室里,我还记得文化部长结束与萨拉·达尼乌斯①的谈话,转而与霍拉斯·恩达尔②交谈的五秒钟。"论坛"是一个让你获得经验的地方,感觉上很文学。这种经历是如此重要,有一天你可能会亲笔写下这段往事。

当我完成清洁工作后,我被允许来到瓦萨霍夫,那是参与人员和圈子核心人物用来消遣夜晚的酒吧。核心人物通常是让-克洛德、霍拉斯·恩达尔或瑞典文学院的其他院士,会请几个音乐家,或是一个戏剧演员,有时甚至卡塔琳娜·弗罗斯滕松自己也会来。我和让-克洛德的年轻女助手们坐在聚会的边上,这些助手被称为姑娘们。我有一种感觉,他可以公开地、不被反对地触摸她们。不过我已经不记得具体的情形了。会不会我其实根本没见过这情况?我的经历是否源于让-克洛德把自己塑造成一个萨德侯爵③的行为,或是我自己感到不适,无法用语言来表达的感觉呢?我不知道。我是唯一一个为他工作的男性。我能进这个圈子,是因为我被看作是一个同性恋,一个基佬。他经常谈到说我很被动。他说,如果我有一天成功了,那要感谢他和这个"圈子"。他经常把"论坛"描述成一种家庭般的存在,因为人不会抛弃家。

去过瓦萨霍夫的晚上,我能记得,我有一种被困住的感觉。

---

① Sara Danius(1962~2019),瑞典文学评论家、哲学家,索德托恩大学和斯德哥尔摩大学教授。2013年至2019年2月任瑞典文学院院士;2015年至2018年任文学院常务秘书长,她是第一位任此职务的女性。
② Horance Engdahl(1948~ ),瑞典文学评论家、作家。1997年当选瑞典文学院院士;1999年至2009年任文学院常务秘书长。
③ Marquis de Sade(1740~1814),法国作家,被称为"情色小说鼻祖"。

但是，当我之后乘坐地铁回到郊区时，我仍然会强烈地涌起一种冲动，我想给别人打电话，告诉他们，说我刚刚和卡塔琳娜·弗罗斯滕松坐在同一张桌子上喝葡萄酒。

我在"论坛"工作了一段时间后，有个年轻女孩开始常来听那儿的古典音乐会。她总是一个人来。她长得很漂亮，也像我一样害羞。这让我立刻为她担心起来。

就好像我和让-克洛德待了这么久，我已经能把握准他的目光。因此，在她出现了几次后，我甚至在事情发生之前就猜到，他会在休息时间找她。他走过去，在她耳边说了些什么。她看起来很惊讶。他又低声说了几句，她就起身跟着他进了办公室。中场休息结束，下一首曲子开始演奏时，他就回来了。但我再也没有见到她。

也许我们在马尔默见面时，我告诉过你这件事情。也许我没有。也许我当时只是说，让-克洛德身边围绕着很多女孩。但我已经开始感觉到一种恐惧，这种恐惧使我和你在聊"论坛"的时候会加以粉饰。同时，我也希望你能明白，我曾经也是那个圈子的一员。

那晚，当拉斯穆斯和我在马尔默分道扬镳时，天气越来越冷。我对他的故事的某些部分感到好笑，并说这听起来像是对认为所有成功人士彼此都是朋友的那种想法的戏仿。但他描述的地下室是真实存在的，它证实了我对文化界的印象，它确实是一个遥不可及的地方：一个住在斯德哥尔摩市中心大公寓里的人的圈子，那里的楼梯间像教堂一样凉爽和宽敞。

同时，我也想起了我十几岁时想进入这个世界的原因。伴随我长大的基督教会，常常谈论一些最宏大的问题和最宏大的答案。他们相信永恒的生命，在那个时代的视角下，我可以体验到一种被选择的感觉——一种不受当下摆布的安慰和解放的感觉，可以不用被抛弃、不用被扔到当下的感觉。而当我开始对此产生怀疑时，文化作为一种可能的出路出现在我眼前。它成为唯一能衡量我所离开的环境的东西。

我发现，小说和音乐是社会的另一种例外：那是一个允许各种黑暗禁忌的思想存在的空间。我想，那些能把自己的经历转化为艺术的人，一定也会产生被保护的感觉——一种对于比自身更大的东西的归属感。但最重要的是，我对写作的人和文化世界本身有一种浪漫的看法。我想象着，一旦我被允许进入这个世界，那这里也就变成了自由地带。

在我早期发表的一篇文章中，我写到我对瑞典剧院中关于饮酒和性骚扰的辩论感到多么的失望和无聊。我无法忍受自己听到斯德哥尔摩的大演员们否认这种混乱的局面，并立下保证，说他们像其他人一样在5点下班回家，他们"都是在自行车后座架上放着一个儿童座椅的普通父母"。

在2009年的夏天，我知道焦虑往往是写作的阻碍，但拉斯穆斯的故事让我的那些早期的想象变得鲜活起来——并添加了些许不适。

当我穿过莫乐坊广场时，我突然觉得，我应该写一篇关于斯德哥尔摩的地下室的报道。

这个环境是我本来绝不会靠近的，但这项写作任务开始成为我靠近那个圈子的途径，我想着或许我可以在学生报纸上发表这篇报道，或者我可以尝试把它卖给《瑞典南方人报》（*Sydsvenskan*）。

我从来没有想过，我们谈论的可能是性骚扰。我也没有用这一概念。然而，这个故事包含了一种无力感，我甚至可以在身体层面上感受到，这是因为对颓废的地下室的描绘，对我产生了巨大的吸引力。

我在手机记事应用程序中写下的想法既强烈又模糊，所以当下我没有被触动。但这些想法并没有离开。

# 3

1989年秋天,柏林墙倒塌。瓦萨斯坦(Vasastan)地区中间的一个大办公场所被租了出去,当时那儿算是一个被遗忘的地区。渐渐地,房价开始飙升,但在20世纪80年代和90年代之交,这个有着黑色屋顶的街区仍有一种复古美。那些高大而封闭、面向街道的房屋外墙是美丽的,但也是破败而老旧的,带有波希米亚的风格。

2007年,在为纪念"论坛"成立18周年而出版的近千页的纪念书《地下室的事情》(*Källarhändelser*)中,卡塔琳娜·弗罗斯滕松写道,她和让-克洛德·阿尔诺在去看房之前在里托尔诺咖啡馆碰面。

那时,弗罗斯滕松已经将自己打造成1980年代最具创新精神的诗人,她开始写剧本,打破了传统情节的固定模式。她尝试了一种更加零碎的形式,让-克洛德·阿尔诺称之为抒情独角戏。他们都把这些戏剧作为合作项目来宣传。他们是一对艺术夫妻,1989年秋天他将导演她的第一部独角戏:《塞巴斯托波尔》(*Sebastopol*)。

他们一直在寻找一个场地,西格图纳大街(Sigtunagatan)的破旧地下室非常完美。天花板上排有电线,墙壁是由破碎的混凝土制成的，面上有沟和弹坑，像灰色的月球表面。

在卡塔琳娜·弗罗斯滕松令人回味的戏剧中，一位年轻女子在塞巴斯托波尔大道上徘徊。这是一条分割巴黎的街道。那种繁忙的道路，两旁没有露天咖啡馆，既无名又无边。

这个女人恳求这个地方接纳自己。她恳求街道教她说话。而在第七天，柏油路面突然打开，显现出隐藏在巴黎地下的世界。她听到来自现在和过去的声音对她说话，带她进一步进入城市的未知竖井。

卡塔琳娜·弗罗斯滕松和让-克洛德·阿尔诺在20世纪80年代初曾住在巴黎，当时阿尔诺正试图创立自己的歌剧团。正是在沿着熙熙攘攘的塞巴斯托波尔大道来回散步时，她渐渐找到了自己的语言。

评论家们把《塞巴斯托波尔》解读为一个关于她自己的诗歌天职的故事。

在瓦萨斯坦的地下室里，地板毛糙、肮脏。到处都有黑色的圈儿和之前发生在房间里的事件留下的痕迹。对于让-克洛德·阿尔诺和卡塔琳娜·弗罗斯滕松来说，《塞巴斯托波尔》的首演只是一个开始，一个就职典礼。

在楼梯的底部，你可以选择直接穿过一条走廊，通向地下室最大的房间。房间中央有四根方形柱子和四个对称的小天窗，只透出少量的光线。窗户上方的院子非常小，几乎总是处于阴影之下。只有在夏天，当太阳爬到最高的时候，你有时可以看到光线穿过窗户，光束中满是灰尘飘舞。

那块空地成为了"论坛"的舞台。

多年来,在这四根支柱之间出现了瑞典以及世界上一些最伟大的文化名人。从诺贝尔奖得主和国际知名的音乐家到瑞典的顶级编舞家,应有尽有。

这个空间经常被一堆东方地毯和便宜的布艺地毯盖着,与大厅的其他部分形成了一种温暖的对比。

在这里,作家和诗人,如斯韦特兰娜·阿列克谢维奇①、英格·克里斯滕森②、玛瑞·坎德雷③、埃里克·贝克曼④、托马斯·特朗斯特罗姆⑤和约兰·松内维⑥等人朗读自己的文字。

昂内塔·埃克曼尼(Agneta Ekmanner)、斯蒂娜·埃克布拉德(Stina Ekblad)、雷内·布吕诺尔夫松(Reine Brynolfsson)和比约恩·格拉纳特(Björn Granath)等演员在此表演了诗歌和戏剧。

还有一架属于年轻钢琴家洛夫·德尔温格(Love Derwinger)的施坦威三角钢琴。他是常客,并与钢琴家罗兰·彭蒂宁(Roland Pöntinen)一起负责"论坛"的高级音乐项目近三十年。艺术家的阵容包括许多斯德哥尔摩的顶级音乐家和世界级的名字,如女高音歌唱家芭芭拉·亨德里克斯(Barbara Hendricks)和小提琴家雅尼娜·扬森(Janine Jansen)。

---

① Svetlana Alexievich(1948~ ),白俄罗斯记者、作家。2015 年诺贝尔文学奖得主。
② Inger Christensen(1935~2009),丹麦诗人。
③ Mare Kandre(1962~2005),瑞典作家。
④ Erik Beckman(1935~1995),瑞典诗人、小说家、剧作家。
⑤ Tomas Tranströmer(1931~2015),瑞典诗人,2011 年诺贝尔文学奖得主。
⑥ Göran Sonnevi(1939~ ),瑞典诗人。

让-克洛德·阿尔诺和卡塔琳娜·弗罗斯滕松很早就把"论坛"建成了一个画廊,在20世纪90年代,那儿经常举办展览。许多人想在地下室设展,正是因为这里有特殊的房间,在天窗下有古尼拉·班多林(Gunilla Bandolin)的大堆土豆,以及卡塔琳娜·诺林(Katarina Norling)的不知名的种族"他们"(Dom)烧毁的残骸。安娜-卡琳·比隆德(Anna-Karin Bylund)放置了一支堵塞的捕鼠器大军,还有同样数量的畸形猎物,拉格纳·柏林(Ragna Berlin)展示了她的舞蹈机器人。

　　"论坛"的表演通常是基于一个主题,要求参与者突出这个主题。

　　编舞家和舞蹈家玛格丽塔·奥斯贝里(Margaretha Åsberg)记得,当时让-克洛德·阿尔诺和卡塔琳娜·弗罗斯滕松召集他们的艺术家朋友们并说,他们想创造一个可以混合不同表达方式的地方。灵感来自浪漫主义对艺术作品无边无际的普遍看法。音乐可以转化为诗歌,然后分解为表演,或对记忆、邪恶和宽恕的哲学思考,或对艺术狂喜与宗教狂喜两者关系的思考,或关于"奈莉·萨克斯"[①]"尼采"——或基于"与塞尔玛·拉格洛夫[②]共度一整晚"——的"恐怖和咒骂"式语言。

　　玛格丽塔·奥斯贝里说,在"论坛"的晚上,可以创造出比独立个体更大的东西:

　　"有些东西甚至对我们这些参与的人来说都是未知的。你经

---

[①] Nelly Sachs(1891~1970),德语诗人、剧作家。1966年与以色列作家阿格农(Agnon)分享诺贝尔文学奖。
[②] Selma Lagerlöf(1858~1940),瑞典作家,1909年诺贝尔文学奖得主。1914年当选瑞典文学院院士。

常能体验到惊喜。但你必须在那里参与这场表演，这些表演一结束就会消失，不可能再现。即使它们继续存在于观众心中。"

艺术家扬·霍夫斯特伦（Jan Håfström）也从一开始就参与其中，他觉得其他文化场景首先的目标是贩卖或吸引外部关注：

"但让-克洛德·阿尔诺，和他身后的卡塔琳娜·弗罗斯滕松，他们的目的是在这一刻吸引观众，创造一种强烈的气氛，让每个人都必须谈论这场表演。他很早就让最杰出的艺术家们参与进来，光是和其他人在同一个房间里就已经是一种特权了。这种情况使每个人都尽其所能，在地下室里有一些晚上和一些时刻，设法接触到你不太能真正谈论的东西。比如什么是爱？创造又该死的是什么？"

在通往表演大厅的走廊里，左手边有一个小门，那个房间是当晚表演者的更衣室。作家约翰娜·埃克斯特伦（Johanna Ekström）在20多岁时就开始被邀请到"论坛"读诗。她与学院派成员、知名艺术家和其他初出茅庐的人协作。

"地下室的空气有一种严肃感，让人感觉很国际化。有一种性感的、不必为自己辩解的精英感。对于我们这些曾经在'论坛'表演的人来说，一旦进入房间就有种被看重的感觉。如果你消失了，会有人想念你。包厢里的气氛常常很凝重。在门外，你可以听到让-克洛德·阿尔诺向人们打招呼。他有一种艺术的节奏，活跃房间里的气氛，让人们站在那儿强烈地期待节目开始。他把酒倒进塑料杯里喝，或者亲吻人们的脸颊，还会护送老太太下楼。要不就是催促人们购买当晚表演的作者的书，这些书以优惠价格出售。读书会的舞台很低，这很特别，让人既亲密又脆弱。"约翰娜·埃克斯特伦说。

玛格丽塔·奥斯贝里和其他许多人一样,觉得"论坛"有一群独特的观众。那些坐在离艺术家异常近的地方的观众,让表演变得更好。

"在那个大厅里,观众的注意力和强烈的听觉营造的聚精会神的氛围,是我在其他地方从未经历过的。"

在"论坛"开放之前,墙壁被粉刷过。地下室的所有东西都是白色的,除了地板,它仍然是褪色的沥青色。除此之外,场地从未有过任何变化。没有任何东西被翻新,这反映了"论坛"在地下的自我形象。

阿琳·高更(Aline Gauguin)是"论坛"的第一个助手。她是法国著名艺术家保罗·高更(Paul Gauguin)的曾孙女,5岁时来到瑞典。20世纪90年代初,她是一个"关心文化的办公室工作人员",一个受过训练的经济学家,开始学习艺术史以接近她自己的家族历史。当她在一个开幕式上遇到让-克洛德·阿尔诺时,她正在一家画廊兼职。他询问了她的姓氏和家庭背景。她发现他很讨人喜欢。几周后,他们偶然出现在同一个酒吧,他向她提供了一份在"论坛"的工作。她接受了。

早年,阿琳·高更、卡塔琳娜·弗罗斯滕松和让-克洛德·阿尔诺自己做了很多实际工作:他们在坑坑洼洼的地板上尽可能紧密地排列黑色塑料椅子;舔邮票,贴邮件;在地下室的另一个地方举行的聚会之后,清扫烟头。

如果你在楼梯底部没有直走，而是向左转，你就会来到另一个房间，艺术展览总是在这里举行。在那个房间里，没有窗户，没有光线，所以墙壁感觉不像是墙壁。整个房间更像是在山里开凿出来的某种空间。那里是演出结束后供应葡萄酒的地方。

"论坛"刚开始运作时，斯德哥尔摩的文化聚会场所很少，在最初的十年里，聚会有时会持续到黎明。

阿琳·高更还记得地下室里挤满了身着黑衣的年轻人：

"有时，这里非常拥挤，甚至连楼梯上都挤满了吸烟和喝酒的人。天气太热时，我就会走到人行道上，暂时呼吸一下凉爽的空气。然后我就想回去了。'论坛'是我生命中最有趣的时光之一。"

在楼下，让-克洛德·阿尔诺像传统的沙龙女主人一样扫视房间。这位社会名流通过创造适当的文化氛围，设法吸引城市中最令人兴奋的几号人物。他很少主动进行深层次的交谈，但他有一个诀窍，就是把人们互相介绍给对方，并给他所有的重要客人一种令人愉快的且像羽毛般轻盈的关注。卡塔琳娜·弗罗斯滕松则扮演了相反的角色。她很安静，经常在后台活动。许多人被这对夫妇和他们之间的关系所吸引，她代表着难以接近的深处，而他代表着光鲜亮丽的表面。

阿尔诺自己也曾梦想成为一名公认的艺术家，许多人认为这提高了他对其他有创造力的人和正在崛起的人的认识。有时，正是他把新的声音介绍给卡塔琳娜·弗罗斯滕松。

与"论坛"关系密切的人说，在设计艺术展览和文学节目时，他们进行了创造性的合作——即使这些晚会对他们来说似乎意味着不同的东西。对于阿尔诺来说，这些合作似乎更关乎当下和已经开始的感觉，关乎将表演的不同元素糅成一个统一体的时刻，以及那些经由他而首次相互问候的著名人士。

对卡塔琳娜·弗罗斯滕松来说，艺术经验可以与她自己的写作联系起来。在采访中，她把自己的写作比作"发展"，并说这个过程往往是由在地下室见到的其他作品所产生的灵感所致。如果没有"论坛"，那她的几本诗集就永远不会诞生。

而她并不是唯一有这种经历的人。

1990年3月，"论坛"举办了第一批大型混合展览。艺术家、作家和学者们对"面孔"进行了诠释。这个主题的灵感来自哲学家列维纳斯①的伦理呼吁，即永远不要停止去看一个人的脸，永远不要对脸感到满足。或许某一瞥会让你想起你自己的脸，这其中可能也包含了一些奇怪且不可预测的东西。

安·耶德伦德②、霍拉斯·恩达尔、卡塔琳娜·弗罗斯滕松、斯蒂格·拉松③和约兰·松内维等人的文章被钉在墙上。作家比吉塔·特罗锡④写道，我们渴望充分了解我们所爱的人，从而拥有和控制他们："（派我们的）灵魂去狩猎。找到一张脸。吃掉它。"

对安德斯·奥尔松⑤来说，这个主题激发了他即将出版的诗集《太阳能系统》（*Solstämma*）的部分内容。

---

① Emmanuel Levinas（1906~1995），法国哲学家。
② Ann Jäderlund（1955~  ），瑞典诗人、剧作家。
③ Stig Larsson（1955~  ），瑞典作家、导演。
④ Birgitta Trotzig（1929~2011），瑞典作家。1993年当选瑞典文学院院士。
⑤ Anders Olsson（1949~  ），瑞典作家、文学评论家，斯德哥尔摩大学教授。2008年当选瑞典文学院院士；2018年至2019年任文学院常务秘书长。

在大房间的柱子之间，一个白色的球体在一根细的金属棒上端保持着平衡。由雕塑家埃娃·勒夫达尔（Eva Löfdahl）创作的这个地球，似乎飘浮在粗糙的地下室地板之上，就像一个和平的星球。艺术家霍坎·伦贝里（Håkan Rehnberg）的黄色画作挂在一面墙上，另一面墙上是三个由扬·霍夫斯特伦签名的盒子。盒子里是被撕碎的、浸透了颜色的破布，形成了各种动物头骨的形状。

霍坎·伦贝里的黄色作品激发了卡塔琳娜·弗罗斯滕松，她写了几首诗。扬·霍夫斯特伦的箱子也是如此。

当玛格丽塔·奥斯贝里参观"面孔"时，她被比约纳·托尔松（Björner Torsson）关于锡耶纳的圣凯瑟琳的一首诗所震撼。这使她产生了创作舞蹈表演《变异的天堂》（*Det muterade paradiset*）的想法。玛格丽塔·奥斯贝里还指出，她的许多项目都是在与地下室的其他作品相遇后所萌生的想法。她说，"论坛"充当了一个大型的灵感网络，瑞典的几个最伟大的文化名人也表达了同样的意思。他们觉得地下室成为了一个孕育艺术的地方。

# 4

我和两位同事在晨会上说出一些我们听到的性侵传闻后的第二天,我在手机上输入了"让-克洛德"。这是温斯坦事件曝光的一周后,社交媒体上爆发#MeToo 运动的三天前。我的目光发生了一些变化,这一次,屏幕上出现在我面前的名字突然提出了一个具体问题:

会不会在谣言和含沙射影的背后,确实有真正的性侵?

\* \* \*

我在文学界认识谁?我认识的人中有谁认识文学界的人?我从一开始就知道,我的研究取决于人脉,我需要挖掘我的人脉。后来我想,这个秋天,我与我想调查的这个主题,我们之间的距离刚刚好。我最近成为了《每日新闻报》的正式雇员,经常为文化编辑部工作。在我周围的编辑部里,坐着一些瑞典最有影响力的评论家和编辑。在任何时候,我都可以选择与他们开始对话。我也是一名记者,但我从来没有接近过高级文化领域。除了采访克里斯蒂娜·隆,我从未见过瑞典文学院的任何成员。

我不由得想象,如果我曾经和他们在同一个聚会上结束用餐，如果我得到他们的关注或青睐，我的职业生涯会发生什么变化？一些关键的问题是否会被更早提出，又或者它们会被在精英背景下产生的复杂情绪所淹没？在有真正权力或魅力的人面前，这些问题会不会或多或少受到影响，从而被自愿地放弃提出？

我与我的编辑奥萨·贝克曼（Åsa Beckman）交谈，她鼓励我开始调查。我也与几名经过挑选的同事交谈过。我给几个熟人写信，试图了解"论坛"艺术总监的传言及背后的真相。通过他们，我在24小时内得到两个名字。第一名女性告诉我，有一次她在斯德哥尔摩一家餐馆享用晚餐，她说，让-克洛德·阿尔诺把他的手放在她的大腿上，让她回家给他脱衣服。

"桌子周围的每个人肯定都看到了发生的事情：霍拉斯·恩达尔、卡塔琳娜·弗罗斯滕松和一家艺术博物馆的馆长。我不觉得让-克洛德的行为是最令人厌恶的，让我恶心的是他们其他人视若无睹。"

第二名女性说，她是在北欧作家学校阿尔内主教学校读书时受害的。她和她的同学们在"论坛"的舞台上读了自己的文章。之后，她待在地下室里，与两位访客交谈。

"然后让-克洛德走过来，抓住了我的屁股。然后他用手捂住我的眼睛，把我的头发往后拉。他的动作很猛烈。我非常惊讶，没有时间做出反应。他一边抱着我，一边对其他女士说：'瞧瞧她的额头，你们见过这么漂亮的额头吗？'我站在那里，像个展览品。"

但她们都不愿意用真名谈论自己的经历。她们给出的理由是，阿尔诺和他的朋友们在文化界拥有太多的权力。如果被他们抵制，可能意味着永远无法获得资助，甚至被排除在重要的圈子之外，以致无法从事写作。

在接下来的日子里，我一有时间就拉拢各种关系。没有人愿意公开说话，但几乎每个人都知道有一些传言。一些人证实，他们亲眼看到了让-克洛德·阿尔诺毫无节制的行为和模样。有人指出，他爱寻找"脆弱"的女人，我注意到这个词，并在笔记上打了个问号。

在一些谈话中，也有一种潜在的、告诫的语气，算是一种很普遍的警告。对方的意思是，作为一个年轻的女人，你应该与让-克洛德·阿尔诺保持一定的距离。但他们也说我不应该开始调查这事。我与一位后来选择在调查中作证的女士第一次谈话时，她声称这位"论坛"的艺术总监帮助许多人上位：

"而那些身居各种高位的人都欠他的情。他到处都有人脉。我不是要干涉你的生活，但我的感觉是，你很想在未来写一些严肃的东西，对吧？"

在哈维·温斯坦被揭露的十天后，#MeToo 爆发了。这是一场由民权活动家塔拉娜·伯克（Tarana Burke）在 2006 年发起的运动，当演员艾莉莎·米兰诺（Alyssa Milano）在社交媒体上发布行动呼吁时，这个运动走向了全球："如果所有被性骚扰的女性都把#MeToo 写成一条状态信息，也许人们可以理解这个问题的规模究竟有多大了。"

10 月 15 日，我的手机信息速递充斥着同一个标签的内容。这个标志是如此当代，甚至在回顾性的纪录片中都能看到它的光芒——就像女性运动暴躁的红色口号。但是，虽然20世纪70年代的斗争与大标语有关，我想象我们这个时代的行动主义顶多只会存续几天罢了，无非是各式请愿书的拼贴。所以我认为#MeToo不会持久，也不会产生多大的影响。面对那之前的社交媒体运动，我经常想：为什么总是女性要脱光衣服，暴露自己的伤口？

我正忙于对让-克洛德·阿尔诺进行的平行调查，因此对那些大众开始分享的故事的关注并不深入。这些故事无情地继续传播，伴随着有人写下#MeToo时自动产生的粉红色符号。

在2017年秋季，性暴力变得随处可见。晨间谈话节目和社交软件的推送信息里充满了明确的证词、在工作场所进行的讨论和问责采访，充满了专家、活动家的发言和正在启动的法律程序。在那几个月里，几乎每次我遇到朋友，都会出现关于这一标签的大大小小事件的谈话，包括关于对你的外表的羞辱性评论和详细描述你丑陋外形的长篇电子邮件，关于突然出现在你两腿之间的手，关于有人对你做出的强迫行为。

这些对话也是痛苦的，因为这往往是第一次袒露经历。这种经历不能等同于"他是一头猪"这样笼统简化的短语，因为我们已经成为彼此沉默的同谋。

对不同类型遭受性侵的群体的关注，使记忆浮出水面。这些图像往往会毫无征兆地出现。我突然想起那个当我在聚会后睡着时，试图与我发生性关系的男人尴尬的表情。我想起陪同我受惊吓的朋友去医院，但谁都没提到我们可以去报警——我甚至没有想过这个问题，我也从来没有用正确的词语来形容她所遭受的一切。

男人也是性侵的受害者，儿童也是。但现在提供证词的主要是女性，在她们中间，这些经历似乎很普遍，这类经历几乎把所有人都团结在一起。跨越年龄，跨越社会阶层。

在瑞典，一个又一个行业正在有组织地进行控诉。首先是400多名女演员，她们在#tystnadtagning（保持沉默）的标签下，证明了她们在工作中所遭受的骚扰和性侵，以及围绕其肇事者所形成的沉默文化。随后是律师、教师、考古学家、建筑工人、吸毒者和生活在街头的人，女学生、警察、餐厅工作人员。有卖淫经验的人写下#intedinhora（不是你的婊子）。在这段时间里，我突然感到，我与日常生活中遇到的女性有一种联系——与那些遛着老腊肠狗的女人，或是站在站台上全神贯注于手机的女人。自从离开教会后，我很少有去社区工作的经历。我也是在支离破碎的女权主义中成长起来的，我觉得在我所在的地方，最基本的战斗已经打响了。

在后来的一篇文章中，作者妮娜·比约克（Nina Björk）写道，#MeToo 运动对自己身体权利的简单要求，成功地团结了如此之多女性，只有社会实现两性的形式平等之前讨论的问题能与之相提并论。它将#MeToo 这个新的标签与第一次女性解放以及投票权和工作权等事务联系起来。这是一场随着女性渐渐不必再依赖男人，为被承认为百分之百的人而进行的斗争。

#MeToo 运动以突出一个不平等结构的雄心开始。但它也是以挑出某个个体开始的，以哈维·温斯坦和他不经意间从高位跌落开始的。

这样一个高高在上的人能够被追究责任，实际上意味着，这场运动不仅创造了一个谈论性暴力的空间，而且还创造了一个方向。"公开自己的证词"在历史上第一次可能会对被告产生影响。很快，瑞典和国外的女性打破过去适用于互联网的规则，实名指认肇事者。她们正在跨越国界。

传统媒体也将如此。被告人的面孔将出现在全国的头条新闻上。在没有进行任何正式审判的情况下，这个人的日常生活和事业发展将受到打击。

我将发现自己处于这场运动的中心，在许多方面，这是向未知领域迈出的一步。这些事件将包含巨大的残酷性，也充满了光明，以及两者之间的阴影地带。

因为从根本上说，从一开始，#MeToo 运动就是一场基于现实的革命。性暴力的暗示和低语掩盖了世界和创造权力机制的真相。沉默隐藏了生活的一部分。纵观历史，像哈维·温斯坦这样的人，阻止了人类认真地表达自身伟大的经历。

10月17日，办公室的一位同事走到我面前。她向我展示了作家埃利斯·卡尔松（Elise Karlsson）发表在社交媒体脸书上的帖子："如果我说#MeToo，你们就不去'论坛'了吗？你们就不邀请让-克洛德参加你们的聚会了吗？你们就不再向他说抱歉了吗？"

在评论区，作家加布里埃拉·霍坎松（Gabriella Håkansson）写道，她也曾受到他的伤害。此后不久，我注意到瑞典驻莫斯科的文化参赞斯特凡·英瓦松（Stefan Ingvarsson）也发表了类似的

最新信息:

"我不能再忍受成为沉默的一分子。我的沉默使敢于说话的人更少了,让人觉得他背后有一批有影响力的支持者,会让我们的控诉尝到后果。那就这样吧。这是文学之都斯德哥尔摩的集体耻辱。"

我不认识他们中的任何一个,但我们有几个共同的脸书好友,这意味着我可以在脸书的聊天软件上给他们写信。我立即发出私信。接下来的几天里,我不断更新页面,等到了他们在不同时间给我的回复,他们同意与我聊聊。

新闻室一角排列着好几间隔音室。然后我带着电脑来到其中一间,这是一个有磨砂玻璃门的小方块。当我需要打各种电话或截止日期快到时,我总是去那里。

英瓦松说:"我年轻时曾经很勇敢,在一家小出版社工作。当阿尔诺在一次聚会上抓住一个客人的乳房时,我把他赶了出去。他对我喊道:'你知道我是谁吗?我会毁了你的事业!'但随着我逐渐事业有成,我却越来越胆小了。当我在一个更大的出版社得到一份工作时,鉴于他所有的人脉,我似乎没法采取任何行动。然后我又办了斯德哥尔摩文学节,这个活动极其依赖瑞典文学院。"

埃利斯说,2007年,她在摩登妮斯塔出版社(Modernista)组织的一个聚会上认识了让-克洛德·阿尔诺:

"他走过来对我说,他听说我正在出版一本书。他认为这意味着我会对他感兴趣,因为他可以帮我成事。我没有作答,他说:'你不知道我是谁吗?'我当然知道。在我的脑海中,有一个各路女性的故事库，讲述她们是如何被他猥亵的。我结束了谈话，转身离开了。"

2009年秋天，埃利斯·卡尔松参加了邦尼公司在动物园岛①的内德尔·马尼拉别墅②举行的大型出版派对。她站在走廊上等一个朋友，这时她突然感觉到有只手放在她的屁股上。

"我完全僵住了。然后我慢慢意识到对方是谁。我说'不要碰我''停下'。但他回答说：'不停会怎样？'"

文学评论家安妮娜·拉贝（Annina Rabe）当时就在附近，在后来与我的交谈中，她证实事件以埃利斯·卡尔松掌掴让-克洛德·阿尔诺而告终。他消失了。但当天晚上，他又找到了她。作家丹尼尔·斯约林（Daniel Sjölin）在现场，他说阿尔诺非常生气。他记得阿尔诺喊着埃利斯·卡尔松是"疯子"。他喊道，她是"脑子烧坏了"，"疯了"。两周后，记者兼作家的莱娜·松德斯特伦（Lena Sundström）也与我谈及她在公共场合被调戏和威胁的经历。那是在她第一次参加哥德堡书展③期间，她之前从未见过阿尔诺。

"他在一个酒吧里突然向我走来。你以前也许见过别人被摸屁股的情景，但我那次发生的事情更离谱，因为他把我按住，真的摸遍了我的全身。我设法挣脱并哭了出来，他说：'以你的态度，我保证你在这行干不长。'还说：'你不知道我和谁结婚了吗？'那时我根本不知道他是谁。"

---

① 动物园岛（Djurgården）是斯德哥尔摩国家城市公园的一部分，岛上有丰富的游乐设施和博物馆。该岛为瑞典皇室所有。
② 属于邦尼家族的豪宅，有百余年历史，经常举办文化沙龙等活动。
③ 每年在瑞典举办的国际书展，是欧洲最大的书展之一。

与埃利斯·卡尔松的谈话结束后,我给加布里埃拉·霍坎松打电话。她告诉我十年前的另一个聚会上发生的事情。那是在斯德哥尔摩的一间公寓里,她刚到,当时还不认识让-克洛德·阿尔诺,他在人群中向她走来。

"他没说几句话,就把手伸到我的两腿之间,很用力地做了……抓我下体的动作,有点像是在挖。他没有任何理由可以证明这个动作的正当性,我和他之间先前没有任何调情或彼此抚摸的动作。就是一只手,直接伸向我的生殖器。"

这个故事得到了她当时的男友、作家托马斯·恩斯特伦(Thomas Engström)的证实,恩斯特伦就在现场。

"我记得很清楚,因为这是我见过的最恶心的事情之一。"

他说,他对阿尔诺大喊大叫,在他从房间里消失之前,加布里埃拉·霍坎松给了他一拳。站在周围的人先是摇摇头,嘀咕着说他疯了,但很快他们就装作什么都没发生。几分钟后,加布里埃拉·霍坎松出现了生理反应。她的心脏狂跳。她感到恶心,总觉得阿尔诺正站在她身后。他还会做什么?她回到家,整夜无法入睡。

"从那时起,我一直在想这件事。20多年来,行业内的女性一直在谈论他。谈到我们需要在城里张贴警告海报,把海报贴在瑞典文学院的门上。这种事必须停止。但最后什么也没有发生。"

埃利斯·卡尔松和加布里埃拉·霍坎松准备实名作证。如果有可能证明她们的经历是一个更大的群体性事件的一部分,她们会在报纸上分享自己的故事——如果有可能的话。

与此同时,我与一位女士取得了联系,她写道,我应该和她的朋友菲利帕(Filippa)谈谈。当天下午晚些时候,我和菲利帕通了电话。在谈话中,她讲述了自己遭受性侵的经历,但她说在一篇报道文章中提及这件事是非常困难的。如果在她被摸了一次后能起身骂他,做一个勇敢的女权主义者,情况就不一样了。

这天我坐地铁回家。窗外的天空黑而朦胧,从特兰堡大桥上可以看到阿尔维克,那里的大酒店招牌和广场上所有闪亮的公司标志都被雾气包裹着。

过去几天我被告知的一切都令我感到不真实。当你开始对一个故事进行新闻调查时,最初的感知会慢慢消解,并被一些不那么戏剧性的东西所取代。就像在接近巨大影子的原点时一样。现在影子不断扩大,我甚至无法辨别其轮廓。

我从来没有想到会这么快接触到那些声称是让-克洛德·阿尔诺的受害者的女性。究竟还会有多少人呢?

\* \* \*

这位临时雇用的新人要求我跟随他到文化编辑部的一个私人房间。当我们独处时,他告诉我,他听说我正在调查让-克洛德·阿尔诺。他的一个前同事有一个女性朋友,在他的印象里,她有与阿尔诺交往的经历。他没有详细说明,但承诺会向他的前同事了解是否有可能与她交谈。

几个小时后,我收到了回复。我可以打电话。于是我又一次把自己关进小隔音室里。我坐下来,盯着屏幕看了几分钟。我看到她的名字,知道她在一个小镇上从事文化工作。

拨打一个陌生人的号码总是很困难。

作为一名记者，社交恐惧症确实可以成为一种优势，因为你在当下不会被对方认为有威胁。但现在，这几乎是不可能的。我觉得我没有权利问这些问题，我该如何开口问性骚扰和性侵的事情？

她接起电话，我停顿了好一会儿才开始介绍自己。我问她现在是否方便讲话，并说我正在做"与#MeToo 运动有关"的调查，目前已经开始调查"论坛"的艺术总监，我听闻她可能经历过"此类事件"。她通过她的朋友知道我会打电话过来。她仔细考虑了该如何决定。她后来告诉我，许多年来，她把自己看作一个沉默的证人：

"对我来说，这是一种工作。我主动选择不忘记。我知道我并不孤单，我一直做好了准备。我写了很多东西，花了很多精力去理解让-克洛德，以及与他共生的文化世界。当#MeToo 开始时，我意识到公开的机会可能来了。"

她想谈谈她的经历，但她绝对不能以自己的名字叙述，对她和其他许多决定与我交谈的人来说，匿名都是一个先决条件——那些与阿尔诺或瑞典文学院关系密切的人更是如此。

她自称克里斯蒂娜（Christine），我们的第一次谈话持续了42分钟。

## 克里斯蒂娜

我父亲以一种不同寻常的方式鼓励我的爬升阶级。他自己也想上大学，但他并没有像许多工人阶级的父母那样告诉我，要我学习一些可以通往某种明确职业的东西。

他鼓励我学习任何我喜欢的东西，任何让我着迷的东西。那是 2000 年的夏天，我正在学习文学，让-克洛德和我在去德国的渡轮上相遇。我当时 25 岁。我已经开始在各种杂志上发表文章。

同时，在这一时期，我的身体并不好；换今天的话，我可以说当时的我很沮丧，从十几岁开始，我就一直断断续续地感到沮丧。但那时我还没有明确意识到这一点。

我记得我站在外面阳光温暖的船甲板上，穿着一身黑衣服，注意到一个年长的男人在看我。

让-克洛德是个让人一聊天就觉得很有趣的人，而且智力卓群。他很快就说他和卡塔琳娜·弗罗斯滕松结婚了。对我来说，她是一个令人难以置信的高尚的人。他正在去巴黎的路上。他准备在那里会见作家霍拉斯·恩达尔，他的亲密朋友。最近我在《每日新闻报》的采访中读到，恩达尔曾称赞让-克洛德是他生活方式的榜样。

现在回想起来，我认为让-克洛德很早就认识到了我的两面性——我很沮丧，但也有很多愿望。如果我在那个时候干脆自我毁灭……那就没意思了。那就太容易了。我觉得他被我兼具破碎和野心的特质所吸引。

我也发现自己处于一个摇摇欲坠的时刻。我没有文化界背景。我来自圈外，没有听过关于他的传闻。相反，他认识所有对我来说最重要的女作家，这让我非常兴奋。毕竟，我刚开始以作家的身份崭露头角，并且正处在踏入这个世界的门槛上。

在整趟船程中,我们谈到了文学和写作。我们坐在他的座位上,这是我第一次坐头等舱。

当我在德国下船,他邀请我去巴黎和他一起住的时候,这些印象就不自觉地发挥作用了。他的话语和我自己的内心都告诉我,那是一个我无法拒绝的机会。在我们分开之前,他还吻了我。我很惊讶,因为我过去没有经历过我们之间的那种冲动——但我从那个吻中意识到我被他吸引了。

在德国呆了几天后,我决定去巴黎。我的内心很浮躁,经常通过急于求成来处理焦虑。

在前往巴黎之前,我查了他的资料。他确实与卡塔琳娜·弗罗斯滕松结婚了,这让我感觉很安全。然后我给最好的朋友写了一封电子邮件:"如果我发生什么事,这是他的号码。"这个保险做法反映了我认为让-克洛德在我身上看到的矛盾:我被他吸引了,他周围危险又格外活跃的空气中的某些东西吸引了我,但我并不是在寻找羞辱。我想把自己投入到那些我有所怀疑的事情中去,当然我也为自己的性命担心。

我坐上了去巴黎的夜班车。我以前从未去过那里,以后也不会再去。不是因为我被他侵犯,而是因为那是侮辱开始的地方。在那个城市过的一段日子是整个事情的前奏。让-克洛德开始变成了另一个人,他变得对我很轻蔑。

他开始在我买的毛衣上、在我的身体上做微小的标记。对我颐指气使。但最重要的是,他不再和我交流了。我记得有一天晚上,我们坐在一个酒吧里,他的手非常明显地伸进了我的裤子。令我感到不愉快的并不是他的手指——我并非一个假正经的人,我来巴黎的时候本来就想和他做爱——我不爽的是他没有对我说一句话。我好像只是一个工具人。

我成了被他干过但无足轻重的女人，而我以前从未经历过这种情况，我每时每刻都沦为一具用以满足欲望的身体，并且他很清楚这一点。他甚至都不假装一下。

我决定离开，回到家后，我把巴黎的经历当作一个疯狂的故事来讲述。我把这段经历变成了一个我可以坦然接受的故事。但让-克洛德强化了我性格中的黑暗面。那年秋天我的状态更糟了。他不停地打电话给我。但我不想和他有任何瓜葛。

但他一直在我耳边唠叨。我当时的身体状况也很糟糕，最后我没顶住。我在瓦萨霍夫见到了他。过了一会儿，让-克洛德要带我去"论坛"。在地下室里，他要求我给他吹箫，我照做了。我是自愿的。然而，我被他的暴力和速度震惊了。我完全没有心理准备。尽管我们之前在巴黎也几乎没有过"美好"的性爱体验，但这次却非常不同。他紧紧抓住我的头。他把他的阴茎深深地插入我的喉咙，使我无法呼吸。他没有松手。我就像被钳子夹住了一样。我的整个身体都在急速反应中，我只记得一个想法：我们在地下室。即使我设法逃脱出来，并放声尖叫，也不会有人听到。我估计整个过程持续了很长时间，但我发现很难说出具体的时间。只是那个场景，将永远印在我的脑海中。

后来他还继续与我联系。突然，他给我打了个电话，告诉我他已经邀请了我最喜欢的作家参加"论坛"。他希望我去见她。我最终决定和一个男性朋友一起去。我拒绝把自己看作一个受害者。我不能以这种方式定义自己。在我那时候的日记中，没有一个字提到过侵犯这个字眼——关于让-克洛德我写的是别的事情。但是我不想自己单独去"论坛"。

当我和我的朋友听完朗读后离开时，有人开始摸我的屁股。我立即反应过来是谁，但我还是转过身去看了看。我当下的反应非常强烈。因为在我的背后，不仅有他，还有卡塔琳娜·弗罗斯滕松。她看到了。她一定看到了。他们紧紧地站在一起。

这种情况让人百思不得其解，我悄悄地逃遁出这个地方。他的妻子就站在他身边，他怎么还会这样做？

对我来说，因为我亲眼看见他不是一个人，这让事情变得更加糟糕。他的身后，有我心目中的知识分子榜样以及整个可望而不可即的世界。

我是在搬家和更换电话号码后才离开阿尔诺的。我曾与一位朋友合租，我叮嘱他绝对不要把我的新号码给阿尔诺。他告诉我，让-克洛德一直给他打电话，尽管他已经说过我不想和他有任何关系。当时互联网还没有兴起，所以他无法联系到我。从那时起，我就与这些圈子保持距离。即使我继续从事文化工作，我也一直确保有一定的距离。在那段时间里，我目睹并理解了一些事情，这些事使我再也不幻想成为——或是无法成为——那个世界的核心部分。我无法忍受这个事实：这么多人都对这类事情熟视无睹，然后用沉默包围着让-克洛德。

当克里斯蒂娜说话时，我全身发麻。当我开始调查阿尔诺时，我起初怀疑他独特的权力地位使他不仅能够把年轻女性当作黑工来剥削，而且还能对她们进行性骚扰。但我发现她描述的情况要严重得多。

我的录音应用程序现在包含了克里斯蒂娜的故事，此外还有菲利帕、埃利斯·卡尔松、加布里埃拉·霍坎松和其他两名女性的证词。然而，相信自己对现实有所了解和能够在《每日新闻报》上发表是有很大区别的。目前并没有对让-克洛德·阿尔诺的法律判决，甚至没有一份报案登记。如果这些指控最终要被发表，主角很可能要被匿名处理，那么他有可能是任何人，同时也谁都不是，作为一个普通的"文化人"的角色出场。在这种情况下，这篇文章首先会对作证的女性产生影响，因为她们露骨的故事使阿尔诺很容易就能知道她们究竟是谁。我意识到，我所听到的故事很有可能永远不会被人知道，这让我充满了类似幽闭恐惧的感觉。我无法忍受不得不独自消化这些故事的想法——这些在被采访的女性们心中隐藏了多年的故事。我想，我可能不能继续做文化界的报道了。我做不到对知名作家和知识分子继续采访下去。

我以前从未从事过这种调查性新闻工作，晚上我躺在床上阅读哈维·温斯坦被揭露的事情。那次调查的关键是，有文件记录在案。记者们发现，多年来，他和其他人之间签署了好几份法律保密协议。指控这位制片人的女性同意对她们的经历保持沉默，以换取金钱。这在美国很常见，但我在瑞典从未听说过。

在让-克洛德·阿尔诺的案件中，没有任何法律文件。但我也注意到，《纽约时报》的记者是如何通过电子邮件、笔记以及采访与自称受害者的人关系密切的人，不断证实这些证词的。

我不得不扮演审讯者的角色。如果这些女性说她们去了巴黎，我必须要求她们向我出示旅行中的机票或银行账单。如果骚扰是在其他人在场的情况下发生的，我会询问那些人的名字并向他们求证。如果没有目击者，我会询问她们首先与谁谈到过性侵的事情。她们是否与别人聊过？她们是否在日记中写了这件事？我读过缺乏技术证据的强奸案审判材料，我也意识到，仅靠一面之词基本上是不可能定罪的。但是，如果一个可信的故事被其他许多人的可信故事所证实，就可以达到证明的标准。

# 5

2017年秋，西格图纳大街的文化氛围①在近三十年来一直保持着较高的艺术水准。然而，这个场所也是一个权力中心，因为它与古斯塔夫三世（Gustav III）在18世纪末建立的神秘社交圈②有着密切的关系，它的座右铭是"天才与品位"。

这位对教育和艺术感兴趣的国王在章程中写道，瑞典文学院由18名成员组成，每周四在老城的证券交易所③开会。他们的主要任务是促进瑞典语的"纯洁、力量和荣誉"。作为这一愿景的一部分，瑞典文学院开始创建不断扩大的词典，今天它已经有37卷，收录近50万个词。本着同样的精神，该机构每年向瑞典作家和知识分子颁发约1 400万瑞典克朗④的奖学金和奖金。对于瑞典日渐狭义的文学来说，没有哪个行为比它更重要或更有决定性，因为文学本身经常为生存而挣扎。

因此，在文化界，许多人都有一个心照不宣的愿望，希望与瑞典文学院保持良好的关系，这有时会使人们很难找到愿意评论院士所写书籍的评论家。

瑞典文学院的18名成员一直是终身任职的。由他们提名新的成员，但新成员必须得到瑞典国王的批准，国王仍然是该机构的赞助人。长期以来，成为"十八人"之一一直被视为无上品质的证明。纵观历史，许多瑞典最伟大的作家和知识分子都曾坐在这些椅子上。许多人欣赏瑞典文学院被一种高高在上的魔力所包围的现实，新成员名单公布后的媒体报道中，文化版的评论始终都是十分热情洋溢的，新闻本身的处理方式让人联想起电视对体育冠军的采访。新成员几乎不用阐述新身份带来的权力和责任。相反，她被问到感觉如何？这是否在意料之中？她会不会感到惊讶？当那个电话打来时，她正在做什么？

每年12月，当瑞典文学院的仪式性聚会在证券交易所的大厅举行时，该机构在瑞典的特殊地位也随之被具象化。房间的中央是一张长方形的会议桌，上面有18把镀金的椅子。每个座位上都放着一支蜡烛，并遵循古斯塔夫三世执笔的文件和一系列自18世纪以来一直保持不变的仪式。王室成员、大主教和其他社会高层人士已经聚集在大厅里，当成员们成双成对地慢慢走到他们的椅子前时，客人们也站起来表示敬意。

也许瑞典文学院从来没有像2017年秋天这样强大。前一年授予鲍勃·迪伦⑤的诺贝尔奖无疑引发了讨论，但这个意外的选择也使人们对该奖项的兴趣进一步增加。

在2016年的颁奖典礼上，证券交易所大厅里现身的成员有

---

① 指"论坛"的活动。
② 指瑞典文学院。
③ 该建筑更广为人知的称呼是诺贝尔博物馆。本书依照原文，下文都称其为证券交易所。
④ 约合人民币960万元。
⑤ Bob Dylan（1941~ ），美国民谣歌手，影响一个时代的音乐人。他是第一个获得诺贝尔文学奖的作曲家。

14 位。没有出席的有作家托里尼·林德格伦①、作家洛塔·洛塔斯②、汉学家兼文学研究者马悦然③；还有作家谢斯廷·埃克曼④，她在 1989 年离开了她的席位，以抗议瑞典文学院没有对受到威胁的作家萨尔曼·拉什迪⑤表达支持的立场——但她仍然属于这个组织。一旦被选入瑞典文学院，就不可能再辞职了。⑥

出席会议的有作家佩尔·韦斯特贝里⑦、语言学家托马斯·里亚德⑧、诗人和剧作家克里斯蒂娜·隆；评论家兼作家霍拉斯·恩达尔、语言学家斯图雷·阿伦⑨和布·拉尔夫⑩，作家兼文学研究者安德斯·奥尔松、作家克拉斯·奥斯特格伦⑪及作家兼文学研究者谢尔·埃斯普马克⑫；历史学家和作家彼得·恩隆德⑬、诗人卡塔琳娜·弗罗斯滕松以及古代史研究者兼诗人耶斯

---

① Torgny Lindgren（1938~2017），1991 年当选瑞典文学院院士。
② Lotta Lotass（1964~ ），2009 年至 2018 年 5 月任瑞典文学院院士。
③ Göran Malmqvist（1924~2019），1985 年当选瑞典文学院院士。
④ Kerstin Ekman（1933~ ），1978 年至 2018 年 5 月任瑞典文学院院士。
⑤ Salman Rushdie（1947~ ），印度裔英国作家，代表作《午夜之子》获布克奖。1988 年，他的小说《撒旦诗篇》（The Satanic Verses）出版，引起伊斯兰世界的不满。拉什迪本人和数名与该书相关的出版人、译者遭到死亡威胁，多人遇袭伤亡。
⑥ 阿尔诺性侵丑闻发酵之前，瑞典文学院一直采取终身制。院士可以宣布不再参加文学院活动，但理论上他/她仍是文学院的一员，在其去世后才会遴选新成员。2018 年 5 月 2 日，瑞典国王卡尔十六世·古斯塔夫（Carl XVI Gustaf）修改了瑞典文学院的相关规定，院士才可以在真正意义上辞职。
⑦ Per Wästberg（1933~ ），1997 年当选瑞典文学院院士。
⑧ Tomas Riad（1959~ ），2001 年当选瑞典文学院院士。
⑨ Sture Allén（1928~2022），1980 年当选瑞典文学院院士；1986 年至 1999 年任文学院常务秘书长。
⑩ Bo Ralph（1945~ ），1999 年当选瑞典文学院院士。
⑪ Klas Östergren（1955~ ），2014 年至 2018 年 5 月任瑞典文学院院士。
⑫ Kjell Espmark（1930~2022），1981 年当选瑞典文学院院士。
⑬ Peter Englund（1957~ ），2002 年当选瑞典文学院院士；2009 年至 2015 年任文学院常务秘书长。

佩尔·斯文布罗①。

还有作家兼文学教授萨拉·达尼乌斯，她依照传统走在最前面。

她是该机构的第一位女秘书长，每年身着高级定制礼服出现在诺贝尔颁奖庆典，向文学史致意；她在散文和书籍中，通过生活中可见的具体方面写出先进的思想。本着这种精神，2014年，她公开谈论了与癌症共存的问题，这个癌症将在2019年10月夺走她的生命。

萨拉·达尼乌斯与最新的文学院入选者、作家萨拉·斯特里斯贝里②（Sara Stridsberg）并肩而行，这位新院士将坐上她的席位，并发表关于她接替的前任院士、作家兼普鲁斯特翻译家贡内尔·瓦尔奎斯特③的演讲。她是学院中第一位接替另一位女成员的女性。萨拉·达尼乌斯在当晚的演讲中指出，这也是历史上第一次由一位女性常务秘书长带领一位女性坐上她的位置。

当古斯塔夫三世起草章程时，他受到了法兰西学院的启发。这个巴黎的文学圈子代表了当时被视作艺术和教育之象征的法国。法兰西学院在国际上享有盛誉，整个19世纪，它的光芒远远超过了瑞典文学院，后者只能在一个狭小的语言区运作，于每周四在斯德哥尔摩这个偏远而寒冷的角落开会。

但在上世纪初，瑞典文学院接受了一项完全改变其角色的任

---

① Jesper Svenbro（1944~ ），2006年当选瑞典文学院院士。
② Sara Stridsberg（1972~ ），2006年当选瑞典文学院院士。
③ Gunnel Vallquist（1918~2016），1982年当选任瑞典文学院院士。

务——它所颁发的这一奖项很快成为世界上最负盛名的文学荣誉，同时也是一种不朽的荣誉。

获得诺贝尔奖不仅意味着获得约 800 万瑞典克朗①，还意味着一种似乎永恒的认可。一个多世纪以来，瑞典文学院的 18 名院士成功地创造并维持了该奖项的独特和崇高地位。

每年 10 月，当常务秘书长打开门，步入证券交易所的大厅时，全世界的摄像机和目光都集中在斯德哥尔摩。

获奖者的名字一经说出，其书籍就开始被翻译和重印，正好在圣诞期间活跃国际贸易。同时，这位作家将与阿尔伯特·加缪、塞尔玛·拉格洛夫、欧内斯特·海明威、威廉·福克纳、奈莉·萨克斯、托尼·莫里森和斯韦特兰娜·阿列克谢维奇等前辈一起被写进历史。这些名字的分量是对瑞典文化界有如此多的人渴望被文学院看到的更深层次的解释——也解释了为什么这份奖项的影响比单纯的经济奖励更大。

文学院的影响也因其被终身保密协议所裹挟的事实、必须一以贯之保密的要求而得到加强。个人或团体无法申请瑞典文学院的奖项或奖金。这个奖只能是单方授予的结果。不需要有任何公开受奖的理由，同样，那些在漫长的职业生涯中从未从瑞典文学院摘得任何奖项的作者，也无从得知原因。

保密和缺乏透明度也意味着，很少有人知道瑞典文学院和"论坛"之间的具体联系。人们只是假设确实存在这种联系，而且知道有几个文学院的成员经常出现在地下室。

---

① 约合人民币 550 万元。

文化界的人们还注意到,新当选为文学院院士的作家和文学学者通常都参加过"论坛"。虽然没人明说,但人们认为,如果你梦想得到瑞典文学院的席位,尤其当你写的是狭义的文学作品,那最好在地下室被人看到。为了与其他出版商竞争,阿尔伯特·邦尼出版社①力争让旗下的作家参与"论坛"的表演活动,该社为每一次作家亮相支付高达2万瑞典克朗②的费用。这主要是为了有机会接触到坐在"论坛"黑色塑料椅子上的沉默的大多数人:他们是一批有特殊兴趣的观众,但不一定在文化界地位崇高。

但这也事关接近权力和金钱。

后来,当我深入研究时,我才知道,在"论坛"负责文学项目的卡塔琳娜·弗罗斯滕松自2000年代初,也一直担任瑞典文学院新文学委员会的主席。她影响着那些年轻的、应该得到物质奖励的瑞典作家和诗人。其他成员知道,她对这项工作充满热情。他们知道她密切关注出版物,而且她是这个国家最热诚的读者之一。他们很少反对她的建议,或反对她对某部文学作品的否定看法。

瑞典文学院在自2017年起,每年拨款12.6万瑞典克朗③资助"论坛"的工作,他们给了让-克洛德·阿尔诺某种让人信任的地位。

自2005年以来,阿尔诺对瑞典文学院在巴黎第六区的公寓

---

① Albert Bonniers Förlag,瑞典最古老、最有声望的出版社之一,成立于1837年。瑞典出版业巨头邦尼公司正是由这家出版社发展而来的。
② 约合人民币1.4万元。
③ 约合人民币8.7万元。

负有实际的管理责任:这是一栋位于时髦的谢尔什米蒂街的四室公寓,他拥有自己的钥匙。根据机构规定,外人只能在文学院成员的陪同下住在公寓里。但在很长一段时间里,阿尔诺都自由地住在这套公寓里。他经常与年轻女性在一起,有时还举办大型聚会。近年来,他每年收到10万瑞典克朗①,作为他担任公寓看守人的补偿,此外机构还支付他的旅行费用。

在诺贝尔奖的庆祝活动中,瑞典文学院经常指派他主持他们的"派对前社交环节"。这个活动常常在诺贝尔晚宴之前,被安排在市政大厅的地下室举行。让-克洛德·阿尔诺用文学院的钱买派对的小菜和香槟。当客人们到来时,他四处走动,欢迎每一个人。有时他会将一些文学院的男性成员聚集在自己身边,用"我们"的称呼形式来敬酒:"这是漫长的一年,我们应该喝一杯。"

但"论坛"的许多访客对瑞典文学院并不特别感兴趣。他们对"论坛"的活动本身怀有热情,这一点在"论坛"的"马塞尔·普鲁斯特马拉松"活动中得到了体现。活动目的是让知名作家通读《追忆似水年华》整部小说。第一章由该作品的瑞典译者、文学院院士贡内尔·瓦尔奎斯特表演。她坐在表演厅白色柱子之间的椅子上朗读,11年后,在同一个地方,作家博迪尔·马尔姆斯滕②读了最后几行。在这之间,十多年来,人们聚集在地下室聆听。读书会定在每个星期天举行,就像弥撒一样,有些听众对文本非常熟悉,甚至可以跟着复杂的句子喃喃自语。

---

① 约合人民币6.9万元。
② Bodil Malmsten(1944~2016),瑞典20世纪最重要的诗人和小说家之一。

## 洛夫

15 岁时,我从北雪平①搬到斯德哥尔摩,开始在音乐学院学习。1986 年,我搬到巴纳大街和罗兰·彭蒂宁一起住。他当时 23 岁,已经是一个成熟的音乐会钢琴家。我当时 20 岁,课程还剩下 2 年时间。当我们在王子餐厅喝啤酒时,有时会瞥见让-克洛德。他有一根长长的马尾辫,这在当时是很时髦的。我们的朋友西亚(Cia)说他是一个真正的唐璜。而我们的朋友奥勒(Olle)对文学很有研究,说他娶了一个诗人。1989 年秋天,我去了巴黎,回家时正好赶上 1990 年 1 月"论坛"的第一次音乐会。那天下着雪,罗兰告诉我,他要在瓦萨斯坦的一个地下室里演奏。他的三角钢琴将从我们的公寓运到"论坛",然后再运回来。我不记得他和让-克洛德是怎么联系上的了。也许是通过西亚。也许他们在王子餐厅说上了话。

无论如何,这并不奇怪。斯德哥尔摩是个小地方,而罗兰正当红。

音乐会很酷。一个身着黑衣的年轻观众在一个原始的混凝土地下室里听着德彪西、斯克里亚宾和肖邦——这在斯德哥尔摩怎么可能呢?这样的事情只有在巴黎或柏林才有,要不就是纽约。"论坛"还不是很出名,对我来说主要的吸引力是场地本身。我问让-克洛德我是否可以在那里演出。我当时因为对勃拉姆斯和其他作品的有争议的诠释而被认可。他说,这很好。但他想先开个会。

---

① Norrköping,瑞典东部波罗的海沿岸港口城市。

我们在国王花园站的沃德维尔餐厅见面。让-克洛德很浮夸，试图以一种愚蠢的方式激发人们的尊重。他解释说，"论坛"的一切都必须"紧凑"，并希望我演奏巴托克的《快板巴巴罗》，那是一首相当野蛮的作品。我以同样的方式回答他，说我在12岁的时候就弹过这首曲子，现在我弹奏的是完全不同的曲目。让-克洛德不高兴了。但不知怎么的，我们之间谈出了结果，1990年春天，我改弹巴赫和勃拉姆斯。很久以后，我们就《快板巴巴罗》开了个玩笑，说我是时候演奏这首曲子了。但后来也一直没成，直到2017年10月底。具有讽刺意味的是，那是我在"论坛"的最后一场演出。

1990年秋天，罗兰和我开始负责"论坛"的音乐会。我们从未被任命或被正式选为任何形式的音乐经理。事情就这样发生了，一种年轻时的任性而为。我们在王子餐厅碰头。让-克洛德请客，而我和罗兰则构思一些方案。我们很擅长这个，"论坛"成了我们的一个自由区：一个超越音乐厅和官方机构的地方；一个地下的地方，我们可以自由地创作。我们几乎没有报酬，但这并不重要。我们有了一个舞台。

当然，他们从一开始就在那里——所有那些最终成为文学院核心的人：比吉塔·特罗锡、安德斯·奥尔松、克里斯蒂娜·隆、贡内尔·瓦尔奎斯特，还有霍拉斯·恩达尔。但这不是他们的俱乐部。这不是我们去那里的原因。我们去是为了艺术和音乐，为了观众和人们。随着时间的推移，它变得更加复杂。我感到背后开始传起了谣言。但在开始时，一切都那么简单，而且非常有趣。

让-克洛德有许多不同的面。我觉得这些年来，他身上黑暗的那一面越来越浓郁。但是，当我看到我们过往在一起的30年，一个迷人的、慷慨的人物形象出现在我眼前。他掌握交际和谈话的艺术，当他处于平衡状态时，他是一个愉快的对话者和朋友。

我很早就注意到他的谎话癖。他有能力像孩子一样去幻想、夸张和吹嘘。在文学界，他当然以卡塔琳娜、斯蒂格·拉松和霍拉斯为荣。在音乐家中，他经常声称是他把作曲家梅西安①介绍到瑞典的，这是一个彻头彻尾的谎言。如果在文化不受重视的社会里，他可能声称是他为斯德哥尔摩引进了牛仔布或比萨饼。

他对获得肯定的需求有时似乎是永不满足的。这是他的一个弱点，他暴露——甚至可以说是炫耀——自己的弱点的方式既让人无法忍受，也充满人性。

他有一个火爆的脾气，随时可能爆发。他会做出训诫性的责骂——这也是办公室里的同事们不得不忍受的事情。他显然喜欢扮演一个家长式的角色。我常常有这样的印象，他把我们"论坛"的一些人看作是他的孩子。当然，不是真的孩子，但他散发着这种感觉。他在演出后可以无限地感到自豪，像一个父亲一样骄傲。他走来走去，向周围散布真诚的赞美。他对艺术的热爱似乎是真诚的，这与他在酒馆里爱吹嘘的模样没有任何关系。再一次，是他心中的孩子出现了。但不是那个夸夸其谈的5岁小孩，而是那个纯洁而快乐的小孩。我非常喜欢那一刻的让-克洛德。

1991年秋天，我的三角钢琴从我父母位于北雪平的家中搬到

---

① Olivier Messiaen（1908~1992），法国作曲家，被认为是20世纪最重要的作曲家之一。

了"论坛"。我父亲是钢琴的主要所有者，他和让-克洛德之间达成了一项协议。三角钢琴将被用于演出，而我可以在那里练习。于是我得到了"论坛"的钥匙，那是斯德哥尔摩最好的场地。邻居们都没有受到干扰。我可以随心所欲地来去。我家里有一个年幼的儿子，早些年我主要是在晚上和夜间练习。能够在任何时候消失在地下，有一种巨大的自由感。这有点像我在中学时逃学，偷偷跑去用教堂的钢琴练习的感觉。从我有记忆以来，自由对我来说一直很重要。比安全更重要。

# 6

菲利帕给我发短信,说她有一个熟人,可能想和我谈谈:"事情很严重,她在考虑起诉。"

我给菲利帕回电话,她解释说,她的朋友是人文学科的博士,同一所大学的几位著名学者——尤其是她的导师——认识阿尔诺。

当天晚上,我得到了莉迪娅(Lydia)的手机号码,第二天早上我又来到了隔音室。整个秋天我有大部分时间都坐在那里,白天和晚上主要在谈话——一些似乎没有方向的谈话,也有一些有趣的谈话,还有几乎完全由哭泣和沉默构成的谈话。当我认为所描述的事件已经有定论时,电话那头总是又透露出另一个细节,使事情变得复杂。这些电话触动着我的心。

然而,我一直没习惯提问。在与一个新的人联系之前,我常常要坐好几分钟,盯着屏幕上的名字和号码发呆。磨砂玻璃的边缘是透明的,让我可以抬头望向外面。房间上面有大的天窗,每当太阳进入云层时,我能看到一个影子在编辑部的地界中奔跑。

当莉迪娅接电话时,背景中传来别人的声音,然后马上传来关门的声音。我们之间只剩下沉默。她表现出一种我完全没有预料到的恐惧,这种恐惧直达我的内心,因为这远远超出了她职业生涯本应面对的恐惧。我们谈了很久。在承诺会对她匿名后,她开始向我讲述 2011 年 10 月 5 日在斯德哥尔摩举行的一次艺术展开幕式。她当时 30 多岁,刚离婚,有两个孩子,正在一所名牌大学读博士。艺术展览结束后,她和同伴去了一家酒吧,在那里她遇到了一个叫让-克洛德·阿尔诺的老男人。莉迪娅知道他是"论坛"的艺术总监,她对这个文化场所从来没感兴趣过,因此她只是偶尔去看看。很快,他开始告诉她,他与她的上司和她所在部门的其他重要教授的密切关系。她并没有多想。她顶多只是注意到他似乎得到了那些人的信任。她渴望性爱,并想着跟让-克洛德·阿尔诺到他位于斯德哥尔摩耶德特(Gärdet)地区的出租公寓里应该不麻烦。事实并非如此。她说,她的欲望——换言之,她身体的召唤——使性侵这件事变得更糟。这本来是一个名副其实的基于双方同意的行为,但突然被改变了。

直到 2013 年,莉迪娅才第一次去报警。她向一名女警官讲述了这些事,女警官告诉她,这属于公诉范围。她别无选择,只能提交一份报告。但莉迪娅没有说出自己的名字或让-克洛德·阿尔诺的名字。当时正逢周末,她答应周一再来。但她并没有去。

2017 年 10 月,在我们第一次谈话的几天后,她去了同一个警察局。她感到#MeToo 运动赋予其力量,并认为如果她没有报过警,就不能出现在文章中。但她一到那里就没有勇气了,她的案件归重罪组的警官管。她意识到,她的名字,无论是否保密,都会被泄露到文化界。她有可能失去"她的整个世界":

"我在学校的整个学术环境,我的整个私人圈子,都可能没了。因为我害怕他可能对我或我的家人做什么。"

当年 11 月底，莉迪娅第三次前往斯德哥尔摩的一个警察局。在审讯过程中，以及后来在法庭上，她说她在开庭时已经坦白，她"想和某人上床"。

在此之前她听说让-克洛德·阿尔诺是个"好色之徒"，这很适合她。她对一段关系不感兴趣，只对"一夜情"感兴趣。

她说，她正在给他口交的时候，他突然"用力掐住"她的脖子。他将他的生殖器推入她的喉咙。她无法呼吸，"整个人都蒙了"。她试图用手臂把自己拉起来。她挣扎着想要挣脱。他没有松手，所以她的喉咙就这么被卡住了。她估计，这个情况"至少持续了 30 秒，也许长达 1 分钟"。

当她开始呕吐时，他把她摆在地板上，以便她"可以吐在地板上，而不是他的床单上"。

莉迪娅在采访中说，在让-克洛德·阿尔诺突然掐住她的脖子的那一刻之前，性爱没有包含"一丁点儿"的暴力。当他松开手时，她仰面躺在地上喘气。她很震惊，"脑子里一片空白"。他趴在她身上，开始与她进行阴道性交。她什么也没做。她无法要求他停止或推开他。在他插入她的时候，她整个人"僵住"了。

她在访谈中说，这种情况特别羞辱人。在口交性虐期间，她曾反抗过。现在，她被动地仰面躺着。在我们的第一次谈话中，她告诉我，她觉得自己是一个物体。

"我无法认同这种身份。当我想到那种状况时，我不认识自己了，这使得我很难开口谈这个事件。"

为什么莉迪娅在让-克洛德·阿尔诺对她所做的事情之后，还选择与他同床共枕？她解释说，她发现自己的反应"令人困惑"。但那一瞬间，她没有力气站起来，也没有力气对抗睡在她旁边床上的男人。暴力仍然留在她的身体里。她以前从未经历过这样的事情。她的身体感到恐惧。

第二天早上，他们乘坐同一辆出租车离开公寓。在车上，他在讨好她，而她则选择"回避"。她相信，他可能会对她再次实施类似的性虐。她知道她需要顺利地摆脱这种情况。让-克洛德·阿尔诺把她送到了地铁站。

莉迪娅告诉我，后来也对法庭说，她其实不知道这种事件在法律上是如何判断的。

"他让我遭受了极其不愉快和羞辱的事情。但我自己主动发生了性关系，我不知道这能不能还被算成是强奸。我也不知道口交时遭受的暴行是不是犯罪。两年后我去找警察时才得到证实。"

"让-克洛德·阿尔诺在第一晚之后开始与我联系。"莉迪娅在采访中说。他坚持说他们应该再见面。她非常清楚，她不想让他见到。但她试图避免用指责的语气来拒绝他。她觉得，如果他感到她要指控他，他就会变得很有攻击性。而她希望他能"保持冷静"。

到2011年11月底，她已经多次拒绝阿尔诺的晚餐邀约。

然后，他开始通过她的一个密友与她联系，这个女性朋友在职业上相较阿尔诺处于弱势地位。

莉迪娅担心他给朋友带来麻烦。但对她自己来说，同样如此。

在她的工作单位，大约有十个人参与了"论坛"，并与艺术总监是朋友，其中包括她的导师。她的朋友曾告诉她，他曾经"毁掉"过那些与他作对的女人。

莉迪娅还感觉到，让-克洛德·阿尔诺能接受拒绝的次数是有限的，超出这个数量他就会变得很危险。她告诉我，这个念头反映出她在自己的童年中养成的一种机制：

"事情可能会突然爆发。我在很小的时候就善于读出人的愤怒情绪。所以我觉得我必须妥协，与他保持一定的距离。我想如果我给他一些小甜头，情况就不会变得更糟。"

莉迪娅同意与她的朋友一起和让-克洛德·阿尔诺共进晚餐。那天晚上，他"很大方"，展示了他好的一面。在采访中，她还说，他拿了很多酒。当时已经很晚了。她和她的朋友没法互相照拂。当她无法乘坐地铁回家时，阿尔诺开始在她身边絮叨，说服她在他的公寓睡觉。

莉迪娅说，她当时解释过她不想发生任何性关系。她记得极其清楚，他三次向她保证理解并尊重这一点：在出租车到达之前；当他们在车里的时候；当他们要上楼梯的时候。

在公寓里，她要求借一件T恤衫。然后她就睡着了。但是她突然被他从后面插入她的动静惊醒了。她立即起身下床。莉迪娅说，她"哭了，整个人很受打击"，而阿尔诺愤怒地告诉她，他"什么都没做"。她认为他在"威胁她，表现得愤怒，似乎有点害怕"。她把这理解为他感知到自己当时越了界。

她说她要离开。他为她叫了一辆出租车。他在斯德哥尔摩的一家出租车公司有自己的账户，那里的订单通常是以"论坛"的名义下的。莉迪娅走到街上等车,因为她不想待在公寓里。

之后他又联系了她。他想邀请她吃晚饭。她认为他这么做是想要"和解"。而且阿尔诺开始谈论他计划如何摧毁其他"指控他性侵"的女性。除了身体上的焦虑外,她还觉得,他告诉她这些事是一种潜在的威胁。

她告诉我,她决定和他见面,澄清情况。

"我想,如果我能够足够清楚地表明我对与他接触不感兴趣,他就会停止与我联系。同时,我也许能避免成为他的敌人。"

莉迪娅向阿尔诺解释说,她绝对不希望与他发生性关系或恋爱关系。她说,上次发生的事情是她所不能接受的,但她没有提到侵犯这个词。

阿尔诺坚持认为他们能成为朋友。他建议她在"论坛"上做一个讲座。她拒绝了。他一直唠叨,想让她和自己一起去巴黎旅行,住在瑞典文学院的公寓里。他们将在"友谊的背景下"社交,此外,他在那里认识一个对她的事业很重要的人。她拒绝了。

他们吃完饭后,他非常热衷于展示他和卡塔琳娜·弗罗斯滕松在公寓里摆放的艺术品。莉迪娅在采访中说,现在回想起来,她觉得自己来的时候"非常天真"。但在恐惧的同时,她也感到暂时的安心。阿尔诺似乎确实理解并尊重她在晚餐时所说的话了。同时,她觉得自己已经拒绝了他的许多建议,如果也拒绝参观公寓的提议,他可能会变得咄咄逼人。

在我们的谈话中,莉迪娅解释说,她对他们要去他和妻子的公寓的做法感到安心。卡塔琳娜·弗罗斯滕松或许在家里。她无法想象让-克洛德·阿尔诺会在他们共同的家中让她经历可怕的事情。特别是他似乎对之前发生的事情也感到很不安。

他带她在公寓里转了转，当她站在卧室的一幅画前时，他把她推倒在床上。他用自己的身体重量压在她身上。他"非常重"，开始拉扯她的衣服。

莉迪娅设法"推开了他"，打破了局面。但当这一切发生时，她认为这是"典型的强奸"。她说她想立即回家。让-克洛德·阿尔诺订了一辆出租车并付了钱。

他继续不断地尝试联系她。当她没有回应时，他邀请她的密友到巴黎来。她觉得他试图通过她的朋友来操纵她，他不断告诉她应该一起来。莉迪娅开始慢慢觉得这个情形会出事情。她担心她的朋友与他单独在一起，所以她最终同意去，条件是她必须带上她1岁的女儿，然后和她的朋友睡在一个单独的房间里。她想，这样就不会发生什么了。他们在那里度过了一个周末，她大部分时间都和孩子及她的朋友在一起。她们没遇到任何严重的事件。然而，在采访中，莉迪娅描述了让-克洛德·阿尔诺的一些咄咄逼人的行为及其引发的"不愉快的情况"。

她告诉我，之后几个月他一直在联系她。但现在她完全没有回应。直到几年后，他突然用一个匿名号码给她打电话，并对她大喊大叫。然后她就挂断了电话。

在我们的第一次谈话中，我问莉迪娅是否与其他人谈论过性侵的事情。她说有。她曾将几件事分别告诉了几个她信任的人。

"口交事件发生一两周后，在我第二次见到让-克洛德·阿尔诺之前，我也把这件事告诉了我的治疗师。"

在与莉迪娅的谈话结束后,我的食指颤抖得厉害,以致难以使用手机。这些故事在网上连个影子都没有,能是真的吗?

2017年的秋天,我在网上并没有找到过这样的信息。甚至在匿名聊天室里也没有。

不过,谷歌让我看到了克里斯蒂娜告诉我的那篇《每日新闻报》的文章,其中霍拉斯·恩达尔称赞他的朋友让-克洛德·阿尔诺:"他过着美好的生活,他几乎是唯一一个有理智的人,他应该把'论坛'变成一所年轻人的生活方式学校。"我把这句话截图下来,就像我用手机搜索其他信息时一样。我翻阅了对让-克洛德·阿尔诺的采访,但这些采访并没有让我对他有一个真实的了解。

在2010年《犹太纪事》(*Judisk krönika*)杂志的一幅肖像画中,他被描述为"精通欧洲文化遗产"的人,文化是"他生命的源泉",给人一种"非瑞典"的感觉。

有人问他是如何"抽出时间读这么多书的"。阿尔诺回答说,他的眼睛能够拍摄文字,因此他的求学生涯异常轻松。他可以"以闪电般的速度读完课程文献,然后彻夜狂欢"。我读到伊尔萨茨出版社(Ersatz)决定采用他的一系列论文,他的知识分子身份得到了巩固。让-克洛德·阿尔诺以编辑的身份在2008年的《每日新闻报》上接受了采访,文章中,他描述了一个大型而严肃的项目:"我们的想法是每年出版大约7部作品。"

我很难将这句豪言壮语和那些女性给我看的由阿尔诺发来的不堪入目的电子邮件和长消息联系起来。

在这些文章中,我还了解到他积极参与了1968年5月的革命运动①,曾因出于良心拒服兵役而入狱,同时还在巴黎担任歌剧导演。

一位曾与阿尔诺有过一段恋情的女士后来说,她对他的这些故事持怀疑态度。

"但要查明真相却希望渺茫。一些最离谱的事都是真的。比如他能提前告诉我谁将获得诺贝尔奖,谁将很快当选瑞典文学院院士。"

我最终进入了"论坛"网站,网站上告诉我,2008年,阿尔诺被授予自然与文化奖社(Natur & Kulturs)颁发的文化奖,以表彰他以其艺术能力激发和引导出"瑞典及国际艺术精英身上的内在力量和最强烈的表现力"。

2015年,瑞典政府决定授予他北极星皇家一级骑士勋章。

文化部长爱丽丝·巴·库恩克(Alice Bah Kuhnke)颁发了勋章,"论坛"刊登了仪式上的新闻照片。他和她一起站在一个白色的大宴会厅里。背景是一张桌子,上面摆满了为即将举行的社交活动准备的浅色小点心。她身着黑色礼服。他将乌黑的头发向后梳理,身穿一件粗布制成的大衣式高扣夹克。爱丽丝·巴·库恩克对着阿尔诺微笑,阿尔诺则向镜头展示他的金星:一枚酒红色天鹅绒底座上的八角奖章。

但这并不是第一次有人举荐他。我后来才知道,瑞典文学院院士佩尔·韦斯特贝里早在2013年就曾"强烈"推荐让-克洛德·阿尔诺获北极星皇家勋章。在瑞典文学院的官方信笺上,韦

---

① 指1968年5月至6月在法国爆发的群众运动,被称为"五月风暴"。

斯特贝里写道，"很少有人能够如此当之无愧地"获得该勋章，而且他付出那么多努力，此前却未得到嘉奖，这一点令人费解。

我在搜索的最后看到了一篇关于#MeToo的专栏文章，内容是这场运动如何成功地将系统性压迫形象化。作者最后引用了卡塔琳娜·弗罗斯滕松的诗句。在撰写调查报告的同时读到这首诗，感觉很不舒服。弗罗斯滕松在诗中引用了于尔娃·埃格霍恩①的一首赞美诗："不要害怕/这是一个秘密的记号"。

在卡塔琳娜·弗罗斯滕松的诗中，这句话被改成了"不要害怕/这是一种模式"。

当我在各种搜索栏中输入让-克洛德·阿尔诺的名字时，我不仅仅是在寻找他。我还会向下滑动，查看谁喜欢他在照片墙②上发布的图片和在其他社交平台上发布的帖子，谁发送了星星眼或爱心的表情符号，谁是"论坛"的常客，谁曾与他合影。我看到了大文豪和有知识的女性主义者；历届政府中的负责指定文化政策的政治家玛丽塔·乌尔夫斯科格（Marita Ulvskog）和莱娜·阿德尔松·利耶罗特（Lena Adelsohn Liljeroth），以及本届政府中的文化政治家；年轻的文学评论家、激进的诗人和老牌的重量级出版商。看到他们的名字，我再次想起自己从一开始就知道的事情：我想仔细研究"论坛"的艺术总监，所涉及的内容主要并不是阿尔诺本人，将要占据我一年多时间的是他周围的圈子。

---

① Ylva Eggehorn（1950~ ），瑞典诗人、作家、赞美诗作家。
② Instagram，一个以图片分享为主的大型社交平台。

# 7

如果一定要说哪里是"论坛"的发源地,那一定是王子餐厅,自世纪之交以来,它一直在斯图雷广场(Stureplan)附近经营。这个餐厅创造了一个自己的世界,既广阔又模糊:墙壁上的镜子映照出餐厅内的客人,每一个动作都被如实复制,通向外面的窗户则被遮阳篷遮住,部分窗户由彩色玻璃制成。在这里,客人们可以忘记白天的时间,也可以忘情买醉而不被外面的行人觉察。

在20世纪80年代,王子餐厅是斯德哥尔摩年轻的文化人和媒体精英的夜间聚会场所,这里到处都是亲吻脸颊的人,他们挤进深色的木质小隔间里。在狭小的入口大厅里有一部固定电话,人们打电话来询问衣帽间的工作人员有谁在那里。

这一代人在经历了70年代的理想主义之后,开始追求世俗的颓废。他们厌倦了自然和淳朴,转而渴望漂白头发、涂上艳丽的口红和拥有独一无二的知识。跟上时尚或音乐的步伐需要一种特殊的兴趣,比如去伦敦的一些不知名的唱片店。而你在这个圈子里的地位则取决于你能否率先掌握最新的信息。新的娱乐杂志描绘了国内年轻有为的人物。他们经常在王子餐厅拍照留念。作为餐厅留住顾客的一种手段,重要的常客都会得到自己的酒杯。

这些酒杯挂在吧台后面，按编号摆了长长一排。编号越小，声誉越高。

让-克洛德·阿尔诺几乎每晚都坐在王子餐厅。年近四十的他用 3 号杯喝红酒。在餐厅里，他总是背靠墙壁而坐。他似乎急切地想看到周围发生的一切。有时这给他的同伴带来不便，他们不得不站着等待，而他则围着桌子转圈，直到找到合适的座位。

他喜欢把黑发扎起来，几乎总是着一身黑衣。自从他第一次出现在斯德哥尔摩，他就一直是这样，而在当时——60 年代末期——这种颜色很不寻常。

让-克洛德·阿尔诺在斯德哥尔摩的夜生活中久负盛名，他也是创办《危机》（*Kris*）的那帮人的朋友。这本小杂志的编辑们翻译了欧洲大陆的思想家的作品，并开办了一所所谓的"地下大学"。但随着时间的推移，这四个字母将成为整个时代潮流的象征。早期，《危机》提出了打破 70 年代教化观念的愿望。他们提出一种向未知之物开放的文学。编辑委员会成员斯蒂格·拉松的处女作《自闭症患者》（*Autisterna*）成为 80 年代的第一部代表性作品。他的小说没有传统的时间顺序，描写了一个在大都市和瑞典小镇之间——在爱抚和暴力之间——游走的男性角色，但他从不允许用好坏来评价对这个人物的印象。从食物、性高潮到游乐园和性侵犯，他都以同样的空茫和催眠式的关注记录下来。

让-克洛德·阿尔诺在这个圈子中显然占有一席之地，尽管他很难跟上关于文学的深入讨论。他的角色与众不同。

《危机》的成员兼评论家霍拉斯·恩达尔后来进入瑞典文学

院,并担任了10年的常务秘书长,他是对《危机》评价最高的人。也许是因为他最需要被牵扯进这样的一段故事中。

军官的儿子霍拉斯·恩达尔形容自己是一个孤独的孩子,很早就在阅读中找到了庇护所。最重要的是,他沉迷于探险类书籍,他毕生将人生视作战争的观点似乎就诞生在他童年的卧室里。

当霍拉斯·恩达尔投身于学术界时,他尤其沉浸于19世纪的浪漫主义思潮中,他们反对启蒙运动的世俗化以及对宇宙和人类日益理性的看法,他们喜欢强调神秘和美感。诗人和作曲家被抬高到像上帝一样的地位,他们能够创造新奇陌生的世界。在许多方面,艺术取代了宗教。

1980年代中期,霍拉斯·恩达尔凭借《浪漫主义文本》(*Den romantiska texten*)一举成名,评论家认为该书为瑞典浪漫主义注入了活力。他还曾被《每日新闻报》聘用,当他在报纸上发表的论战文章受到批评时,他把这些反对意见描述为企图摧毁他的言论攻击。他认为自己不断受到攻击,但最终突出重围取得了胜利。

霍拉斯·恩达尔对战斗的渴望从未停止过,黑与白的战争隐喻伴随着他的整个职业生涯。在瑞典文学院工作期间,他对秩序的热爱让卡塔琳娜·弗罗斯滕松有时称呼他为"海军上将"。这种性格似乎与他睿智而敏感的文体风格相矛盾,但当我与认识他很久的人交谈时,他们描述了一个为人处世上兼具两面性的人。

他可以对爱和死亡做强烈而深刻的独白,但却很难倾听和谈论更直接、更具体的问题。

在遇到艾巴·维特-布拉斯特伦①之前，他是一个在圈子里似乎与女性没有任何深层关系的人。

与此相反，恩达尔对男性之间的友谊怀有伟大的梦想，他在《危机》那里找到了适合自己的语境。在2009年出版的写给安德斯·奥尔松的友谊之书《辞藻的负面》（*Ordens negativ*）的一篇文章中，他写到了这个圈子回应了他对"浪漫主义文艺圈回归"的渴望。

他指出，真正的艺术家是为历史和永恒而创作的，而不是为当代读者而创作的，因为当代读者更有可能感到被挑衅并拒绝这些作品。属于一个圈子，就有可能超越短暂的当下，从而抵制"大众的野蛮行径"。

他写道："在整个历史中，这些社会团结起来对抗外部世界并'培育自己的神话'，这一点非常重要。"

与20世纪的许多男性艺术家团体一样，《危机》成功创造并传播了关于他们自己的传奇。霍拉斯·恩达尔和作家斯蒂格·拉松多次重复他们第一次见面的故事，因此文学界都知道，他们是在一次关于"国家意识形态机器"的讲座之后见面的。那是在1977年4月，霍拉斯·恩达尔觉得斯蒂格·拉松一下子改变了他对这个世界的看法。恩达尔来自一个所有的主张都必须经过仔细论证的文学和学术圈子。对于斯蒂格·拉松——一个22岁的来自于默奥②的工人，令人瞩目的聪明、善于交际、健谈，如孩子

---

① Ebba Witt-Brattström（1953~  ），瑞典的文学学者。1989年与恩达尔结婚，2014年离婚。
② Umeå，瑞典北部港口城市。

般天不怕地不怕——来说，不存在这样的条条框框。他相信，如果你想进入公众视野或推动新的潮流，你只需要去做就行了。霍拉斯·恩达尔认为，他的新朋友不仅将自己的自信传递给了他，也传递给了"圈子里的其他人"。

斯蒂格·拉松很快被介绍给安德斯·奥尔松。奥尔松与他的朋友霍拉斯·恩达尔有着同样的抱负和兴趣，但在社交场合中却显得低调。奥尔松也曾说过，当他们遇到斯蒂格·拉松时，他们之间"擦出了火花"，拉松提议，他们应该一起出版一本杂志。

安德斯·奥尔松和霍拉斯·恩达尔都参加过斯德哥尔摩大学文学教授、后来的文学院院士谢尔·埃斯普马克的博士沙龙。卡塔琳娜·弗罗斯滕松也是他的学生之一。埃斯普马克告诉我，那一时期，他的学生常常给他留下深刻印象。他以前和后来都从未见过如此才华横溢、博览群书的一代人。他在细致观察后还觉得，他看到了一种新的精英主义的诞生。

"他们接受了当下的一场思潮，这场思潮的运动认为，评论不仅与它所写的艺术是平等的，在某些情况下，它可能更胜一筹。"

霍拉斯·恩达尔在他的文章中指出，浪漫主义圈子不是基于共同的观点或"生物性的环境"，而是基于"挑选"。

随着《危机》的出现，天才的概念又回来了，随之而来的是创造必须付出代价的想法。斯蒂格·拉松觉得他有一种使命感。他在自传《当我觉得这要结束了》（*När det känns att det håller på ta slut*, 2012）中描述道，他发现安非他明让他写作更出色。与此同时，他觉得毒品担负了一种责任。这种信念反映了一种艺术观点,在未来的几十年里,这种观点会让人感觉越来越陌生和遥远。这与"像其他人一样 5 点下班回家,他们'都是在自行车后座架上放着一个儿童座椅的普通父母'"的生活保证截然相反。

当让-克洛德·阿尔诺和卡塔琳娜·弗罗斯滕松创办"论坛"时,这种对艺术的信仰成了一种宗教信仰。

\* \* \*

与新朋友见面时,让-克洛德·阿尔诺会介绍自己是一名艺术家。有时是摄影师,有时是导演或电影制作人。他经常谈到自己在巴黎的平行生活,他声称在那里经营着自己的歌剧院。他还谈到了与卡塔琳娜·弗罗斯滕松的生活,酒馆里的许多谈话都围绕着这位女诗人展开,但没有人在外面见到过她。她是坐在瓦萨斯坦一套两室一厅的公寓里写作的女人。她是《危机》编辑团队男性世界中的一大例外,尽管她远离公众视线,但却可能成为 80 年代文学最伟大的象征性人物。当时就有人说,即将进入瑞典文学院的是她而不是斯蒂格·拉松。让-克洛德·阿尔诺经常提起这个话题。

他的地位部分是基于卡塔琳娜·弗罗斯滕松,以及许多人认为他对卡塔琳娜·弗罗斯滕松的创作很重要这一事实。此外,也基于年轻的文化一代希望成为世界主义者的想法。在报纸上,他们喜欢谈论说,成为斯德哥尔摩夜生活的客人必须要有特殊的"社会技巧"。斯蒂格·拉松在《消遣指南》[①] 中指出,几乎每个

---

[①] *Nöjesguiden*,瑞典最大的免费大众文化杂志。

瑞典人都缺乏关于酒吧的专业知识。

2018年10月，当我与拉松交谈时，他回忆起第一次见到让-克洛德·阿尔诺的情景：

"那是在70年代末。他不知道我在看他。他身边围绕着一群超级漂亮的女孩，他有能力游走在这些人之间。我远远地就看到了。和我一样，他当时也是个名人——不是媒体意义上的名人，而是社会意义上的名人。他受人瞩目。大家都在谈论他。于是我走上前去，开始和他交谈。"

与《危机》编辑团队关系密切的人将编辑团队描述为"有着远大的抱负，但在社交方面却很笨拙的一群人"。他们自我陶醉，缺乏灵活性。阿尔诺帮助他们征服了夜生活，并在很多方面促成了这个圈子的诞生。

诗人桑娜（Sanna）有时在王子餐厅与他们坐在一起。她那时刚刚出版了首部诗集，打入了文坛，她用50号杯子喝葡萄酒。在当时的一本杂志上，她坐在一张昏暗的桌子旁，摆出手拿香烟的姿势。在另一本杂志中，她身着浅灰色大羽绒服，与作家玛瑞·坎德雷和卡丽娜·吕德贝里①合影。

桑娜认为，让-克洛德·阿尔诺通过保持低调和近乎自谦的姿态吸引了人们的兴趣。

"他会请人喝酒，亲吻客人的脸颊，在边上聊聊天。霍拉斯·恩达尔和这个圈子的其他人似乎认为他是加强版的他们自己。他们需要一个法国人在他们滔滔不绝时认真倾听，带着神秘

---

① Carina Rydberg（1962~　），瑞典作家。

的微笑喝着酒,这种微笑能够表明他对酒的理解达到了另一个高度。而且他还要有很好的背景,但似乎没有人对他的真实出身感兴趣。在我看来,他们把他当成一个可以自由填补内容的壳子。他变成了他们想要的样子。"

与霍拉斯·恩达尔相识并共事过很长时间的人都认为,他欣赏那些拥有他所没有的经历的人。

2018年9月,当我在阿尔伯特·邦尼出版社的一个房间里见到霍拉斯·恩达尔时,他对人类的极限状态持极大的开放态度。他谈到了那些曾经陷入精神病的人,当他们回到健康的世界后,却发现这个世界毫无趣味,毫无生气。他谈到有些人渴望在爱情关系中被背叛。

"你必须——尤其是当你创作时——找到一种能够让你获得这种超越性体验的生活方式。如果你的生活中没有出现这种超越性,那么你的生活也许是有序的,但也是完全没有意义的。"

根据他80年代的朋友圈所述,当时的他是过着安稳家庭生活的人。他有策略地在高雅文化的世界中向上攀登。他很少表现高调。但是霍拉斯·恩达尔一直与斯蒂格·拉松以及让-克洛德·阿尔诺是好友——一位是无与伦比的艺术家,另一位是伟大的诱惑者。一些与他关系密切的人说,他们可以被看作是他所缺乏的人生经历的象征。在我对恩达尔长达4个小时的采访中,他说他从未见过阿尔诺有任何"下流"的行为,并热情地描述了他:

"我们这种人很容易变得一言堂,或是只能坐在那儿盯着桌子看。是的，可能会变得有点愚蠢。但让-克洛德从不愚蠢。他有一种特殊的气质——脱俗于凡人的气质。他知道如何在餐厅里游刃有余，如何与服务员打交道，小费该给多少。这种对社会制度的微妙而多面的了解看似微不足道，但这却是一门伟大的艺术。这是把生活过好的先决条件。我在巴黎也见过他，他是一位大师！我向他学习。当你走进让-克洛德最喜欢的餐厅时，你会觉得自己属于一个特权群体。他那种引起周围人兴趣的样子几乎让人嫉妒。如果你们一起坐在餐厅里，有年轻女士走进来，她们会立刻被他吸引。同时，她们几乎不看我。她们虽然和我们坐在一起，但眼里却只有他。在巴黎，像让-克洛德·阿尔诺这样的人看起来很普通。但在瑞典的环境中，他整个人都显得与众不同——他的举止和口音，还有他对生活中美好事物的态度，或许还有他对女人的态度。尽管他最终成为了瑞典文学院周边圈子的一员，但他从未融入其中。在他的周围总是笼罩着一种异国来客的光环。我对他的独特性感同身受。是的，我必须承认这一点。我从未有过被接纳的感觉。从根本上说，我一直觉得自己被看成是一个陌生人。无论我在某些场合有多受欢迎，取得了多大的成功，我从来都不是这帮人中的一员。我对让-克洛德的这种局外人的感觉深有体会。"

# 8

如果你身处大城市的高空,只能听到暴力的声音。在马赛①的小巷里,尖锐的刹车声、警笛声和模糊的尖叫声从下面传来。露天咖啡馆位于一家购物中心的楼顶,我来这儿是因为我在同一次旅行中第二次弄丢了手机充电器。就在屋顶露台的最远处,我拍到了一个闪闪发光的大拱门,上面写着"奇妙"一词。透过拱门,城市一览无余。我最近得到了证实,让-克洛德·阿尔诺就出生在马赛第六区。出生在他母亲让娜·阿尔诺(Jeanne Arnault)位于埃德蒙-罗斯托路的公寓里。那是一栋有白色外墙、墨绿色小门的田园风格的房子。当天早些时候我路过这里时,阳光直射在小巷里,形成了迷人的阴影。打开的百叶窗在房屋的墙壁上落下条纹。

2018年秋天,我去了法国。我几乎拍摄了我所看到的一切。前一年的经历让我觉得必须去一趟。

阿尔诺出生于1946年8月15日,第二次世界大战结束的一年后。他的父亲乔治·平克斯坦(Georges Pinkstein)当天也在马赛,不过他并没有和让娜住在一起,而是住在马赛传说中的海港区。二战中,纳粹怀疑抵抗战士和犹太人藏匿在拥挤的小巷中,于是炸毁了海港区的建筑。阿尔诺出生时,那里的战后重建工作刚刚开始。

让-克洛德·阿尔诺的父母都已结婚,但配偶并非彼此。他的出生是一段婚外情的结果。在第二次世界大战的背景下,这段婚外情不仅仅是一桩丑闻而已。

1940年夏天,巴黎被德军占领,恐惧在巴黎的犹太人中蔓延。许多人决定逃往南方,马赛人目睹了通往北方的道路上挤满忧心忡忡的人。

乔治·平克斯坦就是其中之一。他和妻子一起来到马赛,20多岁,高个子,红头发,很有魅力。

乔治出身于贫穷的犹太人家庭。他的父母曾为躲避东欧大屠杀而逃亡,他的家族史包括了为生存而挣扎和身份的转变——他意识到,人不得不随时重塑新的身份。

当乔治的母亲来到巴黎时,她将自己的犹太名字改成了一个听起来像法国人的名字。他的父亲是废品商,在一次简单的诈骗被抓后,他独自返回了东欧,最后未能在大屠杀中幸免。

乔治很小就开始照顾自己。他对文学和音乐很感兴趣,是一个文化自学者,最终成为一名出色的推销员。

1942年11月,马赛也被占领,在此之前,所有犹太人都被命令到市政厅登记。要求登记的通知像传单一样贴满了整个城市。大多数人服从了命令,他们的共同点是倾向于相信国家和正义,而一些没有服从的人,则倾向于怀疑当下的世界。几年之内,该市的犹太少数群体几乎被消灭殆尽,这将对后代产生深远

---

① Marseilles,法国南部港口城市。

影响。

乔治和他的妻子属于没有登记的人。他们远离人群，如果要在街上行走，也会避开别人的目光，同时很注意自己的一举一动。他们知道自己的命运可能会被突然的敲门声或意外的肩膀碰撞所决定。

战争快结束时，存活下来的犹太人越来越依赖他人的善意。能否藏身于陌生人家中往往取决于金钱或社会关系，而能否被允许进入新的社会环境则事关生死。

在混乱的战争年代或战争结束后不久，乔治与让-克洛德·阿尔诺的母亲让娜开始交往。她来自法国西南部一个小村庄的天主教家庭。她是一名裁缝，而不是她儿子后来所说的演员。让娜的丈夫在战乱中失踪了。也许她以为他永远离开了。但他幸存了下来，并回到了家中，这在周围的人看来，简直比背叛还要糟糕。

在法国，第二次世界大战成为前所未有的民族创伤。村庄里，人们竖起阵亡将士纪念碑，人们对与德国士兵交往过的法国妇女特别愤怒。解放后，她们的头发被剃光，被迫在愤怒的人群面前游街示众。

不久之后，那些在丈夫被囚禁或离家作战时偷情的女性也遭到了鄙视。

让-克洛德·阿尔诺就在这样的环境中出生了。根据当时的法律，他母亲的丈夫成为他法律上的父亲，因此他被冠以他的姓氏。

对于这个正式成为自己儿子的未知孩子，返回家乡的丈夫作何感想？让-克洛德·阿尔诺的母亲是什么样的人？她后来的生活是何模样？我们无法联系到她的任何亲属，也没有任何文件可以回答这些问题。现存的文件中唯一能告诉我们的是，在她儿子出生几年后，这段婚姻就被解除了，而当时离婚是非常罕见的。

其他一些人证实，阿尔诺并不是在母亲身边长大的，小时候他与一名乳母生活在一起。根据他的情人们所说，阿尔诺本人将他和乳娘之间的感情描述得非常亲近。他曾公开说，被从乳母身边带走是一件痛苦的事。

我们还了解到，让-克洛德·阿尔诺最终搬去与生父同住。

乔治·平克斯坦再婚并育有多个孩子。他后来是一家木材公司的旅行推销员。他的事业蒸蒸日上，而这个日益壮大的家庭也搬进了位于拉巴特林荫大道上的一栋新建大公寓。房子位于马赛的一个中产阶级社区，那里的居民如今仍是工程师和医生群体。拉巴特林荫大道公寓对面有一个大公园，附近的孩子们经常在那里玩耍，阿尔诺情感充沛，是一个相处起来挺有意思的人。

乔治·平克斯坦与四个不同的女人共育有六个孩子。除了让-克洛德·阿尔诺的母亲之外，他与其他三人都结过婚。非婚生子阿尔诺是兄弟姐妹中唯一一个没有继承犹太姓氏平克斯坦的人，他是这个家族的一员，但又并不正式属于这个家族。

我与法国记者安托万·雅各布（Antoine Jacob）同行，他帮助我进行调查。我一句法语也不会说。当安托万组织采访并要求提供文件时，我默默地站在一旁。

在文化界，对多语言的需求是不言而喻的，我想到阿尔诺也不是一个不受约束的世界主义者——尽管他曾经这样声称。据我接触过的一些人说，他自称曾在精英学府巴黎高等师范学校学习；还有人说，他曾在索邦大学学习哲学。但这些说法都不属实。阿尔诺和他的父亲一样，对文学和音乐很感兴趣，而且是自学成才。他的求学经历并非一帆风顺，也从未进入过任何名牌大学，而是参加了一个实用的高中课程，成为了一名电工。他没有参加过任何大学的入学考试。

他也没有像他在瑞典报纸上说的那样，因为拒绝参军而被监禁。他提前报名服兵役，在海军基地当电工。1966 年 12 月退伍时，他 20 岁，家庭住址仍是拉巴特林荫大道。

1968 年，让-克洛德·阿尔诺出现在斯德哥尔摩，此后两年他的行踪成谜。但据当时管理生活剧团①的三位人士称，他所谓的曾随剧团巡演的说法是不可能的。他也不可能在 1968 年的"五月风暴"中扮演任何特殊角色。尽管这场运动具有历史意义，但参与者涉及的社会领域却很狭窄，大多数参与者互相认识或至少听说过对方。让-克洛德·阿尔诺在有关这一事件的著作中从未被提及，参与者的资料中也没有他的名字。也许他当时就在巴黎，也许他和其他成千上万的人一样，成为了人群中默默无闻的一名见证者：一个被卷入示威游行队伍里的年轻人，打碎了一块铺路石，或者接过别人递来的一样东西扔了出去，很快又消失在历史的长河中。

---

① Living Theatre，1947 年创立于美国纽约的实验性剧团，至今仍活跃在先锋文化圈。

# 9

让-克洛德·阿尔诺来到斯德哥尔摩时,卡塔琳娜·弗罗斯滕松 15 岁,住在索伦蒂纳①的一个高档社区。当时是 20 世纪 60 年代末。她的母亲是一名顾问,父亲是一名农学家。他也是一名政治思想家,在 1968 年就主张市场经济和自由贸易。后来,他被认为走在了时代的前面,预见到了 20 世纪 80 年代在瑞典兴起的新自由主义。

认识卡塔琳娜·弗罗斯滕松的人都记得,在成长过程中,她身边总是围绕着男人。她被认为是高不可攀的人,而且除非真的有话要说,否则她是不会说话的。她组织的语言总是那么独特和精准。她似乎对文字有着绝对的敏锐度,平时很少谈论自己的私生活。就是这种沉默,让卡塔琳娜·弗罗斯滕松具有更大的吸引力,由于她不太提及自己的故事,人们对她产生了许多幻想。她被称为"仙女"或"圣母"。后来,瑞典一些公开的圈子里也沿用这种称呼,以非人类的形象描述她——"冰雪女王"或天真无邪的"雪姑娘"。

许多在卡塔琳娜·弗罗斯滕松年幼时就认识她的人将她形容成让-克洛德·阿尔诺的受害者,但当你走近观察时,你会发现这种讲法并不准确。他们说她看起来很"脆弱",这使她的突然爆发更加令人震惊。如果有什么事或什么人阻碍了她，她就会大发雷霆。

作为一名年轻的诗人，卡塔琳娜·弗罗斯滕松希望摒弃文学隐喻，因为她觉得这些隐喻给世界强加了一层虚假的美化滤镜。她拒绝杂志拍照或成为封面人物，她想要打破既有的观念，这个观念塑造了成长中的女孩的形象，并将女性变成象征性的符号。在她的诗歌中，人们渴望从内心深处打破这些角色。她早期的一首诗中的女主人公意识到，她娇弱的外表和"瘦弱的身体"使她能够渗透到任何地方。但一旦进入高级文学沙龙，她就会大吵大闹，像野兽一样直接发出尖叫。

卡塔琳娜·弗罗斯滕松被许多人视为20世纪80年代兴起的女性诗歌的起点。她的诗歌在当代小说和诗集中依然可见，这些小说和诗集对语言进行了实验，书写了黑暗的少女经历和女性的声音，这些经历可以是无性的、痛苦的和狂喜的，也可以是被动的或有虐待倾向的。在瑞典文学中，卡塔琳娜·弗罗斯滕松为圈子外部的女性创造了一席之地和更大的空间。

让-克洛德·阿尔诺在20世纪60年代中期就注意到了瑞典，当时他的父亲乔治将他派往诺尔兰②工作。回到瑞典后，他进入克里斯特·斯特伦霍尔姆摄影学校③学习，该校为外国学生设立

---

① Sollentuna，斯德哥尔摩省的城市，位于斯德哥尔摩市外围。
② Norrland，瑞典传统上的三个地区之一，位处北部。另两个地区是南部的约塔兰（Götaland）和中部的斯韦阿兰（Svealand）。
③ Christer Strömholms Fotoskola，现在的斯德哥尔摩摄影学校（Stockholms Fotokola）。克里斯特·斯特伦霍尔姆（1918~2002）是瑞典著名摄影家和教育家。

了特殊名额。他的同学都觉得这个苍白的黑发法国人很迷人。他摄人心魂、英俊,但又有一种非传统的、略带羞涩的美。他始终一身黑色的装扮,被有些人解读成他拥有读懂潮流与趋势的能力。70年代初,无政府主义盛行,作为对1968年"五月风暴"的乌托邦主义和充满希望的美学的回应,新的抵抗运动将像广岛上空的蘑菇云一样黑暗。此外,无政府主义的风格非常廉价,只需几件黑色服装即可。几十年来,他的衣橱从未真正改变过,只是材料质量有所提高,皮夹克和定制大衣的价格也越来越高。

让-克洛德·阿尔诺来自饱受二战影响的城市和家庭。他搬到了一个遥远的北方国家,那里的资产阶级只记得和平,在当时的全球安全指数排行榜上名列前茅。

社会民主党人不断进行新的改革,建立了人民之家和社会共同体,在那里,倒下的人由国家扶起来。吸毒者和精神病患者被从街头带走,安置在城市郊区的大型精神病院里。

人们相信理性,相信永恒的进步,这驱使越来越多的人离开乡村进入城市。大型郊区应运而生,在这些地区,所有房屋都是新建的,所有人都不算是本地人。20世纪60年代末,在斯德哥尔摩市中心,阿尔诺遇到了物质条件比历史上任何时期都要好的一代人。这些年轻人成长于一个同质化的国家,在那里,大多数人都看同样的电视节目,或多或少都有相同的世界观。

在部分社会中,人们对国内少数几个移民群体存在仇外心理,移民多来自土耳其或南斯拉夫等地,来瑞典务工。然而,年轻的中产阶级也对有外国背景的人非常着迷。尤其是法国人,他们在追随巴黎起义的左翼政治青年和崇拜新浪潮的文化爱好者中，自然地获得了很高的地位。

让-克洛德·阿尔诺几乎一到这儿，就在斯德哥尔摩的夜生活中声名鹊起，他有着无需特别花功夫打造自己，就能在这个地方占一席之地的能力。当我和他70年代的朋友、熟人聊天时，他们说阿尔诺似乎很早就记住了文化和娱乐界所有年轻一代重要人物的名字。只要有这样的聚会，他就一定会出现。一旦他走近那群人，他加入的意愿是如此强烈，凭借近乎孩子气的真诚，他让他们很乐意同意他加入。

在社交场合，他经常默默地给予他人肯定。但他也有戏剧性的一面。如果女性——有时是一群朋友——拒绝了他，他就会大发脾气，或是完全崩溃，倒在餐厅的桌子上。虽然有些人拿阿尔诺的暴脾气取乐，但他周围人的反应似乎从未让他感到不舒服。他似乎缺乏感到羞愧的能力——这种特质具有传染性，许多人在阿尔诺身边感到异常放松。

城市里的年轻人开始谈论这个新来的法国人。有人说他毛手毛脚，但也有许多女人疯狂地爱上了他。他们想知道他是谁，究竟从哪里来。让-克洛德·阿尔诺本人讲述了他拒绝服兵役的经历，还说了他在1968年的"五月风暴"中发挥了相当大的主导作用，因此后来不得不逃往瑞典。他还说自己曾为生活剧团和电影导演让-吕克·戈达尔①工作，算得上是这位先锋导演的得力助手。有时人们会质疑他，但也有很多人喜欢他的夸张手法，而这营造了一种对他的说辞放任自流的氛围。当让-克洛德·阿尔诺

---

① Jean-Luc Godard（1930~2022），法国和瑞士双国籍导演，法国新浪潮电影的奠基人之一。

超越了日常对话的界限时,他身边人的说话尺度也变得更大,他们敢于说出自己的秘密,有一股敢于突破禁忌的冲动。

20 世纪 60 年代末,索伦蒂纳教堂迎来了一位雄心勃勃的新唱诗班指挥。卡塔琳娜·弗罗斯滕松是决定加入唱诗班的人之一。唱诗班意外地成为了郊区最吸引年轻人的活动中心。即使是那些不唱歌的人,也一定会在唱诗班的排练场所和聚会等相关的社交圈中活动。

有时,法国人让-克洛德·阿尔诺也会出现在这里。卡塔琳娜·弗罗斯滕松第一次见到他时只有 17 岁。那时她刚上中学。正如她后来在 K 一书中描述的那样,她看到他独自在厨房里跳舞,第一眼就爱上了他。但到了 70 年代中期,他们才正式成为情侣。

卡塔琳娜·弗罗斯滕松在中学时代就积极参加支援越南南方民族解放阵线的活动。周末,她站在国民售酒商店外售卖《越南简报》(*Vietnambulletinen*)。但现在,她和她的朋友们发现了艺术,与她相处过的人说,他们的政治灵感开始来自无政府主义——对他们来说,无政府主义是一种心态,而不是意识形态。这是对自命不凡的先进思想的混乱反抗。他们不是围坐一圈,制订如何集体改变社会的计划,而是想要推倒一切旧事物,制订他们自己的规则。

在卡塔琳娜·弗罗斯滕松和让-克洛德·阿尔诺的生活中,反复出现一种特殊的状态:他负责行动,她负责写作。他存在于她在文字中反映和预测的事件的中心。上世纪 70 年代，阿尔诺曾在无政府主义运动中扮演过几年积极分子的角色，其中一些反抗活动是针对社会民主党创建的理性的人民之家的。

卡塔琳娜·弗罗斯滕松在她的突破性著作《净土》（*Rena land*）中描绘了一个热爱秩序的单一社会，不能容忍黑暗和混乱。她要描绘的是一个人民之家，在这里，所有被排斥在外、不适应这个温暖而理智的社会的人都要付出代价。卡塔琳娜·弗罗斯滕松坚称："残酷与秩序同在。"

索伦蒂纳的教堂唱诗班出人意料地适合这种更具个人主义色彩的反叛。这种反叛拒绝接受 1968 年革命的左翼教条主义和反对一切被视为"资产阶级"意识形态东西的态度。他们用触碰禁忌和意想不到的冲突来展现态度。他们一边酗酒、放荡不羁，一边演奏更高级的教堂音乐。其中一名成员说，他们是"遵守少年合唱团纪律的叛逆者"。但她也补充说，回过头来看，这种矛盾的结合可以被视为一种妥协。中产阶级年轻人可以通过这种方式进行反抗，同时又不必放弃自己的出身。这是一个将资产阶级生活方式与反叛相结合的方式。对于卡塔琳娜·弗罗斯滕松来说，这种立场和她的自我形象在她青少年时期之后变得更加强烈。她的这一身份在"论坛"中得到了些许延续，她最终成为瑞典文学院中的一个身份自相矛盾的组成部分：她既是地下的一分子，又是精英团体的一员。她成为一个高高在上的持不同政见者，在内心深处培养一种疏离感。

让-克洛德·阿尔诺在摄影学校学习时，就经常把相机挂在肩上。当他正在进行一个项目时，可能会过于沉迷摄影以致越界，因而被人指责。让-克洛德·阿尔诺第一次来斯德哥尔摩时，一些和他见过面的人觉得他对创作并不感兴趣。他们说，他没有任何想要表达的东西，他只是一心想在文化界获得一席之地。还有人反对说，所谓纯粹的动机本身就不存在，尤其是在一个人想成为艺术家的时候。

1969年夏天，《每日新闻报》组织了一次比赛，意在引起人们对环境恶化的关注。阿尔诺以一张收集废金属的黑白照片参赛。电线、木桶和旧汽车轮胎堆放在路边的废弃堆里。在背景中，一片参差不齐的森林轮廓在忧郁的白色天空下显得格外醒目。阿尔诺的照片最终被瑞典最大的日报选中。

让-克洛德·阿尔诺继续拍摄照片，不过后来只在他和卡塔琳娜·弗罗斯滕松共同出版的书籍中发表，他的照片随她的诗歌一起出版。

1971年，位于斯德哥尔摩耶德特地区的"电影之家"（Filmhuset）开幕。这座灰色混凝土城堡成为社会民主党创新文化政策的象征。

瑞典电影在过去十年取得了历史性的成功。现在，瑞典政府在文化领域斥巨资，一项独特的改革帮助电影公司改善经济状况，使其能更专注于影片质量而非票房数量。

电影之家的建筑风格因粗糙和缺乏美感而受到批评，但建筑内部却满是豪华的工作室、实验室和剪辑室，新的戏剧学院就设在这里。此外，还有几处向公众开放的大型区域，很快就成为有艺术抱负的年轻人的主要聚集地。让-克洛德·阿尔诺是电影之家建成后每天来这里活动的人之一。他在大楼里走来走去，讲述他与戈达尔的合作。他说，他正在做一件大事，他积累的人脉得到了回报。

70年代中期，就在他和卡塔琳娜·弗罗斯滕松正式成为夫妻的同时，阿尔诺设法为纪录短片《74年的尤莉亚》（*Hjulia-74*）筹集到了资金。但资金只够制作本身，于是他让一些学生免费当志愿者，承诺如果影片创收，他们将获得报酬。这部纪录片是关于一场自行车绕圈比赛的。参赛者骑着自行车绕圈，直到坚持不住。获胜者是坐在自行车垫子上时间最长的人。曾为让-克洛德·阿尔诺工作过的电影专业学生都记得，他似乎想把自己塑造成一位伟大的法国导演。和他一起工作既混乱又有趣。制片人安德斯·伯克兰（Anders Birkeland）谈到这部在短片节上获奖的纪录片时说："虽然这部影片被瑞典广播电视台（SVT）买下来了，但摄制组从来没有拿到过一分片酬。"

在制作完《74年的尤莉亚》后不久，阿尔诺向当时的电影工厂基金会（Filmverkstan）提交了一个电影剧本，该基金会专门为尚未成名的电影制作人服务。他申请了资助。2018年秋天，我坐在电影之家档案馆里阅读这份剧本，剧本的开头是一个奇怪的交通状况，5个陌生人被困在一个环岛的路口。其中一名年轻女性——莱娜——终于不想再等下去了。她决定离开队伍。这时，建筑工人伦纳特开始跟踪她。当他追上并毫无征兆地撕破她的上衣时，她站着一动不动。当他再走近一步，扯下莱娜的裙子时，

"她似乎像瘫痪了一样"。伦纳特随后将她推倒在草地上,在侵犯的过程中,她只是"无力地挣扎"。

最后,莱娜躺在地上,衣服散落一地。这份保留在电影之家的剧本显示,阿尔诺后来获得了资助,得到了拍摄该剧本所需的胶片,但他没有获得足够的资金,影片最终未能成型。

此后不久,阿尔诺转而在斯德哥尔摩担任歌剧导演。他成为70年代的一场运动的一分子。参与这场运动的既有专业导演,也有业余爱好者,运动旨在吸引新的观众,实现歌剧的民主化。

在一家酒馆里,他遇到了卡塔琳娜·弗罗斯滕松的老唱诗班领队——来自索伦蒂纳的唱诗班指挥。他梦想上演布莱希特[①]的歌剧《说是的人》(*Der Jasager*)。让-克洛德·阿尔诺自称有歌剧经验,被邀请执导该剧。在排练期间,如果没有达到他的要求,他就会大发雷霆。但他也有制造压力、让团队努力工作的能力。他经常慷慨陈词,说观众不会容忍合唱团是由业余爱好者组成的,观众期待的是看到最高质量的演出。

《说是的人》和他的下一部作品《塞墨勒》[②] 一样,获得了无数好评。但此时这位导演身上的问题已经变得非常严重。主要矛盾集中在阿尔诺对女性的态度上,这常常造成令人不安的气氛。有些女性反感他的挑逗;有些女性期望与他交往,第二天却发现他和自己最好的朋友发生了关系。

---

① Bertolt Brecht(1898~1956),20世纪德国最伟大的剧作家、戏剧理论家、导演和诗人。代表作有《三毛钱歌剧》《伽利略传》《四川好人》等。
② *Semele*,著名作曲家亨德尔作曲的歌剧,完成于1744年。

在歌剧首演的前两天,他被解雇了。

同年晚些时候,他担任斯德哥尔摩音乐剧团的导演,执导了维吉尔·汤姆森①和格特鲁德·斯泰因②的《三幕剧中的四圣徒》(*Four Saints in Three Acts*)。

这部歌剧也获得了极高的评价,他被称为一位才华横溢、"有着崇高的疯狂劲儿"的导演。但就在首演前的 24 小时,阿尔诺再次被解雇了。

20 世纪 70 年代,让-克洛德·阿尔诺从摄影和纪录片转向歌剧时,似乎并不总是出于自愿。恰恰相反,他是因为无处可去,才被迫转向新的艺术形式。

他每一次刚被解雇,就开始着手捣鼓下一个项目。一些追随过他的人告诉我,他们对他一次又一次取得成功的能力感到惊讶,也对他每一次都能将新的尝试描述成宏图伟业的开端的话术感到惊叹。他似乎已经将之前的冲突抛诸脑后,如同蜕皮一般,没有留下任何明显的痕迹。

尽管遭遇挫折,阿尔诺在斯德哥尔摩的第一个十年也证明了他的艺术能力。

1981 年,他上演了自己的歌剧。这部歌剧改编自斯特林堡③的两性争斗剧《父亲》(*Fadren*)的第三幕,讲述了一位年轻女子试图成为她的丈夫——一名军械师——的监护人的故事。剧中

---

① Virgil Thomson(1896~1989),美国作曲家、音乐评论家。
② Gertrude Stein(1874~1946),美国小说家、诗人、剧作家。
③ August Strindberg(1849~1912),瑞典作家、剧作家、画家。被认为是瑞典现代文学奠基人、世界现代戏剧之父。

还有一位保姆,在阿尔诺的演绎中,她哼起了一首曲子,据他接受采访时说,这是他"从小就会哼的曲子"。

通过《父亲》的首演,他获得了对导演个人的最大肯定。剧评家在《快报》上写道,这部作品让他对让-克洛德·阿尔诺产生了好奇,而这部作品最精彩的部分是保姆"美妙动听的摇篮曲哼唱"片段。

让-克洛德·阿尔诺在报纸文化版面上被提及并不代表他获得了突破性的成功,但这是一个外部信号,表明他有潜力,并将有所作为。这种反响在 20 世纪 80 年代会有所转变,但在斯德哥尔摩的头十年,让-克洛德·阿尔诺体验到了被外界认为年轻有为的感觉。

卡塔琳娜·弗罗斯滕松的地位随着每一本新诗集的推出而日益巩固。她继续审视瑞典社会,并构思出了一种用诗歌反抗社会的方式,即寻找"黑暗地带"。她书写暴力,书写对社会解体的渴望、对彻底投降的渴望。她曾说过,作为一名诗人,她对"情欲与苦痛"之间的界线非常着迷,而在她诗中经常出现的男主人公"你"的身上,两者总是密不可分。这两极包含在他的名字中,她称他为天使屠夫和温柔杀手,以及软心肠的杀人犯。

20 世纪 80 年代初,弗罗斯滕松和阿尔诺在巴黎最高档的地区之一、离军绿色的塞纳河水不远的地方租了一套公寓——在她创作诗歌时,他努力在法国文化生活中站稳脚跟。80 年代初,社会主义人士弗朗索瓦·密特朗(François Mitterrand)成为法国总统,他在 60 岁生日前夕接受《每日新闻报》采访时提到,希望实现 1968 年革命运动的一些理念。于是,"法国的天才们再次被召唤回家",阿尔诺从斯德哥尔摩回到巴黎,担任巡回各地的歌剧团的负责人。让-克洛德·阿尔诺在那里"拼命工作了 6 年","1986 年又回到斯德哥尔摩,迸发出新的想法"。

但实际上,歌剧团项目是他自己的。让-克洛德·阿尔诺从零开始亲手打造了这个项目。在巴黎的国家档案馆里,这些记录材料被放在棕色的大箱子和纸质活页夹里,文件没有按字母或时间顺序排列。

让-克洛德·阿尔诺希望重现他在斯德哥尔摩参与制作的音乐剧,因为这些音乐剧"对社会文化产生了不可否认的特殊影响"。他制作了印有拟建剧团标志的信笺,并用 9 页纸描述了他希望如何上演《三幕剧中的四圣徒》。他还寻求文化部和教育部的支持。他有一个宏伟的计划。他的剧团将按照同样的原则每年上演一场新的剧作——这一提议获得了财政支持。

戏剧的排练工作在巴黎东南郊的塞纳河畔伊夫里(Ivry-sur-Seine)进行。该剧的指挥和两位主演都记得他是一位夸夸其谈的迷人导演。项目本身似乎经常找不到方向。让-克洛德·阿尔诺有时会缺席,但他将才华横溢的艺术家聚集起来的才能却显而易见。与他合作过的几位年轻人后来都事业有成。

1984 年 1 月,在维勒瑞夫(Villejuif)郊区举行首演式前夕,他和演员的关系变得越来越紧张。

"空气中弥漫着失望的气氛。纸上谈兵时觉得挺精彩的演出,最后却像是大学的毕业演出。我们都知道一切都结束了。"一位主演说。

这部剧作还受到了《世界报》① 的批评。

评论家写道,在"教育部和文化部的支持下"演绎的这出剧完全荒唐可笑,演出既"过于复杂,又过于幼稚"。

在法国文化界,每个人或多或少都相互认识。歌剧演出前后,让-克洛德·阿尔诺在法国都默默无闻。尽管他后来与著名的瑞典文学院建立了联系,但他从未在巴黎建立过艺术界的人脉。2018年冬到次年春,当报纸头条关于"论坛"艺术总监的报道传遍法国文化界时,这个名字对他们来说还是陌生的。

让-克洛德·阿尔诺和卡塔琳娜·弗罗斯滕松回到斯德哥尔摩后,他开始寻找新的项目。他找到了一栋废弃的工业建筑,想在那里上演19世纪比利时作家莫里斯·梅特林克②的独幕剧《室内》(*Interiör*),这部剧在国外被重新炒热了起来。卡塔琳娜·弗罗斯滕松促使他注意到这部象征主义戏剧。她对该剧进行了翻译和改编。在过去的一年中,她开始尝试一种更加片段化的戏剧风格——几年后,这些努力促成了《塞巴斯托波尔》这一"论坛"的首场演出。在《室内》首演之前,《每日新闻报》文化版头版头条写道,斯德哥尔摩错过了席卷伦敦、巴黎和柏林的梅特林克浪潮,但"让-克洛德·阿尔诺强势进入",努力让城市的戏剧文化跟上潮流。让-克洛德·阿尔诺在文章中解释说,剧团将继续

---

① *Le Monde*,法国的主要日报之一。
② Maurice Maeterlinck(1862~1949),剧作家、诗人、散文家,1911年诺贝尔文学奖得主。

挑战现实主义，这次演出只是一个开始。他谈到了卡塔琳娜·弗罗斯滕松新剧的创作理念。他说，现在要做的是"装载好沉默，在文字背后寻找意义，利用裂缝、缝隙和碎片来发现我们在现实表面所未能揭示的一切"。受《危机》圈子的启发，让-克洛德·阿尔诺还谈到了他希望实现浪漫主义中关于无边无际的整体艺术作品的梦想。在他的作品中，演员与音乐家和艺术家合作。这一理念很快将在"论坛"上得到延续。

《室内》是阿尔诺最后一次以艺术家的个人身份所做的重要尝试。

这部作品在各报的文化版面上受到了严厉的批评。

它被描述为一次"重新诠释的失败尝试"，"节奏缓慢，测试你的耐心"，"除了无法实现的自命不凡之外"没有任何看点。

与他之前的项目一样，这个剧团也解散了。

他之所以能在失败时仍旧迈向文化界的绝对顶峰，要归功于卡塔琳娜·弗罗斯滕松和王子餐厅里的《危机》的朋友圈子。1989年秋天，当他在西格图纳大街找到地下室时，是他们在他身后支持着他。

让-克洛德·阿尔诺开设"论坛"时43岁，此前十年，他的作品一直受到冷遇。他很清楚，若想通过创作进入文化界，他毫无优势。

### 埃娃（Eva）

卡塔琳娜·弗罗斯滕松和让-克洛德·阿诺特不是我的朋友，但我们在70年代末到80年代初在同一个圈子里活动。我们是一个由年轻艺术家和知识分子组成的松散圈子里的一分子。我们鄙视资产阶级和传统，我们中的许多人都是无政府主义者，但这不是一种政治态度，而是代表了一种个人主义。古怪的生活方式与艺术创作相辅相成，我们对人性的方方面面都抱有极大的宽容。尽管如此，我和一些朋友在歌剧院咖啡厅碰头时发生的事仍令我无法释怀。那天见的人中有让-克洛德·阿尔诺和卡塔琳娜·弗罗斯滕松。我以前见过她，但从未说过话。那是我第一次见到她的男朋友。

关于他们两人的关系，我从一位共同的朋友那里听说了很多。这位朋友很关心她，而她正和一个经常公开背叛她的男人有着不愉快的关系。

我们一行大概有七八个人，坐在一张圆桌旁。我恰巧坐在让-克洛德和卡塔琳娜旁边。我穿着在图书馆大街的玛戈商店买的白色连衣裙。我离开圆桌去吧台买啤酒。在回来的路上，我遇到了让-克洛德。他拦住我，用双手抱了我一下。我的高跟鞋让我比他略高。他什么也没说，但我觉得这是一种无言的邀请——有趣，但同时又令人有点不自在。毕竟，他是和他的女朋友一起来的。

他回来后，又坐在了我和卡塔琳娜·弗罗斯滕松之间。突然，毫无征兆地，我感觉到他的双手放在了我的大腿上。他的动作很粗鲁，快速地来回移动——朝着我的下体游走。时间仿佛停止了，与此同时，我也有意识地停留在当时的情境中。我想把发生了什么记在心里。于是，我就让他这么继续着。也许持续了一分钟，还是两分钟？现在回想起来，我很难理解为什么我没有立即阻止他。但在那一刻,我感觉自己掌控得了局面,尽管这件事让我心烦意乱,却是一种难得的体验,令人兴奋。

事情发生时,周围其他人的谈话还在继续。只有卡塔琳娜·弗罗斯滕松能看到发生了什么。我觉得她应该在看。但她的表情没有丝毫变化。当时的情景既奇怪又令人不快,在我的内心变成了一个凝固的瞬间。我至今仍记得那一刻。让-克洛德的傲慢和卡塔琳娜高深莫测的眼神。

但他从未进入我的紧身裤或内裤。我一言不发地起身,打断了他的动作,离开了那群人,我点的啤酒还没喝完。我就这么走开了。

在那之后的几年里,这对情侣就再也没有出现在我的生活中。

当让-克洛德和卡塔琳娜最终开设"论坛"后,我过了二十多年才去那里。我很抵制那个地下室。让-克洛德给我的那段记忆依然存在。同时,放弃"论坛"也让我感到难过。那里的节目很吸引人,我很多朋友都去过那里。于是,20年后,我也来到了"论坛"。我又见到了让-克洛德。他老了,但作为主人优雅得无可挑剔。他和卡塔琳娜引导客人入座,他们站在友好而年迈的观众面前,闪闪发光。

如果你和我一样,对文学和音乐感兴趣,那么"论坛"将是美妙而独特的。卡塔琳娜·弗罗斯滕松几乎总是在那里。她在让-克洛德身边,就像一个担保人,保证我和其他人与克洛德之间的故事永远成为了历史的一部分。她的包容和他们共同的魅力给我留下了深刻印象。我常常想,他们之间有一种无与伦比的爱，一种比死亡更强大的契约。

## 林内亚（Linnea）

当我开始在斯德哥尔摩学习电影专业时，我非常漂亮，也非常快乐。我一直知道自己想成为一名作家。我和斯蒂格·拉松同班，几年后，他被认为是比斯特林堡更伟大的天才。但那时他只是一个来自诺尔兰的害羞而有趣的小伙子。很多时候，只有回过头来才能看清故事的真相，但即便如此，我仍认为在斯德哥尔摩的那些年是一个转折点：一个新时代开始了，头发上插着花的左翼嬉皮士渐渐地被后现代主义和昂贵的鞋子所取代。《危机》的一行男人开始在电影之家聚会，当他们成名时，他们所代表的是完全不同的东西。他们是世故的，在彼此的帮助下不断向上攀登。他们会在圣艾瑞克大广场的一家专门店吃上好的挂肉，理论上被黑暗吸引。我觉得，让-克洛德进入这个圈子就像是做梦一样。

我第一次见到他，是以非常出人意料的方式，与其说是一场相遇，不如说是一次袭击。我当时正在电影之家的一张酒红色沙发上看书。突然，我的头顶上出现了一个阴影，一个陌生人在下一秒触碰到了我的身体，并把他自己缠在我身上。我毫无准备。他留着一头黑色长发，和来自乡下的我想象中的法国人一模一样。

当时的情况非常诡异。一个成年男子会做这样的事情吗？

我震惊的心情稍一平复，就立马挣脱开。当我从沙发上站起来时，心里充满了强烈的不适，以致这件事至今仍历历在目。我一直很容易受无耻之徒的影响。我知道他们通过将羞耻感传递给他人来制造沉默。那个男人平静地看着我。当我离开时，我感到羞愧，希望没有人看到我们。

后来，我开始听说他的事，一听到他的名字，我就一激灵。让-克洛德是一位导演，一位来自巴黎的革命者。但最重要的是，他和卡塔琳娜·弗罗斯滕松在一起，这位美丽而有才华的诗人。后来，她和《危机》的男士们的地位越来越高。瑞典是个小国，因此某种文化视角或某个圈子可以占据绝对的话语权。

### 桑娜

我是在1985年认识让-克洛德·阿尔诺的。那时候我23岁。当时是在夏末的9月。几年前我搬到斯德哥尔摩，为了上戏剧学校。我不算特别有才华，但这并不重要。我觉得自己在那些以自我为中心、情感丰富的人当中，算是找对了地方。我还遇到了一个复杂而美丽的男人，我们有了一个女儿。当他考上马尔默的戏剧学院时，我的一个好朋友搬进了我们在霍恩斯大街的公寓里，和我及孩子住在一起。我丈夫每隔一个周末就回家来。

那一年的9月异常温暖。那天晚上，我们在歌剧院咖啡厅聚会时，我穿着裙子，光着腿。我当时很少外出，但我的朋友从餐馆下班了，可以照看孩子。打烊时，我和一群人一起打车去了位于布兰恩教堂大街的余兴派对。那里离我的公寓只有一个街区，我主要是想搭车回家睡觉。不过我也想顺便看看那里是什么样。就在那个派对上，那个法国人出现了。他叫让-克洛德·阿尔诺，40多岁。在我的世界里，他已经是个老头了。

他在浅棕色人造革的大沙发上挨着我坐下。我们面前是一张玻璃桌。房间本身又长又窄，桌子和沙发边缘之间的空间很狭小。我感觉被困住了。让-克洛德坚持用拉丁语向我求爱："我想和你上床，你应该感到受宠若惊。"哪怕我是单身，想做爱，他这套对我也不起作用。我喜欢自信、冷傲的男人。我一点也不喜欢被搭讪。我喜欢成为征服者。而让-克洛德只是个平庸的人。但他显然没有意识到这一点，因为他突然把手伸进我的上衣里。他抚摸我的后背，还想吻我，太恶心了。我挣脱了他。

我当时疯狂地爱着我的丈夫，我向他解释了这一点。他知道我丈夫是谁，似乎也很尊重我。

但他再一次把手伸进我的上衣下面，顺着我的背摸下来，就好像他在自动驾驶一样。我让这个动作继续下去，因为我也没有多大损失。这时，他开始谈论他的妻子：卡塔琳娜·弗罗斯滕松，著名诗人。我没有读过她的作品，但我知道她是谁，因为她和我同住一个公寓的朋友是最好的朋友。让-克洛德说他也把她当作自己的密友。我们就这个奇怪的巧合聊了一会儿。当我起身准备离开时，让-克洛德突然说他没钱坐出租车了，他能去我家过夜吗？我说当然可以。

那个地方需要走几分钟才到家。我累极了。他也完全停止了挑逗。我带他看了厕所，然后指了指卧室，我们共同的朋友正和我的孩子睡在那里。然后我拿出被子和枕头，让-克洛德站在一旁看着我在客厅的沙发上用干净的床单铺床。床单散发着新洗过的味道。我觉得自己是个好人。我们道了晚安，我就去厨房旁边的小保姆间睡觉了。

我马上睡着了。感觉到有人进入了我的身体，我又醒了过来。他的臀部在我的臀部上移动，但我感觉不到重量，因为他用手支撑着自己。他的上身没有碰到我。

在某种程度上，我清楚地知道发生了什么，但我为什么会变成在做爱呢？我是一个人上床的。就连我的身体也很奇怪。我的身体一动不动，就像猎物一样。我慢慢想起来，可能有人从街上跟着我进入了公寓。但随后我发现一头乌黑的长发在我脸上飘动。我意识到那是让-克洛德。这并没有让我松口气。但我之所以没有尖叫，并不是因为我的孩子在隔壁房间。我当时已经瘫痪了。所以当我突然听到自己的声音在低语时，我自己也感到非常惊讶："滚开，否则我杀了你。"这听起来像是编的，但正是那些话令让-克洛德身体一僵，开始从我身上往后退。但速度极慢。他在床脚徘徊了一会儿，看了我一眼，然后消失了。我听到他在客厅穿衣服的声音。听到前门被打开和下楼梯的脚步声。当公寓楼的大门被关上时，房子里一片虚幻的寂静。我躺在那里，想着我刚才说的——以及这些话的效果。

第二天早上，我把发生的事情告诉了我的朋友，而我的女儿则在地板上爬来爬去。我们挤坐在沙发的两端。她开始谈论她对这对夫妇戏剧性爱情故事的看法——卡塔琳娜·弗罗斯滕松早年对让-克洛德·阿尔诺的痴迷和不幸，以及为了得到他，她所做的各种努力。我意识到，这段关系对她来说，其实意味着痛苦。我的心情突然好了些，我挣扎的心有了出口。如果我能让卡塔琳娜·弗罗斯滕松扮演真正的受害者角色，我就能摆脱心魔。在这种情况下，任何报警的念头都消失了。

在接下来的几个月里,当我回忆起这件事时,所有的焦点都集中在我在最后如何成功保护了自己。我不去想让-克洛德·阿尔诺离开是有别的原因。他可能是怕我尖叫,怕我们共同的朋友走进房间目睹强奸。或者他只是想插入我的身体——为了抹杀我的拒绝——所以他的目的已经达到。相反,我把所有的精力都放在了编造一个故事上,这个故事给了我力量。我打断了他,因此这并不是真正意义上的强奸。这件事慢慢变成一个证明,证明我是完全不可侵犯的人。

不过,尽管我尽量淡化了这件事,我还是对他产生了一种纯粹的生理厌恶。如果我从远处看到让-克洛德·阿尔诺向我走来,就像被人在肚子上踢了一脚。我不得不改变方向,或者横穿马路。幸运的是,我很少在市中心看到他。

我开始认真写作后,情况有了变化。两年后,一场致命的意外打破了我的整个世界。写作成了一种应对痛苦和打发时间的方式。我试图让混乱变得有序。我每天都要写上几个小时,高低起伏的奇怪文字从我笔下倾泻而出。当我的老朋友斯蒂格·拉松读到其中一些文章时,他心情澎湃。他联系了诺斯泰德出版社的主编。突然之间,我要出版一本诗集了,还因此被卷入了20世纪80年代的王子餐厅作家群。

这本书出版后,我受到了不必要的关注。媒体报道成了我社交活动的一部分。只要我们中有人要接受采访或电视节目拍摄,我们就会拿着锡质啤酒杯坐在王子餐厅。有时我想,我们这个小团体就是摄像机创造出来的,是外界对我们的关注造就了我们。我们坐在一起喝啤酒,兴奋地交谈,但我们并没有什么特别之处。我们一起度过了许多漫长而无聊的夜晚。仅此而已。我们从未真正谈论过任何事情。我也一直在逃避我所经历的创伤。情感的压抑让我变得不真实,变得沉默。也许我们都是在假装。

我坐立不安。我可以在王子餐厅坐一会儿,但随后我就会去里克酒吧,去歌剧院咖啡厅。对我来说,性比酒更能舒缓我的压力。

酒吧桌子周围的气氛很热烈,也很喧闹。不过这和男人们没多大关系,大部分时候是我、玛瑞·坎德雷和卡丽娜·吕德贝里在一起。我们想比文化圈子里的男人们更坚强,他们其实很软弱。我们都不愿意在对方面前暴露自己。斯蒂格·拉松与金(Kim)——一个被判犯有谋杀罪的年轻人——交往密切,这算是当时的一种时代精神。在你的熟人圈子里有这样一个人是一件非常了不起的事情。在许多人眼中,斯蒂格身上散发着一种特殊的光彩。

让-克洛德·阿尔诺几乎一直在王子餐厅,一开始我选择在他来的时候换桌,或者背对着他,把他完全晾在一边。但很快,我就觉得这样做没有必要。对一个你每晚都能在外面看到的人如此厌恶和蔑视,而他却不以为然,这让我感到很疲惫。这干扰了我的思想和行动自由。此外,他还非常小心翼翼地对我表现出敬意,几乎可以说是崇敬了。我知道这是他的计谋。尽管如此,这还是影响了我。我一时冲动,决定把发生过的事情一笔勾销。我立刻松了一口气。突然间,我们可以坐在一起了。我让他亲吻我的脸颊,就像他亲吻所有女人一样,感觉非常放松。

1995年,我永远离开了斯德哥尔摩,同时也放弃了写作。处女作之后，我就陷入了写作瓶颈。我也无法适应媒体的报道，在去王子餐厅社交的那几年，我因备受关注而感到不适。当聚光灯照在我身上时，童年时那种既无所不能又脆弱不足的复杂感觉被重新激活。

我认为炒作和对天才的崇拜摧毁了我们中的许多人。比如斯蒂格·拉松。也许还有玛瑞·坎德雷和卡丽娜·吕德贝里。让-克洛德从来都不是那种聚光灯下的人物。他不需要曝光。他靠近那些寻求关注的人，但又不会被迫登上舞台。他可以保持原样，不受损伤。

后来，我也意识到，让-克洛德·阿尔诺对自己的角色越来越得心应手。20世纪90年代，我在斯德哥尔摩访问期间见到他时，他正在经营着"论坛"。他的气场完全不同。在斯图雷霍夫餐厅与我接触的那个人不再是跟班。他是主角。他想共度良宵的人是我的朋友，一位演员。但他的言语中流露出见到我后由衷的高兴，重逢的感觉如此真挚，以至于我也被深深吸引，同样感到高兴。

在我的生活中，强奸从来都不是什么大事。与发生在我身上的其他事情相比，我一直把它看作很快过去的不愉快。然而，我曾多次写下这段经历，写下那种毁灭和愤怒的感觉。我曾在未发表的文章中写过这件事。

有时我也会想，让-克洛德·阿尔诺一定非常想成为一名艺术家。他多么希望自己能加入知识分子的对话，但他缺乏这个能力。于是，他只能和有创造力的女人上床，并威胁要么创造要么毁灭她们。也许是有意识，也许是无意识，这成了他接近艺术的一种方式。让-克洛德希望通过这种方式影响人们的情感和记忆，同时也让他接近创作本身。

## 约翰娜

我的父母都是著名作家，他们经常说，作家的工作就是到外面的世界去，然后带着素材回来。所有的经历都可以变成文学作品。是的，素材就是一切，在这种态度中蕴含着勇气和好奇心。从来没有人提到过你必须付出代价——而女性的代价通常高于男性。

当我应邀在"论坛"上朗诵我的诗歌时，让-克洛德已经40多岁了，而我才二十一二岁。我是一名初出茅庐的年轻作家，在成为作家的最初几年里，我一直怀着一个羞愧的想法：我的出版商之所以接受我，是因为我是我父母的女儿。我是否能成为一名真正的作家？这答案我永远不会知道。

有时，我需要轻贱自己，这让我觉得有趣，也是对我出身的一种补偿或赎罪。

让-克洛德是我在斯德哥尔摩的酒吧和俱乐部里认识的。我见过他和年轻女人聊天。他总是在寻找某人或某事。他身上有一种压迫感。他的表情就像那些不仅希望遇到某人，而且知道一定会遇到的人一样：这种表情可以被看作是胜利者般的姿态，也可以被看作是机械性的。他的目的如此明显，甚至吓不到我。我还记得，他在舞池里走来走去，或在里克酒吧或东区酒吧外徘徊的样子，让我捧腹大笑。他喜欢的女性大多是白皙而纤细的。

我从不觉得我在他的视线范围里。我基本没有那种被香烟熏出来的性感。我喜欢谈论书籍和艺术，但我也想喝酒、欢笑和打闹。

当让-克洛德邀请我去"论坛"朗读诗歌时，我接受了，当时"论坛"还是一个相当新的场地。我知道他和他的妻子、著名而有趣的诗人卡塔琳娜·弗罗斯滕松一起经营着这个地下室俱乐部。这保证了"论坛"的高质量和声誉。

不久后，我敲响了临街办公室的门。一位年轻的助理为我和让-克洛德端上了咖啡。气氛既熟悉又略显紧张。我非常清楚，我被视为一名女诗人——我的性别在某种程度上反映在我的新职业角色中。喝完咖啡后，他想带我去表演的房间看看，几周后我将和其他几位诗人在那里演出。他打开门，带我走下陡峭的楼梯。然后他转过身，退后几步，锁上了身后的门。他带我参观了被用作作家和音乐家更衣室的房间。他说，要我脱掉衣服。我很为自己没有表现出大惊失色而自豪。我不知道该如何面对人们的失望。如果我提出抗议，我就不得不表现出成熟的一面，并对接下来的情况负责。在那一刻，好像没有什么事情是特别重要或有价值的。拒绝会让我肩上的担子很重；答应了，则没什么损失。

所有的细节都被放大了。他说他不育，所以不需要用安全套。我躺在冰冷的地板上。一张卷起的地毯充当了我的头枕。我记得粗糙的布料贴着我皮肤的感觉。我还记得墙边的书脊。我不想和他做爱。但这种陌生而粗暴的情况对我来说是新鲜的。这并不令人兴奋，但很有趣。这是一个素材：一个可以带回家并编织，然后再编织。

事后，我想了很多。这是我第一次和一个已婚男人发生性关系，所以我等于背叛了卡塔琳娜，而我客观来说是非常欣赏和喜欢她的。我希望这件事没有发生过。同时，我也为自己与生俱来的地位出身付出了代价，这件事就像一个印记。就像你被允许进入夜总会时手腕内侧被打上的那种印章。

在进行第一次诗歌朗读之后，我也成了"论坛"的一员。我为此感到自豪。为自己的归属感而自豪。

让-克洛德关注的是地位和职位。谁是记者，谁有钱，谁有关系——当你管理一个像"论坛"这样的组织时，这并不奇怪，但他有时太投入了。他很了解我的文化背景——我的出身——并会拿这个说事。我已经习惯了这种话，也能接受他的评论，即使有时很伤人。我告诉自己，我必须作为一个年轻有为的诗人出现在"论坛"上。我是凭自己的实力参加"论坛"的，因此我必须忘记地下室的那件事，忘记我自愿又不自愿地与让-克洛德发生性关系的事。我重新定义了我们之间的友谊。我声称那是干净的，没有被玷污，我自己也相信了这个故事。在我去地下室期间，我有时会看到他是如何对待他的女员工的。我目睹了他愤怒的发泄和色情的挑逗。但对我来说，他是无害的。我认为自己没有受到伤害。罪行已经发生，入会仪式已经完成。

# 10

截至 10 月底，已有 9 位女性为让-克洛德·阿尔诺的事件作证。我发现很难将她们区分开来。她们的故事交织在一起，每个故事都不尽相同，但她们的叙述作为一个整体，比单个证词更能展示出这其中的真相。

与我交谈的一些人曾在"论坛"担任助理。卡塔琳娜·弗罗斯滕松负责文学，汉斯·鲁因（Hans Ruin）教授负责哲学节目，洛夫·德尔温格和罗兰·彭蒂宁负责音乐，而这些女性则和阿尔诺一起负责日常工作。

她们负责与媒体和参加活动的艺术家、作家联系。她们撰写资助申请和报告，为节目提出建议。与我交谈过的人基本都是在台面下领取工资的。通常是 1 万瑞典克朗[①]，被装入信封或直接存入他们的账户。

许多助手都说，在地下室工作对她们而言是一种教育启蒙，并且她们从中获得了很好的艺术体验。她们过得很开心。"论坛"已成为文化界新项目的发源地，但她们中的一些人也谈到了挫败感，即便自己能完成高质量的工作，身份却始终是"'论坛'女郎"。

有些人在担任助理期间也有不愉快的经历，这往往与不明确的雇佣条件有关。一位女性说，阿尔诺与她的家人很熟，这算是给了她一些保护。

"但他仍然会变得很可怕,突然爆发,并做出不恰当的性行为。我记得一件很小的事。他当时突然抚摸我的耳垂。他抚摸了很长时间,还当着很多人的面,说耳垂是人体最性感的部位。我一下子僵住了,满脸通红,但我觉得自己必须冷静下来,不能表现我在动摇。这份工作是黑工,这使得发生的一切变得更含糊不清。我认为'论坛'会是一块垫脚石,我知道这份工作不会给我提供任何文件或证明。因此,唯一能利用这份工作经验的办法就是与上司保持良好关系。"

后来,我与另一位前助理交谈,她觉得地下室的部分社会结构是建立在双赢的基础上的:

"作为一名年轻女性,你可以进入最好的空间——这是你以个人的力量永远无法到达的。你可以在瓦萨霍夫与全国最有趣的文化名人共进晚餐。你获得了重要的知识和人脉,这像是一份礼物,或多或少被下意识地视为对骚扰的补偿。你得到了丰厚的回报。我想,这也是人们看到年轻女性受到如此对待却没有做出反应的原因之一。我自己也参与了这个系统的维护。我从中受益。我当时觉得,还不如趁早利用自己拥有的资本。"

在对阿尔诺的描述中,小细节和整体特征会反复出现。比如"论坛"的艺术总监如何利用自己的人脉引诱和威胁别人,他的唠叨和对他人野心的洞察力。一名女性还记得,十几岁时,她在

---

① 约合人民币 6 900 元。

一家俱乐部看到阿尔诺向她的朋友搭讪的情景。她立刻意识到他对性很感兴趣——真正的性，就像她一样。

"于是我在舞池里向他走去，他成了我的情人。让-克洛德的眼睛很迷人，贪婪而执着。我希望我们能经常见面，也许他开始觉得自己被利用了，无论如何，最后他离开了。他没有再回复我，我很骄傲，也不再联系他。"

证词的数量越来越多，这让我不得不搬进一间隔音室。

我周围的世界里，其他女性继续讲述她们遭受侵犯的故事，并指认施暴者。在最初的几周里，我无法跟上发生的一切。但我知道，这场运动往往是我得以与受访者对话的先决条件。她们意识到，自己的证词可能会产生效果，而且可以防止今后继续发生侵犯事件。在很多情况下，这也是一些女性在最初表示拒绝后，犹豫再三又选择接受采访的原因。

"我有孩子。我没法再回想当时的遭遇了。"

"成为他的年轻情人之一已经够耻辱的了。你会觉得自己被贴上了标签，觉得自己是妓女，不过是高雅的文化界妓女。"

"他只会对'丑闻报道'感到受宠若惊。他会认为这样的文章有利于塑造有关他的神话。他和他的朋友们会把你斥为道德家和庸人。"

两天后，我接触了 13 位女性。现在，我的大部分材料都是录音或书面回忆。这些回忆来自那些声称遭受过性骚扰和性侵的人，以及据说亲眼看见或事后听说过这些事件的人。这些记忆就其本质而言永远不会是全面的。

这就是为什么需要这么多人发声。

13 位女性又变成了 14 位，在《每日新闻报》上发表文章的事情开始变得现实，我夜里醒着的时间越来越长。睡眠就像一块薄薄的布料，稍有思绪就会被撕碎。我意识到我需要去看看"论坛"。我需要去地下室亲眼看看。很多人向我描述过地下室，我好像都能认得去每个房间的路了。11 月初，那里将举办一场艺术开幕式，就在 8 天后。我给我的朋友卡琳（Karin）发短信，她回复说可以和我一起去。

我的这份报告可能获得发表，开始出现证人证言。证人表述这些证词的方式有别于她们谈论其他事情的方式。如果碰到这种情况，你会本能地察觉到这一点。

有时，我开始给她们录音，却忘记告诉她们。不过，当叙述内容的性质发生变化时，依旧很明显。许多人陷入沉默。她们会更仔细地斟字酌句。

"将当时的事情转化为一个故事对我来说需要时间。"艾玛（Emma）说，"20 多年来，我一直对性侵保持沉默，所以我的记忆还保持着原始的状态。在我的脑海中，它们一部分是极其清晰的画面，另一部分是情绪，但几乎没有语言。因此，在我们谈话之前，我试图重建当时的所有情况。我独自坐在黑暗的房间里写作。出于某种原因，我觉得黑暗很重要。唯一的光线来自屏幕和文件。我试图控制脑海中的画面。我还记得被强奸后从公寓出来的情景。当时大概是凌晨 2 点。出了门，我直接冲向右边。我知道自己要去哪里,所以想走最快的路线。当我看到挡在我和马路之间的树篱时,我试图直接穿过去。我不想走回头路。但树丛就像一堵墙,中间似乎有栅栏。我只好折回去,另寻他路。最近,我回到那儿看过,树篱和栅栏都还在。"

克里斯蒂娜事后说,因为我们之间的大部分谈话都是通过电话进行的,没有实际见面过,所以这让作证变得更加容易。

"为了讲述在'论坛'上发生的事情,我必须在精神上回到那个特定的地方。我需要进入我的记忆里。与倾听者之间的距离让我对所要描述的内容产生了一种亲近感。没有人坐在我对面——也没有面部表情让我解读。我能看到的只有事件的整个过程。"

一名女性说,每次讲述同一段故事时,记忆都会有所变化。这就是为什么她突然放慢了语速:

"我所说的这些事件一直藏在一个盒子里。把它们拿出来让我很害怕。我害怕说得太多,害怕说错话。这也是为了我自己。我知道,我选择跟你说的话会影响我对生活的记忆。"

该如何谈论自己遭受的性侵?这个秋天,我想起了我听过的所有关于男性遭受暴力的故事:学校操场上的打斗;麦当劳排队时被醉汉打的一记耳光;一把在黑暗中突然闪过的刀子,给受害者造成了巨大的恐惧,以至于他都尿裤子了。之后,这些人可以自由地谈论他们的经历,从有趣的故事到终身的创伤——他们可以在亲密的对话中谈论,也可以在大型聚会中谈论。历史上似乎一直存在着同样的差异。在古代戏剧和《旧约》中,男人的战场和战斗场面都得到了准确的描绘。但性暴力则不同。它只是在字里行间一闪而过。而在当今的流行文化中，这类事件几乎总是通过戏剧性的暗示来表现，"最糟糕的事情已经发生"。女人的这辈子被毁了。她的衣服被撕破了，她再也回不到从前了。

德国文化历史学家米图·M.桑亚尔（Mithu M. Sanyal）在其著作《强奸》（*Rape*，2018）中写道，我们对受害者的印象建立在陈旧观念的基础上，即女性的荣誉和个人价值与她的身体和性纯洁相关联。这些观念将强奸变成了对女性本质的侵犯。性侵犯污染了她的内心世界，之后在文化上占主导的感受就是羞耻。在小说中，受害者有时会计划血腥的复仇。但大多数时候，她只是站在浴室里，徒劳地试图把自己清洗干净。

对于如此重要且普遍性的经历，怎么可能只有一种叙事方式呢？受害者有多少，对性侵的反应难道不就应该有多少种不同的形式吗？

我觉得，这种有限的选择限制了人们对广义范围内的"性骚扰和性虐待"事件进行有效讨论的可能性。这导致女性对那些没有造成创伤的犯罪行为保持沉默，让人以为那些行为只是悲剧性的小事或小骚动。这些事件本应该是有意义的经验，让你对自己有所了解，让你朝着新的方向前进。

但最重要的是，有限的选择影响了女性处理痛苦经验的方式。我和与我交谈的大多数女性都意识到，我们不太愿意使用"强奸"这个词。她们觉得被"强奸"变成了一种身份。她们在这个词中认不出自己。

"我很高兴，我成功地将这个事件正常化了——我通过将这件事想成是我挑起的。这让我成为了一个演员和帮凶。我保住了我的自由。"一位后来选择不参与报道的女性说道。

在努力指认阿尔诺的过程中,这些女性非常注重细节。她们把日记或聊天记录的图片发给我,几乎所有人都自己提出了关键问题:

"我为什么还能再和他见面?"

"我为什么能在听到这一切后和他一起出入各种场所?"

"我还能继续参加'论坛'?"

所有证词都是复杂的,决定发声的女性希望在文本中反映出这一点。莉迪娅说,她从不认为受害者是无辜的:

"我自己也想做爱。我不是清教徒。尽管我知道让-克洛德的所作所为,但我很多年来都没举报他。我也一直保持沉默。但你必须能在不是非黑即白的情况下谈论性侵。对于从外部观察的人来说,有时很难理解真实的情况。"

后来,莉迪娅表示,真实的证词是有风险的。这也是必须的。

"决定参与这篇文章后,我觉得我的整个世界都处于危险之中。当我最终报了强奸案时,很多人似乎认为我的行为是'不合逻辑'的,因为我试图掩盖什么。毕竟,我身上存在矛盾之处。但事实恰恰相反。我在和你谈话时,以及后来和警察谈话时,都提到了这些方面的问题。"

受害者应该如何表现才能被人相信?我们应该期待什么样的

反应？米图·M.桑亚尔写道，这些答案也植根于性纯洁的观念。这种观念的原始版本认为，只有那些拥有尊严的女性才有可能被强奸，进而失去尊严。

因此，纵观历史，人们一直期望被害女性能够让法律制度相信她们的贞洁。为回应这种期望，她们一方面试图证明自己曾拼死反抗，另一方面还要表达出因侵犯而遭受的永恒痛苦。如果她们在此过程中表现出了丝毫被动，就表明她们允许自己被"引诱"。而如果在所谓的强奸之后，她们似乎并无大碍，或者继续过着自己的生活，那么她们显然没有什么尊严可言。

然而，几十年来，人们一直在为确保在主张自己的身体权时不受条件限制而奋斗。1965 年，瑞典将婚内性侵定为刑事犯罪。2013 年，强奸的概念扩大到包括对处于"特别脆弱状况"的人的侵害。例如，处于深度睡眠或重病状态的人，或因"极度恐惧"而被动有反应的人。

现在，如果有人违背你的意愿与你发生性关系，无论肇事者是否是你的配偶，都属于犯罪行为——无论你是否喝得烂醉如泥；无论你是否花了几个月的时间幻想与对方上床；无论你是否跟随陌生人回家，并在回家后与他狂欢。

但是，旧观念依然存在。2000 年代，瑞典的强奸案判决侧重于被告的衣着和性生活史。2018 年秋天，莉迪娅对让-克洛德·阿尔诺的指控成为公众热议的话题。作家兼专栏作家莱娜·安德松（Lena Andersson）在《每日新闻报》上写道，法律系统不能将强奸指控作为单个事件进行调查，而是必须对"全景"进行评估，她认为关键在于性交是否在双方自愿的前提下开始。

她还写道，人应该被视为"理性动物"。如果受害者选择与施害者再见面，那么她只能将这个行为的意图理解为"加深彼此的交往"。《晚报》（*Aftonbladet*）当时的文化总监奥萨·林德博里（Åsa Linderborg）也在该报上发文强调了这样的背景：许多"野心勃勃"的女性找上"论坛"的艺术总监，是因为她们想"利用性优势"。她们都认为，一个继续与施暴者见面的人不可能认为这件事对自己造成了特别大的伤害。林德博里将这一观点作为支持阿尔诺无罪的论据。她写道，这些女人的行为肯定让他很难意识到自己是在违背她们意愿的情况下与她们发生性关系的。

面对这些说法，我想到了手机里保存的证词。2018年秋天，我的录音应用程序中储存了约30项骚扰指控，我的调查也成了出版一本书的项目。其中9位决定任由他人审查她们故事的女性声称遭受了严重的性侵，所有这些故事都包含某种形式的反抗：反复说"不要"和用脚踢，事前恳求或事后流泪。

与此同时，统计数据显示，每10名强奸受害者中就有7名在遭受侵犯的全部或部分过程中出现瘫痪的反应，还有许多人因恐惧而无法从事件发生前的威胁情景中逃离。

然而，在2017年的秋天，我发现自己还是想让这些女性的故事在道德上更完美。我也很沮丧，因为她们没有在被侵犯之前或之后离开公寓；她们没有要求驶过斯德哥尔摩市中心的出租车停车让她们下车；她们没有反抗，而是全身瘫软。我担心她们不会被相信。我担心证词会对她们不利。我想把她们变成更一目了然的受害者，每个夜晚我都在想，是否要从这些女性的故事中删掉结尾。这些结局几乎总是会提到，她们再次遇到了施暴者——

许多人遭受性侵后都是如此。

如果她们自己同意的话，也许我还会更正她们证词中的部分内容。除非，恰恰相反，她们想把自己的故事复杂化。为了找到最真实的措辞，她们往往会把同一件事说上好几遍。这些对话让人联想到写作——在任何诚实的尝试中，现实和自身的某些部分是永远无法完全解释清楚的：

"我没法很好地回答你，为什么会发生这样的事情。也许是因为让-克洛德在那一刻的意志比我更强？"

"我一直都有自我毁灭的一面。我不知道为什么，也说不清它从何而来。"

# 11

## 米拉（Mira）

我以前也曾被文化中那种有能力创造戏剧的男人所吸引——戏剧给人一种亲临历史关键时刻的感觉。在此期间，我积极探索以自由艺术家身份生活的方式。我对自己的阶级背景有清醒的认识，对自己从事艺术创作的可能性有着相当不乐观的判断。家里没有人支持我。我想要实现的目标，只能靠自己去努力。22岁那年春天，我正在为一所艺术院校制作我的第一件作品，让-克洛德在一个酒吧的派对上看到我亲吻一个女孩。那时我还不知道他是谁。后来，他经常描述他是如何"挑选"和"选中"我的，这也成了他让我感到自己被监视的根据之一。

聚会结束后过了几周，一个共同的熟人邀我去餐厅的小型私密晚餐，说是正好能赶上甜点时间。当时让-克洛德也在，他要了我的电话号码。拿到号码后，他开始频繁地给我打电话——一天好几次。他的热情让我受宠若惊。他似乎与我周围的同龄男孩形成了鲜明的对比，他们很少会慷慨地给予我肯定。但他太老了，我也对他抱有怀疑。我四处打听了一下，人们告诉我离他远点，让-克洛德会伤害我的。但那时，我已经真正地被他吸引了。我怎么也想不到，有人真的会伤害我。我兴奋地答应和他共进晚餐。见面后，我像个孩子一样毫无戒备地敞开了心扉。我告诉他我对艺术的疑虑，我糟糕的经济状况和我的恐惧。让-克洛德立即表示愿意"照顾我"。他会让我的创作生涯成为可能。首先他会全额支付我的房租。我觉得这听起来不错。就像一场冒险！与此同时，酒也点了一杯又一杯。我喝得酩酊大醉，以至于那晚的一切我都不记得了。他带我去了瑞典文学院位于老城区的一栋楼里的工作室。当我在那里醒来时，我意识到他和我发生了关系。他的声音亲切而温柔。他说会在街上叫出租车送我回家。我浑身冰冷，一阵恶心。

让-克洛德善于发现人的弱点。他看出我想要出人头地。不久，我便搬出了自己租的房子，另找了一间转租的公寓。房租有点贵，我很快就在经济上依赖让-克洛德了。每个月我都要提醒他付房租，这让我羞愧。他有时付，有时不付。当然，他常会提出新的要求。这些要求往往涉及我之前犹豫或拒绝的、突破我底线的性行为。这些事情发生时，我并没有把它们看作性侵。我以为跟着他就能有所发展。这段关系本就始于情欲。我既感到厌恶，又被他吸引，我认为我找到了一个安全的地方，在那里我可以释放自己性格中的破坏性。

我们的关系有一个明确的条件：我不能和其他人上床，但我可以随时离开。这是两个自由人之间的一个无耻但双方同意的协议。

但后来这段关系完全变了质，所以我试图离开。与让-克洛德在一起的最后两年迫使我成长，这段经历对我的伤害可能永远无法完全愈合。

我还记得关系刚开始时和让-克洛德一起去斯德哥尔摩参加开幕式的那段超现实的经历。我那时已经开始感到焦虑,出现幽闭恐惧症。他和不同的女人点头打招呼,这些女人和我长得很像——都有一头金发,但年龄各不相同。每次见面后,我都会被告知她们在过去几十年里是如何与让-克洛德发生性关系的。我觉得自己就像一个复制品,一个克隆人。我们好像是同一个女人,命运不同却又如此相似。对于参加开幕式的人们来说,我就是一个"新来的女孩"。我和以前的女孩一样可以被替换。这种认识让我感到欣慰和放心。这意味着,在未来,我也有可能在这个世界上获得属于自己的自由的位置。也许当我们的关系结束时,我可以很容易地被另一个身体取代?也许那些警告我的人是错的?也许离开他,我根本不会被追踪和威胁?

人们崇拜让-克洛德并不是因为他有深刻想法,而是因为他懂得如何具体地应对生活。对于他周围的崇拜者来说,他代表着一种残酷的生存智慧,一种让我着迷的力量。我永远不会说自己是无辜的。我之所以成为他的牺牲品,不是因为我更有道德,而是因为我很脆弱。

我的日常离我越来越远。交往几年后,我发现他控制了我的整个生活,这成了再正常不过的事情。他决定我们该如何做爱。决定我应该在何时何地、吃什么。我开始渴望自己从这个世界上消失。我感觉自己仿佛重达千吨,同时又远在另一个星系。我变得越来越被动和疏远。吞咽反射消失了。许多朋友和我断绝了联系。他们不忍心看到我成为虐待自己的同谋。其他人无法像你强奸自己一样彻底地强奸你。

有时，我也鼓起勇气想离开，要求结束这段关系。但每次尝试之后，我都意识到这是不可能的。他会找我，疯狂地给我打电话。他说我的事业会被"毁于一旦"。我相信了他的话。如果听不到他的声音，我就无法思考。记得有一次，我们在一位文化名人家里参加一个大型晚宴。大家都明白我的角色，只有一对老年夫妇例外："我不知道卡塔琳娜和让-克洛德有个女儿。"大家都觉得很好笑。圈子里的大多数人都习惯了这种情况。有些男人已经从让-克洛德那里接手了他所谓的女儿。他曾说自己是少女最好的学校。他找到她们，在她们准备好被移交给别人之前对她们进行"培训"。那时我已经接受了他的世界观。因此，当我考虑如何摆脱困境时，我能想到的主要办法就是成为他朋友的礼物。也许我可以被送到一个更好的地方。

当我最终离开让-克洛德时，我已经做好了结束生命的充分准备。对我来说什么都不重要了，除了离开那里。

当他意识到我是认真的，就把我说成是要根除的"肿瘤"。他会封死我所有的出路。他打电话对我进行言语威胁。他在城里面，朝我的一个朋友吐口水。他要求我们共同的朋友和熟人与我切断联系，把我从脸书上删除。他经常提醒我，我被监视着。他说，他"有自己的线人"。我开始躲避人群和俱乐部。我开始害怕独自站在地铁站台或其他可能有人伤害我的地方。

我的经验是，在这段关系结束后，我很难在这个行业找到工作。那双伸出的手被收回了。同时，我始终无法确定究竟什么是什么。我的卡夫卡幻想是什么？什么是我自己错误行为的结果，什么是现实压力的后果？几年后，当我们再次见面时，我希望让-克洛德能够原谅我当初的离开。然后他透露，他把我"屏蔽"在了他怀疑我会申请的所有艺术硕士课程之外。但如果我们再次交往，他就会"解除封锁"。他真的有能力"屏蔽"我吗？我不知道。我从未验证过这种说法。

现在已经11点了，一位曾经在"论坛"工作过的女士给我发来了塞格尔广场一家咖啡馆的地址。阳光洒在将《每日新闻报》编辑大厦与托利德广场地铁站隔开的康拉德山公园，光线低垂而朦胧。树梢几乎光秃秃的，干枯的树叶堆在地上。这位女士在最后一刻改变了地点，当我到达时，她正坐在餐厅的一个角落里，没有摘下头上那顶薄荷绿的帽子。这次见面后，她不再回复我的短信。在这次隐晦的对话中，女人反复强调，我问题的答案比我想象的"大得多"——这句话营造出一种虚幻感：我和她仿佛各自扮演着一部悬疑惊悚片中的角色。我想看看她的眼睛，确认一下她是否也能以旁观者的视角去看待这件事，但她的脸总是被帽子遮住。过去几周，我产生了一种不同寻常的深深的怀疑。

随着调查的不断深入，一些人认为让-克洛德·阿尔诺的故事不仅仅是沉默文化的体现。这些线索延伸到的权力网比我想象的还要深。"论坛"是一个更大的阴谋的一部分。

当我结束这次见面，走过塞格尔广场的黑白三角形地砖时，我感到自己被阴谋论所吸引。这一次，我感觉到现实不是分散的、支离破碎的，而是连贯的，充满了有意义的迹象，等待着我去解读。

前几天，我刚要开始工作时，一位女士打电话来警告我。她

说阿尔诺与《每日新闻报》关系密切:

"你会被突然叫去,他们会说发表文章的事被取消了。然后他们会找一些借口。"

报纸的文化总监比约恩·威曼(Björn Wiman)很关心我的工作,当发现这篇报道包含严重指控时,他让我先放下其他工作。我与我的编辑保持着频繁的联系。尽管如此,我的脑海中还是闪过一个念头:他们真的希望这些报道曝光吗?他们都在文化界工作了很长时间。很显然,他们一定拥有一张庞大的、对我而言相当陌生的关系网,关于他们对新闻事业的忠诚度,我又了解多少呢?

文化界充满了敏感的自我,也是偏执狂的最佳场所。

在其他行业,人们的地位是可以衡量的。你可以沿着清晰的阶梯晋升,你可以看到你的成功反映在你的薪酬上。

然而,在文化界,等级制度不够正式,也不可言说。你的创作或思想的价值取决于出版商、导演和画廊老板的一系列主观判断。评论家和编辑会决定主要应该对哪部作品进行评论。个人的地位并不体现在名片上清晰印刷着的头衔上,而是由人脉和口碑来体现;出版界的交际会上别人注视你的目光也是重要的评判因素;以及在你可能没有被邀请参加的聚会和晚宴上,通过不断变化的气氛来体现。

除了瑞典文学院之外,文化界没什么大钱,但有几近无限的声望。你可能突然成名。这种情况很罕见,却也时有发生。突然出现某个人,发表了一首歌曲或一部诗集,深深打动了成千上万的人。一夜之间,作者既被载入史册,又被公认为那个时代最伟大的声音。

尽管社会希望将创作去浪漫化，但阶级和地位的提升仍然可能在一夜之间发生，这一点不仅与宗教先知的出现相似，也与犯罪世界的一夜暴富有相通之处。

然而，文化界的人们很少认同权力。许多人都有被排斥的经历，始终有种局外人的感觉。也许他们无法放弃自我形象，因为他们的经历太深刻了。或者他们不想放弃。他们在创作中需要愤怒和来自外部的观点。他们需要体验从下往上冲刺的感觉，让自己继续痴迷下去——这几周我自己也在经历这种感觉。他们的行为很像霍拉斯·恩达尔，他曾在瑞典文学院担任常务秘书长10年之久，但却一直将自己描述为"地下知识分子"。

在这样一个世界里，能描绘出令人信服的游戏计划解释游戏规则的人，就能大行其道，无论他说的游戏规则是否正确。

对于从外部接触文化界的人，阿尔诺自称是守门人。他声称曾让年轻作家被大出版商拒绝，他参与决定谁能获得瑞典文学院的奖金。他反复强调，他能成就或毁掉一个人的职业生涯。在业内尚无立足之地的人怎么衡量他的说法呢？2017年秋天，我一直在思考他的影响力。他究竟能做什么，他离我们的世界有多近？他会不会有某种力量将米拉"屏蔽"在艺术硕士课程之外？我意识到，这些问题的答案尚无定论。无论阿尔诺的权力是真实的还是夸大的，它似乎都可以被拿来实施性侵和恐吓，让受害人保持沉默。但我仍要努力找出答案。我必须证明这其中蕴含着更大的规律。因为确实存在着一种模式，不是吗？

# 12

卡塔琳娜·弗罗斯滕松的诗歌灵感往往来自绘画和雕塑。一些艺术家曾有过成为她作品主题的正面经历。艺术家扬·霍夫斯特伦永远不会忘记弗罗斯滕松要求睡在他的工作室里。她需要亲近艺术。她已经发现了一些触发她灵感的作品：

"她对我的很多作品都非常陶醉，这些作品的共性我称之为'破碎'。直达身体。撕裂的布条被钢丝穿过。我认为我们有一个共同的主题：疏离、孤立，以及对这种状态包含神圣性的感知。"扬·霍夫斯特伦说，"和我一样，她也有教会背景，可能是从主日学校的血十字架开始的。"

他的工作室位于一座土黄色的旧厂房里，看起来就像他画作中的小屋：天真烂漫，与水相映成趣。墙面上并排着的窗户各不相同。一扇窗里漆黑一片，另一扇有条纹遮阳篷，还有一扇被水泥填了起来。一年之内，整个区域都将被拆除，以建造新的住宅区。扬·霍夫斯特伦不得不把他的艺术品和其他破碎之物装进搬家的箱子里。但最终他找到了弗罗斯腾松根据他的艺术作品写的诗集。他说，读这本书的感觉非常特别。

"她的文字和我的破布一样，都是具象化的情感。她消解了'这'与'那'之间的界限。我觉得要表达这一点对我来说很难。这就是当你意识到有人理解你在做什么时的奇妙之处：你不必说话。你只需静静地坐着。无比专注的目光落在你身上——这是一生只有一次的相遇。"扬·霍夫斯特伦说。

20世纪90年代初，让-克洛德·阿尔诺和卡塔琳娜·弗罗斯滕松将"论坛"建成一间画廊时，艺术家卡塔琳娜·诺林在地下室展出了她的作品。那是1991年的冬天。

她13岁时得知自己是被收养的，这是她创作和职业选择的起点。

卡塔琳娜·诺林说："我想我从未真正从得知这个消息的那一刻缓过来。"

她一直有一种与周围环境格格不入的感觉。和许多孩子一样，她也曾幻想过自己是一个真正属于另一个世界和另一群人的变异人。在她的脑海中，她把自己不知名的家庭当成了"他们"，一个叫"他们"的种族。

"改变我的是，我的猜测得到了证实，我的幻想变成了现实。从那以后，生活中的一切都变得可能：最黑暗的和最光明的。我的亲生父母在别处，我意识到问题的答案在我当时所处的世界之外。这让我产生进入艺术专业求学的想法，并想要迅速逃离原来的世界。我现在也仍旧在逃离。我经常搬家。去新的城市入住酒店。"

卡塔琳娜·诺林在塔林[①]度过了生命中的最后3年。2018

---

[①] Tallinn，爱沙尼亚首都。

年,我们通过电话,并在她来瑞典时见了面,之后她在 2019 年春天生病,不久后便离世。

在美术学院就读的第一年,卡塔琳娜·诺林开始探索不为人知的"他们"。她绘制了遥远的城市地图和他们的社区。随着时间的推移,她越来越接近他们的世界,在她的毕业设计中,她决定创作"他们"曾经居住过的文明遗迹。

她收集了一些有明确历史感的东西:旧书和斯特林堡童年家中的砖块。然后,她将它们塑造成一系列抽象的雕塑。碳黑色的物体看起来像是考古发掘的成果。这可能是"他们"的圣物,可能是用作拷问或祝祭的道具,也可能是日常工具。

诺林经常出没在斯德哥尔摩的夜生活中。20 世纪 80 年代末,她曾出现在王子餐厅,后来又去了西格图纳大街的地下室。她喜欢"论坛"将不同的艺术表现形式融合在一起的方式。1990 年秋天,阿尔诺在人群中走过来对她说,他把她的艺术介绍给了弗罗斯滕松,后者立刻就喜欢上了这些神秘的雕塑,也许两人可以见上一面。

卡塔琳娜·诺林回忆说,他们是在克拉拉北教堂大街的一家越南餐馆见面的。

"卡塔琳娜·弗罗斯滕松想谈谈我的毕业设计,关于这座城市和'他们'。她问了各种各样的问题,听得聚精会神。她对某些细节非常感兴趣。有一次,我顺口说了一句,穿白鞋很麻烦,要'他们'穿白鞋是不可能的。后来,她经常提起这件事。我看得出来,她对我的创作很痴迷。我还告诉她,'他们'与我被收养的事情一脉相承。在那段艺术创作过程中，我思考了很多关于身体相似性的问题，以及身份认同在人们生活中扮演的角色。在别人的手上看到自己的手，或者在不同年龄的人脸上看到自己的脸，这意味着什么？我自己也有一种渴望，希望自己的身体能让人想起某个人。我告诉卡塔琳娜，虽然'他们'是一个未知的幻想，但'他们'也是我在现实中寻找的东西。我们见面时，只有我在谈论自己的生活，她从未提及任何个人隐私。尽管如此，我们还是有一种互相理解的感觉。"

与卡塔琳娜·弗罗斯滕松的谈话促成了卡塔琳娜·诺林在"论坛"的一次展览。

在那里，她取得了突破并获得了评论家的赞扬。但后来，就在弗罗斯滕松当选瑞典文学院院士后不久，诺林的作品从"论坛"无故失踪。诺林指责画廊的所有者说，这是一场艺术绑架。

卡塔琳娜·弗罗斯滕松一直不愿透露事件的来龙去脉，但她在 K 一书中强调了 28 年来在"论坛"进行过无数次合作，发生冲突是极少的例外。她写道："但这种情况并不常见！你可以反驳我。但如果你那么做了，就是在撒谎！"

1991 年冬天，"论坛"展览的开幕式临近，卡塔琳娜·诺林在地下室紧张地工作着。房间里很暗，阿尔诺固定了三盏聚光灯，它们发出的光既白又绿，像氯气一样。她苦恼于如何将自己毕业设计中的黑色雕塑放置在有四根柱子的大型表演空间中。

于是，她要求独自在地下室过夜。

"我觉得我需要在一天中的不同时间体验这个地方，看看

'他们'的城市会发生什么。事实上，这个房间就像一个崎岖不平的山洞，这意味着安置我的作品非常困难。"

卡塔琳娜·诺林选择以对称的方式摆放黑暗物体。她还在地下室创作了她最重要的作品。这件作品名为《悬挂》，是她设计的最后一环。这是她最接近"他们"这个未知种族的作品。这件作品由三个紧紧悬挂在一起的黑色物体组成，上面挂着精致的白色蕾丝亚麻布。它看起来既陌生又熟悉。就像外星来的平民。

"城市里的其他物品则放在地板上，从远处就能看到。而《悬挂》则挂在墙上，显得更为亲切。这表明你已经越过了'他们'的界线。你甚至可能进入了他们的家。你看到了对一个家庭或个人来说很重要的东西，唤起某种情感的东西——也许是他们宗教仪式上使用的东西。"

弗罗斯滕松为卡塔琳娜·诺林的展览写了一篇导言，一首关于"他们"的长诗，名为《阿里尔（被标记者）》［Ariel（De märkta）］，挂在其中一面墙上。

"她笔下的'他们'比我想象中的更加残忍和混乱。这就是为什么我如此喜欢她写的东西。"诺林说，"我以一种陌生而不可预知的方式，看到了我自己身上的一些东西。"

在成功举办开幕式后，她收到了在全国各地画廊展出雕塑作品的邀请。但出于实际考虑，她继续将一些作品存放在"论坛"，因为那里有一个专门的艺术品陈列室。在那里，还有奥拉·比尔格伦（Ola Billgren）、约翰·斯科特（Johan Scott）、霍坎·伦贝里和扬·霍夫斯特伦的绘画作品。

1991年10月，弗罗斯滕松在接受《每日新闻报》采访时说，她正在创作一本"短小而奇特的散文集",灵感来自卡塔琳娜·诺林的展览。"他们"和"他们"的城市拒绝离开她:"我真的不明白他们从何而来,但当卡塔琳娜·诺林唤起我心中的这个世界时,我感觉她给了我一份伟大的礼物。"

一个月后,她向另一家报社介绍了从"他们"萌生想法的这本书。采访的旁边是一张《悬挂》的大幅照片。卡塔琳娜·诺林记得,弗罗斯滕松事后联系了她,说这是她参加展览的一个条件。她希望自己的这篇报道能配上这件雕塑的照片。几个月后,这件作品消失了,而报纸上的照片则是它真实存在过的为数不多的证据之一。

\* \* \*

1991年秋天,31岁的比安卡·玛丽亚·巴曼(Bianca Maria Barmen)在哥本哈根艺术学院修读最后一年的课程。她的一位同学曾在"论坛"举办过展览,并建议她与让-克洛德·阿尔诺联系。

电话里,阿尔诺邀请她向他展示自己的作品。比安卡·玛丽亚带着她的雕塑作品的照片前往斯德哥尔摩,这些作品是她的毕业设计,都是些神奇的生物:一个太监、一个猎场看守和两个垂着眼眸的双胞胎男孩;一只表情威严的大猫和一只站在它尾巴上的小猫。

那时,人们正在讨论一本关于卡特里内·达·科斯塔(Catrine da Costa)肢解案的书,一个种族主义连环杀手正在斯德哥尔摩制造恐怖。受害者唯一的共同点就是深色的皮肤或头发。阿尔诺比往常更频繁地乘出租车出行。在那几个月里，他和比安卡·玛丽亚一样感到害怕。

"回想起来，90年代初是一个充满暴力的年代，文化界既反映了这种黑暗，也调侃了这种黑暗。我们见面时，让-克洛德告诉我，他喜欢我的照片，2月份的场地日程安排上有空，所以他提议在那个时候展览。我答应了。"

比安卡·玛丽亚被同意进入地下室，她发现这个空间非常完美。墙壁和天花板和她的许多雕塑一样，都是破旧的白色。

1992年冬天，展览的准备工作结束了。卡塔琳娜·弗罗斯滕松顺路来看看。她静静地走过各个房间，说这些作品非常迷人。

开幕前几天，比安卡·玛丽亚与阿尔诺坐在他的办公室里。他拿出一个蛋糕，说是他妹妹烤的。蛋糕是从马赛寄来的。他向比安卡·玛丽亚讲述了自己的犹太父母是如何在20世纪30年代离开苏联的。他们曾试图在瑞典获得居留许可，但被拒绝了。最后，他们去了法国。他说，他自己成年后也设法在瑞典定居，这是命运的讽刺。

比安卡·玛丽亚·巴曼在艺术界默默无闻。她很高兴自己的开幕式门庭若市。葡萄酒被倒入塑料杯中，雕塑旁边开始出现红色的"已售"标签。

买家包括瑞典公共艺术机构①和艺术史学家尼娜·韦布尔

---

① Statens Konstråd，隶属于瑞典文化部的政府行政机构，通过制作公共艺术品和为国家收藏、收购艺术品，创造和管理"未来的文化遗产"。

（Nina Weibull），后者为斯德哥尔摩大学和她自己各买了一件作品。来自几家主要报纸的评论家也参加了这次活动。他们写道，比安卡·玛丽亚的作品具有一种被欲望填满的冷漠。她成功地捕捉到了大自然中缺乏目的性的一面：存在于"动物彼此对视的视线"中的空洞性。她的雕塑与世界建立了一种无需多加解释的关系。《每日新闻报》的评论员还指出，她的作品"逃离了几乎无法摆脱 20 世纪 60 和 70 年代政治化氛围的艺术环境"。

* * *

在卡塔琳娜·弗罗斯滕松对新艺术产生兴趣的同时，她本人的艺术生涯也迈出了决定性的一步。1992 年 2 月 19 日，即"比安卡·玛丽亚·巴曼个人展"开幕 4 天后的星期三，瑞典文学院常务秘书长斯图雷·阿伦致电弗罗斯滕松。他说瑞典文学院需要一种新的感觉，他想让她担任第 18 号院士。她要求考虑一段时间，两人约定第二天午餐时再见面。谈话后的那个晚上，阿尔诺像往常一样在斯德哥尔摩的夜色中外出。他在王子餐厅和丽都艺术俱乐部之间穿梭，向遇到的人说起他妻子收到的提议。

弗罗斯滕松选择了欣然接受第 18 号院士席位。她成为瑞典文学院第五位也是最年轻的女院士。记者们被告知，主人公将在西格图纳大街 14 号接待他们。

阿琳·高更是前一天晚上在酒馆遇到阿尔诺并得知这件事的人之一。当各路媒体的车辆停在地下室前时，她被指派充当门卫的角色。弗罗斯滕松一生都在回避曝光于公众。她不喜欢被拍照，尤其不喜欢拍集体照。在瑞典文学院，这种不情愿有时会成为一种烦恼。尽管如此，那天，一些记者被允许进入地下室。弗罗斯滕松亲切地和他们打招呼。她穿着牛仔裤和深蓝色罗纹 Polo 衫。

她在由墙壁和比安卡·玛丽亚的雕塑构成的纯白色背景下穿梭。地下室的环境让所有报纸上登出来的照片都异常美丽。这些照片似乎不是为《快报》或《晚报》拍摄的，而是为一本艺术杂志拍摄的。

让-克洛德·阿尔诺整天都在那里，与记者们打成一片。

他对《每日新闻报》说："现在，我是区区'文学院成员的男人'了。"并"略带讽刺地鞠了一躬，面露有些嘲讽意味的微笑"。在那之后，他将把卡塔琳娜·弗罗斯滕松和他自己称为"我们"，并不断表达双方对彼此的依赖。"你不知道我和谁结婚了吗？"——这种言语威胁以前也有过，但将来会变得越来越常见。

就像她的诗歌一样，卡塔琳娜·弗罗斯滕松本人也散发着一种强势的气场。我采访过的记者都说，当你拿着麦克风或笔记本站在她面前时，你会自动对自己的遣词用句产生焦虑。你不想因为说了一些愚蠢或平庸的话而让她感到恼怒。

这天，弗罗斯滕松不需要谈论她的新身份所带来的权力和责任。在我参加的那次采访中，她也不必回答关于她对拉什迪事件的看法的问题，尽管这件事仍然像阴影一样笼罩着瑞典文学院。1989 年 2 月，时任伊朗最高精神领袖对作家萨尔曼·拉什迪下达追杀令，原因是认为其著作《撒旦诗篇》亵渎了真主和先知穆罕默德。这迫使拉什迪开始了逃亡生涯。而瑞典文学院认为自己不应表明政治立场,选择不对此发表评论。这一行为引发了一场冲突,三位重要成员决定离席,从事实上说,不再参加文学院的活动。他们是谢斯廷·埃克曼、拉尔斯·于伦斯滕[①]和维尔纳·阿斯彭斯特伦[②]。

卡塔琳娜·弗罗斯滕松没有就瑞典文学院今后应如何应对作家因作品受到威胁的事件发表评论,而是被要求描述接到斯图雷·阿伦电话时的感受。这是否在你的意料之中?你感到惊讶吗?接到电话时你在做什么?作为文学院成员,你打算引导青年作家"走出举办诗歌之夜的前卫的地下室的黑暗"吗?

当晚的新闻节目《报道》首次向公众介绍瑞典文学院的新人事任命。节目开始时,镜头扫过白色的地下室的白色墙壁和比安卡·玛丽亚·巴曼的猫雕塑。几秒钟后,弗罗斯滕松进入画面。她用手抚摸着其中一个动物雕塑,告诉记者,她十几岁时写过一篇文章,批评诗歌的资产阶级属性。

"我真的认为很多诗歌都非常狭隘和封闭。因此我在那个年龄不写诗,而是后来才开始写的。也就是说,我实际上对诗歌有非常强烈的感情,但我想要的是别的东西。我想要一种不同的、更具侵略性和广阔性的诗歌。"

她还朗读了《离子》(*Joner*)中的一首诗。随着时间的推

---

[①] Lars Gyllensten(1921~2006),瑞典作家、医生。1966 年当选瑞典文学院院士;1977 年至 1986 年任文学院常务秘书长。
[②] Werner Aspenström(1918~1997),瑞典诗人。1981 年当选瑞典文学院院士。

移,这成了她逃避发言的一种方式。那些试图采访卡塔琳娜·弗罗斯滕松或希望她发表文学演讲的人都知道,她建议用朗读来代替发言是常有的事。

第二天早上,评论界一片抒情之声。各大报纸将她的当选描述为天才之举。弗罗斯滕松是拉什迪危机后富有生命力的复兴的希望。

文化版块的记者们认为,埃克曼、于伦斯滕和阿斯彭斯特伦留下的三个空位使许多作家产生了抵触情绪。他们不希望被选入一个"有几位最优秀的人已经退出"的组织中。但现在,《每日新闻报》报道称,瑞典文学院通过"跳过一代人",选出了一位更年轻的人,从而解决了危机。《快报》则说,这位诗人的艺术品格"不容任何人质疑",她拥有"绝对的文学天赋"和"不避讳直呼平庸之名的审美勇气"。《快报》的文化版块负责人写道,弗罗斯滕松是能够恢复瑞典文学院威严的人,她"还能让那些通常在'论坛'上展示自己作品的年轻先锋派感到受人尊敬"。他还预言,未来不难想象霍拉斯·恩达尔、安德斯·奥尔松和斯蒂格·拉松会成为瑞典文学院的成员。

在对卡塔琳娜·弗罗斯滕松的报道中,有几篇文章还着重介绍了她的外貌,称她"苍白但美丽";她"令人赏心悦目"。39岁的她,是"18号席位上的少女"。

\* \* \*

让-克洛德·阿尔诺在卡塔琳娜·弗罗斯滕松当选后不久就

与比安卡·玛丽亚·巴曼取得了联系，告诉她弗罗斯滕松想订购她的一件猫雕塑的青铜版。

此外，售出的作品将很快从"论坛"运往买家手中。按照画廊和艺术家之间的惯例，双方达成的财务协议是平分款项。比安卡·玛丽亚却还没有拿到钱。在开始制作弗罗斯滕松的青铜雕塑之前，她向阿尔诺询问了此事。他说，这种情况是因为买家还没有付钱给他。钱会到的。

弗罗斯滕松当选瑞典文学院院士的消息传出约一周后，阿尔诺于3月2日在卡塔琳娜·诺林的答录机上留言，让她给画廊打电话。在此期间，她一直坚持写日记，因此能确定事件发生的确切日期。她的三位朋友在不同阶段都关注过这件事，当我与他们交谈时，他们讲述的故事是一致的。

当卡塔琳娜·诺林回电时，阿尔诺告诉她，有人闯入了"论坛"。唯一被盗的是她的一件作品，奥拉·比尔格伦、约翰·斯科特、霍坎·伦贝里和扬·霍夫斯特伦的作品都没有被盗。这时，卡塔琳娜·弗罗斯滕松突然拿起电话，说她在仓库寻找一个酒盒时发现了失窃。不幸的是，《悬挂》消失得无影无踪。

当诺林问他们是否已经报警时，弗罗斯滕松劝她忘掉已经发生的事情，转而创作一件新的类似作品。

诺林动身亲自去"论坛"查看这座雕塑是否丢失。他们口中入室盗窃的情形让她感到怀疑和困惑。阿尔诺向她展示了窃贼可能走过的路线。令她感到惊讶的是，他对所发生的一切并没有任何感觉似的。他似乎对寻找丢失的作品也不感兴趣。

卡塔琳娜·诺林要求与"论坛"背后的那对夫妇再次会面，根据她的日记记录，他们对她再次提及失窃事件感到恼火。阿尔诺说："你以为你是谁？你只是一个学生，被抬到了一个你本不可能达到的环境中。"

当诺林提出她也没有得到售出作品的报酬时，弗罗斯滕松回答说："你想要的是钱对吗？你真是出人意料的生意人。"

诺林表示反抗，她说他们已经同意收益五五分成。弗罗斯滕松回答说："这里的规矩和外面不一样。"

"我之所以催促他们向警方报案，主要是因为我想了解发生了什么事。我需要第三方来确认这件事，"卡塔琳娜·诺林说，"整件事太奇怪了，我开始怀疑自己的感觉。我知道卡塔琳娜·弗罗斯滕松正在写一本以'他们'为原型的书，她特别强调《悬挂》是她的重要灵感来源。但当作品被盗后，它突然变得一文不值。我记得自己问过他们是否对这件事感到哪怕一丝同情。他们说对所发生的一切感到抱歉。"

当时与"论坛"关系密切的几个人都没有听说过这一事件。

"盗窃艺术品可不是一件小事。如果发生了，很难想象卡塔琳娜和让-克洛德竟然会不告诉我们。"扬·霍夫斯特伦说。

洛夫·德尔温格认为这几乎是不可能发生的事情：

"如果有人闯入，门上就会有痕迹，我们其他人也会发现的。尤其是我，我每天都坐在那里弹钢琴。而且小偷为什么只偷诺林的作品呢？她的《悬挂》旁边，放着那些已经成名的艺术家的作品，价值更高。"

那年春天晚些时候，时任艺术学院院长的奥勒·科克斯

（Olle Kåks）听说了作品被盗的消息，并联系了一名律师。他希望诺林能够得到赔偿。

"卡塔琳娜·弗罗斯滕松意识到除了我之外还有其他人参与其中，而且让-克洛德正在接受讯问时，她叫我去谈谈。就在'论坛'下面。她大喊大叫时，他安静地站在一旁。我没想到她有这么大的能量。她百分之百地为他辩护。这让我想起了我妈妈告诉我我是被收养的那个瞬间。你一直确信某件事情，但一瞬间它就成了另外一回事。最后，我无法忍受这种冲突。我选择退出。我需要继续作为一名艺术家活动，但我再也不能去我非常喜欢的'论坛'了。那是一个终结的世界。我还为此避开了许多地方。一件难以解释的事件加深了我的恐惧……有一次，那时我在做校对员，下班时已经是深夜，突然，我在人行道上遇到了让-克洛德，他做了个'割喉'的手势。也许他会说这是个玩笑。但对我来说，这很可怕。我知道，我永远也不会忘记。后来，我还遇到了其他在'论坛'出售作品未获得报酬或丢失作品的人。那种感觉就好像艺术家被剥削了，艺术家仿佛是一种可以被任意处理的原材料。作为一个年轻的、默默无闻的人，你被抛弃在一旁。我感到羞辱。他们是在玩弄我吗？"

卡塔琳娜·诺林记得，在她与这对夫妇的最后一次谈话中，她恳求知道到底发生了什么：

"然后，卡塔琳娜·弗罗斯滕松说：'我们想震撼你一下。'她说这句话的语气平静而客观。她说了好几遍。当我试图让她解释她的意思时，她回答说：'我们想震撼你一下，因为我们觉得你的作品太对称了。'"

卡塔琳娜·诺林并不是唯一一个在"论坛"举办展览后,没拿回作品的人。当我向业内人士打听时,我联系到了画廊老板约兰·恩斯特伦(Göran Engström)。他给一位20世纪末瑞典最著名的艺术家(如今已不在人世)做代理人。他告诉我,他们曾试图取回这位艺术家在"论坛"展出的两幅作品——都是大型石版画——但徒劳无功。

"对方总是给我不同的解释:说它们被借给了某个买家、被运到了某个地方。最后,我的艺术家再也受不了了,就放弃了。在这种情况下,处理这件事需要耗费巨大的精力。你不能再想别的事了。而且他本人还挺喜欢让-克洛德和卡塔琳娜的。"

虽然约兰·恩斯特伦已经在这个行业工作了几十年,但这种情况对他来说还是第一次。

"画廊老板如果不归还艺术品,就会收到大额账单,这意味着生意就关门了。但让-克洛德就不同了。我觉得可能大家是想帮助他。他们总觉得他经济拮据。当我们决定放弃追查这件事时,我记得那位艺术家说,石版画最终肯定会出现——'让-克洛德和卡塔琳娜需要钱'。"

\* \* \*

比安卡·玛丽亚·巴曼完成卡塔琳娜·弗罗斯滕松委托她制作的铜制猫雕塑后,亲自将其从哥本哈根运到斯德哥尔摩。她在弗罗斯滕松的公寓里将其交给了弗罗斯滕松。她在展览上售出的8件作品仍未收到报酬。阿尔诺坚持说这是因为买家没有付钱给他。

不久之后,比安卡·玛丽亚遇到了尼娜·韦布尔,后者在她的展览上买下了两件雕塑作品。当她们聊起付钱的事情时,韦布尔很惊讶,并说她当然已经向阿尔诺和"论坛"支付了大学及私人购买雕塑的费用。韦布尔之后还把交易凭证发给了比安卡·玛丽亚。但比安卡·玛丽亚·巴曼从未因售出作品而获得任何报酬。她也没有报案。

"'论坛'那次是我的第一次个展,是我的突破。因此,我对整件事百感交集。有一段时间,我与国家艺术家组织联系,他们说我必须自己找律师。我意识到这将是一笔昂贵的费用。艺术家理查德·普林斯①的话也在我耳边响起。他曾在我就读美术学院的最后一年做客座演讲,建议我们永远不要卷入法律程序:'输的永远是艺术家。'我觉得让-克洛德和卡塔琳娜在地下室拥有自己的王国。如果我不退出,这种情况会把我逼疯。所以最好还是放下这件事。"

\* \* \*

当卡塔琳娜·诺林的作品在"论坛"中消失时,她每天都会和朋友萨拉·卡斯滕·卡尔贝里②通电话。卡尔贝里回忆说:"我们俩分享了生活中发生的怪事。那段时间我在《晚报》做前台。那是一个充满怪事的世界,总有带着各种阴谋论的人打电话进

---

① Richard Prince(1949~ ),美国画家、摄影家。
② Sara Casten Carlberg(1963~ ),瑞典画家。

来。我们总是围绕他们编织各种各样的故事讨论。但'论坛'发生的那件事着实吓了我们一跳。主要是因为作品没了。我自己也是个艺术家,作品被盗会让你觉得有人在掠夺你的思想。还有就是因为我们根本想不通发生了什么。还有卡塔琳娜的爆发、让-克洛德的'割喉'的手势。最后,我受不了卡塔琳娜的电话轰炸,我恳求她不要再提这件事了。反正我们也只是在兜圈子,而且我们谈这件事的时候基本没有能够讨论的空间,除了疯狂还是疯狂。"

对于卡塔琳娜·诺林来说,给她的生活带来影响的并不仅仅是被盗的艺术品。1992 年秋天,在作品失踪几个月后,卡塔琳娜·弗罗斯滕松出版了她的新书:《来自"他们"的故事》(*Berättelser från dom*)。在一次采访中,她将这本书描述为一个关于她自己"编造"的不知名种族的故事。

诺林说她没法读这本书。

"那本书出版后,我与'他们'的合作结束了。我觉得我的世界被绑架了,我必须努力忘记才行。所以我只能换其他方式进一步发展我的艺术创作。但这类奇怪的事件也会与我生活产生很强的联系。你很难完全摆脱掉那些你无法理解的事件和记忆。我一直对'他们'念念不忘。"

# 13

当拉斯穆斯告诉我关于"论坛"之夜的事情时,我的脑海中浮现出这样一幅画面:面前的地板渐渐向下倾斜,通往一个圆形剧场般的舞台,舞台上有一架闪闪发光的大型三角钢琴。在黑暗的房间里,一个男人走来走去,向他的助手们低声发号施令。她们身着黑衣,唇色鲜红。我曾以为她们也有焦虑,但焦虑的方式是奔放的、令人兴奋的,像是文学作品中会出现的场面。

现在我想知道这些画面从何而来。这些画面在当时看来似乎是不言自明的,它们似乎就存在于我们的集体意识中。

在我的调查开始时,有一个人告诉我,阿尔诺会把身边的女性称为"患癔症的女人"。后来,我从其他人那里也得到了证实。

据我所知,他和卡塔琳娜·弗罗斯滕松都对让-马丁·沙尔科[①]非常着迷,这位明星精神病学家在 19 世纪末曾在巴黎伟大的精神病院萨尔佩特里埃医院(Hôpital de la Salpêtrière)工作,并在那里领衔一个关于癔病的研究项目。当时,癔症是一种医学诊断,针对的是那些被认为在各种方面心理异常的女性,她们或表现出严重焦虑、性滥交,或表现出冷漠、孤僻。

让沙尔科声名鹊起的是他每周二定期举办的讲座,在讲座上,他让一小群经过挑选的病人表演癔病的各种症状。表演的女性都很年轻，通常只有十几岁。在镜头和越来越多的观众面前，她们或胡言乱语，或在痉挛和颤抖中扭动身体。

人们对这些妇女的真实经历知之甚少，但据了解，其中有几位后来离开了萨尔佩特里埃，过上了完全不同的生活。卡琳·约翰尼松②在《受伤的女王》（*Den sårade divan*，2015）一书中写道，我们还知道，许多人在入院前曾遭受性虐待，她们在医院的角色是建立在对沙尔科的一种"特别忠诚"的关系之上。实际上，这往往意味着这位明星精神科医生及其最亲密的助手与这些年轻的病人都发生过性关系。

在巴黎的社交生活中，沙尔科已成为一个人物。他会突然带着一些病人一起，出现在聚会上，因此有关他的谣言四起。他们究竟是什么关系？这些女人是自愿的情人还是脆弱的受害者？

沙尔科认为自己不仅是一名医生，还是一名艺术家。在周二的讲座上，他就像一个导演一样站在一旁，在年轻的病人上台前对她们进行指导。她们的表演吸引了全欧洲的艺术家和知识分子。他们中的许多人都以这些既是被监禁的演员又是身患疾病的明星女性为原型创作了作品。

她们中的一些人在有生之年还为多位著名画家做过模特。癔症成为重要的灵感来源。人们认为患有癔症的女性更接近自然和欲望。而男性艺术家则拥有纪律性，可以疏导她们的混乱。因此，萨尔佩特里埃的癔症患者成了"破碎"和"疯狂"的年轻

---

① Jean-Martin Charcot（1825～1893），法国精神病学家，被称为"现代精神病学之父"。
② Karin Johannisson（1944～  ），瑞典思想史研究学者。

女性的原型，她们是整个20世纪西方艺术的伟大缪斯之一。

在我们这个时代，艺术家们被她们所吸引。

卡塔琳娜·弗罗斯滕松创作了一部关于周二讲座的戏剧——《病人大厅》（*Sal P*）。在诗集《到黄色中去》（*I det gula*）里，她用病人来表现"世界拒绝说话，拒绝服从"。

在她和阿尔诺合著的《被遗弃之物》（*Överblivet*）中，阿尔诺拍摄了萨尔佩特里埃医院周围的环境。

不过，阿尔诺被沙尔科吸引的最大原因似乎在于，他也想营造一种类似这位精神科医生开设的讲座和其夜生活的社交氛围。

阿尔诺于哥德堡书展期间在酒店套房举办派对时，年轻女性提供倒酒服务。她们通常身穿黑衣，涂着鲜红的口红：这被许多人视为一种着装规范。其中一些女孩是办公室的助理，还有一些是临时雇用的。她们有的是熟人的女儿，有的是阿尔诺自己在酒吧认识的女孩。一些女服务员认为，工作内容包含了一种潜在的、不言而喻的性暗示：

"他似乎想刻意营造一种场景，当他穿梭在套房里的客人中间时，他的臂弯里一定会有两个女人。"

"他喜欢和年轻女孩在一起，好激发人们讨论他的欲望。"

2017年秋天，我与在文化界工作但与阿尔诺或"论坛"并不特别亲近的人聊了聊。他们中的一些人说自己听说过关于阿尔诺的一些极端的传闻，从"滥交"到"恋童"，各种夸张字眼不一而足。我常常觉得，这些说法的原始来源就是让-克洛德·阿尔诺本人。后来我才知道，虽然他可能是个神经质的人，但他也很善于在刚认识新人时，询问对方是否听说过关于他的一些传闻。

地点本身似乎也增强了传闻的离奇程度。因为一切都发生在地下。地下室是艺术和文学中最经典的形象之一，代表着人类的无意识和威胁文明的混乱世界。我觉得文化界对阿尔诺的风言风语就像是烟幕弹。就像一个个小烟圈，汇成了一团迷雾，在这团迷雾中，一切都可能是真的，也可能是假的。

\* \* \*

阿尔诺第一次有了一个明确的身份，即"论坛"的艺术总监。在宽敞的地下室里，他建立了属于自己的世界。与卡塔琳娜·弗罗斯滕松在一起，他似乎颇有能力，能创造出令人震撼的作品，以至于好多人也想加入其中。在他们内部的交际圈子里，人们会重复一些说法，他们说"论坛"是游离于社会之外的。

政府机构从来不会涉足地下室，甚至从未对建筑进行过消防检查。但他们也知道有人不待见自己。"论坛"不仅受到民粹主义者的鄙视——因为民粹主义者无法忍受"论坛"从事的是高雅文化活动——而且还受到道德主义者的鄙视。阿尔诺的朋友们很早就意识到，他们受到了一群新的自命不凡的人的威胁。假正经的女权主义者要毁掉"论坛"的艺术总监。她们只是在等待时机。社会对阿尔诺的指责开始成为一种共同的自我形象。

10月下旬，当我在夜里醒来时，常会翻看让-克洛德·阿尔诺的照片墙。他在上面发布自己与文化名人的合影——在其中一张照片中，他、霍拉斯·恩达尔和斯蒂格·拉松与保加利亚裔法国语言学家、女权主义者朱莉娅·克里斯蒂娃（Julia Kristeva）站在一起。他还上传了黑色皮鞭的照片。一张照片中的女人脖子上戴着有铆钉的项圈，配图文案是快乐的复活节问候语和表情符号。我很快注意到，有许多暗示性虐的照片。照片本身很普通，在网上很容易搜到差不多的图片。但最重要的是，这个账号给我一种诡异的感觉，似乎这是他的一张用作掩护的面具，一个表演出来的人格。我意识到，阿尔诺身边的人可能会把对他的指控理解为道德主义的表现。就好像他因打破常规的审美而遭人质疑，但这种审美长期以来一直吸引着文化界的许多人。

当克里斯蒂娃在 2000 年之初遇到阿尔诺时，她觉得他之所以能吸引她，一部分原因是传闻可能是真的：

"和他最亲近的人通常会待在他的房间里写作，比如霍拉斯·恩达尔和卡塔琳娜·弗罗斯滕松。他们从他身上寻找某种东西。那不是会在表面上显现出来的东西。让-克洛德的黑暗人格之所以充满吸引力，是因为它可能隐藏着一个真正危险的内核。几乎每个接近过他的人都可能感受到了这种魅力，我也是如此，在他侵犯我之前。"

我多次听说阿尔诺指责好多女人疯了。每次我都有同样强烈的反应。如今，癔症作为一种临床诊断已经不复存在，但这一概念作为对疯狂的浪漫诠释，或一种威胁性的蔑视，依然存在。在沙尔科的周二讲座中，有一名留着歪歪扭扭小胡子的年轻人坐在听众席上,他就是西格蒙德·弗洛伊德(Sigmund Freud)。文化历史学家米图·M.桑亚尔写道,弗洛伊德提出癔症和"性侵的谎报"之间存在一种联系,并很快建立了理论框架。20世纪初,医生们认为,女性患上癔病的迹象之一是"喜欢到处指责别人性猥亵她"。

经济也是"论坛"神话中的一个组成部分,阿尔诺曾声称该机构几乎从来没拿到过一分钱的补贴。原因在于其对高雅文化的蔑视。2005年10月,作家兼文学院成员佩尔·韦斯特贝里在《瑞典日报》(*Svenska Dagbladet*)上解释了他为什么几乎同意了这位"论坛"艺术总监的所有要求:"这个机构很重要,但从市政府和艺术委员会①那里得到的支持却少得可怜。"

20世纪90年代末,阿尔诺表达了同样的观点,并补充说:"一个只给私人、富人提供补贴的民主社会是危险的。"

2006年6月2日,瑞典艺术委员会收到了一封信。这封信是由霍拉斯·恩达尔和佩尔·韦斯特贝里写的,他们分别以瑞典文学院常务秘书长和院士的身份在信上签了名,签名的还有其他5位著名文化人士。他们共同提议,委员会应向阿尔诺支付艺术家应得的薪水,使他有一份国家保障的终身收入。他们不仅赞扬了阿尔诺对文化事业的贡献,还指出他的"微薄的财富"长期以来一直用于经营"论坛"事业。

事实上,经济拮据并非真实情况。

---

① Kulturråd,瑞典政府的一个机构,主要职责是执行议会确定的国家文化政策。

在 21 世纪的最初一二十年里，每年约有 100 万瑞典克朗①的赠款流向"论坛"。"论坛"受文化局、瑞典艺术委员会、斯德哥尔摩郡议会和瑞典文学院资助。2017 年，该组织赢利 30 多万瑞典克朗②，像阿尔诺这样能够靠经营文化场所谋生的人并不多见。

一位前助理告诉我，她被要求在做拨款申请和财务账目时撒谎，谎言包括从访客数量到谁将在地下室演出等一切事情。她说，阿尔诺和弗罗斯滕松都将其描述为对"体制"的反抗。

"他们从未给'论坛'提供过任何资金，所以我们可能会随时被辞退掉。不过我和其他人都有一种共同的感受，那就是，除了这里，瑞典任何地方都达不到如此高的艺术水准——这就是为什么即便不赞同一些事情，但在那儿工作仍然带给你一种兴奋和愉悦。"

资助申请书上写明，大部分资金将用于支付参与艺术家的报酬。阿尔诺写道，瑞典最重要的文化创作者每场演出将获得 5 000 瑞典克朗③的报酬。实际上，他们收到的是装在信封里的 9 张或 10 张百元大钞。洛夫·德尔温格在长达 30 年的定期音乐会上分文未得。

阿尔诺似乎还与资助机构的工作人员保持着良好的关系，在某些情况下甚至是私人关系。2013 年，让-克洛德·阿尔诺与文化局的一位行政人员进行了一次通信，文化局每年为"论坛"提

---

① 约合人民币 69 万元。
② 超过 20 万元人民币。
③ 约合人民币 3 400 元。

供近 40 万瑞典克朗①的资助。她在邮件开头问候道："上次的事谢谢你!"

2000 年代末,"论坛"的一名前助理告知文化局,几年来,让-克洛德·阿尔诺一直在工作时间对她动手动脚。就在她离开该机构之前,她给行政部门的一位主任打了电话。她匿名告诉对方,"论坛"的艺术总监使用国家和市政的费用乘坐出租车,并带女性去昂贵的餐厅。这位助理回忆说,那名主任告诉她,他们没有兴趣跟进这些指控。但对方听到这些举报后,先是惊讶地叫道:"你说的难道是我们的让-克洛德?"

2017 年,文化局委托一家外部公司对一些随机抽取的资助受益人进行审计,"论坛"是其中的一个审计对象。抽查结果引发了一些关于"论坛"是否"值得信赖"的言论。尤其是在抽查中发现,"论坛"前一年的出租车费用超过 7 万瑞典克朗②,但没有足够的证据证明这笔开销。

除了说自己财务状况窘迫外,让-克洛德·阿尔诺还喜欢把自己说成一个拥有独特生活方式的人。1992 年 2 月,他被《每日新闻报》杂志描绘成一个地下世界的引路人:一个"扎着黑辫子、穿着高缇耶品牌五位数西装的现代维吉尔③",为了经营"论坛",他不得不"变卖自己的公寓":"不幸的是,我们没有得到任何文化资助。但我们还是没有放弃希望。但现在,'论坛'

---

① 约合人民币 27 万元。
② 约合人民币 4.8 万元。
③ Publius Vergilius Maro(前 70~前 19),奥古斯都时代的古罗马诗人,世界文学史上最伟大的文学家之一。

也和我的个人财务状况一样……不可能永远这样下去。"

在采访中,阿尔诺描绘了一个随着时间推移而逐渐扩大的悖论:"论坛"一边供应着一瓶瓶的教皇新堡葡萄酒,一边一再声称即将破产。

洛夫·德尔温格说,这个自相矛盾的情况给"论坛"带来了一个更令人疑惑的谜团:

"'论坛'运作的钱究竟从何而来?他自己说以前继承的遗产。但没有人知道真相。总的来说,地下室充满了神秘色彩。比如,最高级别的文化活动在一间脏兮兮的房间里进行;嘴上说生意亏损,却总买得起波尔多葡萄酒。让我们愿意几乎免费工作的是这里的舞台和观众。有时,'论坛'还会给人一种非法赌博俱乐部的印象,就像一个隐藏的犯罪场所。这也许是让-克洛德用他那略显鬼祟的方式向表演者发现金所产生的感觉;也可能是因为包厢里那张破旧的黑色皮沙发;还有那些莫名其妙地从储藏室消失的艺术品。"

\* \* \*

2017年10月到11月,我和编辑越来越多地谈到,这篇报道必须更具体。封面绝对不能是一张被马赛克的脸,也不能是通向未知世界的地下室的楼梯。我知道,如果我的文章不够有说服力,它也将沦为让-克洛德·阿尔诺神话的一部分。

作为一名记者,我的任务是尽可能地贴近现实。这是一份看似枯燥而又理性的工作。当我和《每日新闻报》编辑部主任开会时，说到自己要打破围绕"论坛"的种种神话，乍听之下就好像我是突然闯入派对并打开日光灯的保安。

但我从来不觉得自己是这种角色。我不觉得我记录下来的这些证词与上述形象有任何关系——因为它们揭露的，是斯德哥尔摩文化生活中相当巨大但却一直被否认的一部分。因此，之后将面临挑战的不只是一个人，而是一个小世界，以及许多人共同的世界观。不出版是安全的选择。相反，如果公开发布这些信息，就会对人们所熟悉的、长期以来与秩序和规则相关联的许多东西带来风险。

### 莫娜（Mona）

那时候是 90 年代初。我刚刚离婚，30 多岁的我开始写诗。一天，在结束晚上的朗诵会后，朋友介绍我和让-克洛德认识，他上下打量了我一番，问我是否想出版作品。他说，如果我想的话，就应该买一件领子开得更深的衣服，然后去找一个他说的瑞典著名出版商。我呆呆地站在那里。他是怎么想的？

他真的没有给我留下什么深刻印象。不过，"论坛"的文化节目还是很不错的。演出给人的感觉很新颖——朴实无华却又独树一帜。我觉得古典文学和现代文学都得到了彰显，并以一种全新的方式走近我。这是我曾经一直在寻觅的东西。

当我和让-克洛德在地下室互相问候时，他总是有点傲慢。我和朋友们有时会谈论，当卡塔琳娜·弗罗斯滕松在地下室的时候，他却在对着助理动手动脚，这让人无法理解。

有一次，让-克洛德对我说了些什么，我就直接问他：她怎么会同意你这样呢？他故作正经地回答说，她是受到了这种关系的启发，这是他们之间的约定。但究竟是假话还是真话，我说不清楚。让-克洛德还谈到了他与瑞典国王和王后共进晚餐的情景以及他对瑞典文学院的了解。在我看来，他是一个近乎滑稽的小人，他以妻子为代价抬高自己身价，并声称自己因为了解文化精英，所以拥有这份权力。

一天晚上，在"论坛"看完表演后，我和朋友们去了一家酒吧。当让-克洛德出现时，他坐在我旁边的吧台前，我们就艺术问题展开了激烈而有趣的讨论。我们在讨论什么算是好品味。我读了一些法国思想家的作品，想给他留下一点印象。他似乎觉得我既讨厌又有趣。但仅此而已。我的感觉就是：他对我一点兴趣也没有。这是相互的。打烊的时候，他问我要不要去"论坛"坐坐。他说，我们可以在那里喝最后一杯酒。我决定一起去。现在回想起来，这似乎是个奇怪的决定。但有时当酒吧关门时，你想的只是继续刚才的谈话。尽管你内心深处知道，欢乐已经结束。当我们到达时，他请我喝了一杯——然后我就不记得发生了什么。35年来，我一直在想杯子里装的是什么。他给我下药了吗？当我们离开酒吧时，我已经喝醉了，但并没有喝得烂醉如泥。而且，我从来没有因为喝酒而断片过。

突然，我在地板上醒来。我躺在地上。让-克洛德坐在椅子上。灯光很暗，但我看到他用一种厌恶的眼神看着我。表情像被恶心到了一般。我注意到我的裤子被解开了，然后我感觉到他之前进入了我的身体。有湿漉漉的东西顺着我的大腿流了下来。时间大概过去了两个小时。我什么都不记得了。我说："你到底做了什么?"让-克洛德没有回答我。当我站起来时,他看着我,眼神的意思似乎是要我立马消失。我永远也忘不了被一个刚刚羞辱过我的人蔑视的感觉。我走出西格图纳大街,朝回家的方向走。我整个人蒙了。那个点似乎已经没有公交车了。

  我想我最终还是打了一辆出租车。到底发生了什么?我年纪不小了,不应该遇到这种情况。我感到很尴尬,因为这看起来像是青少年会遇到的事情。如果我当时清醒的话,我是能够逃离这种局面的。而且,他明明看起来对我一点感觉都没有,为什么还要那样做?

  多年来,我一直试图假装这一切没有发生过。但后来我开始认清这就是性侵。我意识到这是强奸,而我却无能为力。什么都无法证明。我选择继续写作。但我在"论坛"相关圈子里的活动越来越少,也没有和阿尔诺再联系过。

  多年以后,我把这件事告诉了一个男人,他希望我报警。但我觉得太羞耻了,作为一个成年女性和母亲,我竟然遇到了这样的事情,为我当时纯生理上的反应感到羞耻。当#MeToo运动开始时,死去的记忆突然开始攻击我。

# 14

空中飘着雨丝,模糊了整座城。在 2017 年 11 月初的一个周四傍晚,我的朋友卡琳约我在奥登广场见面,然后一起去参观"论坛"的艺术展开幕式。

一切都表明,我的分析证据确凿,有一定的说服力,这会是一份非常重要的出版物。有 15 位女性准备公开作证。除她们之外,我还与大约 30 位人士交谈过,这些人或者能够证实那些女性的故事,或者熟悉文化界的情况,能够让我了解阿尔诺的地位和他的人脉圈子。

但就在同一天,两名提出最严重指控的女性考虑退出这个计划。我们已经从她们的匿名证词中删除了一些可能体现其履历的细节,但阿尔诺及其朋友仍有可能认出她们的真实身份。如果这些女性不愿合作,整个调查就会失去核心。如果她们愿意说出实情,那么后果是什么,现在我们尚未可知。

根据出版计划,我应该很快和阿尔诺取得联系,请他接受采访。必须给他个机会,让他对这些信息做出回应。但我担心他会试图左右证人的证词和态度,不知道他是否已经听说我的这项计划。如果听说过,他会不会已经在网络上搜索过我的名字?如果今晚卡琳和我去地下室的时候,他也在场,他会认出我吗?我之前为了采访接触了那么多人,如果真是这样也并不奇怪。但我感觉他不知情。不过,一旦他知道了,就肯定会现身。我满脑子这些念头,在走出家门时就开始瞻前顾后。

奥登广场地铁站位于瓦萨斯坦地区,是斯德哥尔摩最有魅力的街区之一。这里都是上世纪的老房子,墙面颜色很自然,房屋设计高大,阳台都是面向街道的华丽法式阳台,丝毫看不出里面住的是什么人。但奥登广场站周围却有些混乱,算是这里的例外。这里的十字路口和广场被繁忙的街道包围着。在灯火通明的候车亭之间,摇曳的身影在黑暗中穿梭。

我知道,我采访过的一些女性到这里后会选择绕道而行,这样她们就永远不必经过这个特殊的街区。如果这篇文章真发表了,她们会怎么样?让-克洛德·阿尔诺和卡塔琳娜·弗罗斯滕松会怎么样?我担心真实存在的人们的生活会被改变和摧毁,我也担心这些证词永远只能以音频文件和笔记的形式被保留。我害怕自己永远都没办法公开发表这些文字。所以每次过马路,我都会警惕,担心自己有被公交车碾压的风险,过去我只在陷入一段浓烈的爱情中时,才感受过这种死亡意识。

但我更担心的是,我采访的女性会选择逃避。这样,一切都又重归于沉寂。

卡琳来了之后,我们开始朝"论坛"走去。我们拐进了有些不起眼的西格图纳大街。

我一眼就看到了阿尔诺。在这次见面后,差不多隔了一年后,我才又见到他。他周围簇拥着几名男性朋友,他打量着我们,然后提高嗓门说:

"看，姑娘们来了！"

我们没有人响应他的号召。不过，被别人这样调侃一下也没什么大不了的。我们可能会不由自主地显得尴尬，可能会睁大眼睛和嘴巴。我们自觉地绕着房间走了一圈。在每幅画或雕塑前刻意停留几秒钟。我没有在看艺术品。让-克洛德·阿尔诺显然没有认出我来，因此我仍能静心做完工作，这让我满心欢喜。

我的手指紧紧握着手机。不错过任何振动。到目前为止，还没有人发短信或打电话来。

阿尔诺的评头论足并没有让我泛起任何特别的情绪。当我进入房间时，我感觉到，这次暗访就像以前很多次一样，我的使命和记者的角色庇佑着我。然而，就在他大声说话的前一秒，我突然想到，我不应该在毫无征兆的情况下把卡琳置于这种境地。但是，我告诉过她我做的调查的一些情况，因此她早就料到会听见这种话，情况就变得有些滑稽了。阿尔诺似乎是在模仿他自己。唯一令人毛骨悚然的是他周围静静站着的男性朋友。我经常回想起地下室的那一幕幕场景，这里面似乎蕴含着线索。

# 15

  2010 年代初，北欧作家学校阿尔内主教学校的一个班级在"论坛"举办朗诵会，其中一名学生是最早指证阿尔诺的女性受害者。在采访她的几周后，我与她的一名同学取得了联系，她也在朗诵会上被阿尔诺性骚扰。她说，事后她们的老师通知了其他老师，要注意阿尔诺。我打电话给其中一名老师——伊达·林德（Ida Linde），她证实了这件事。当阿尔诺联系阿尔内主教学校并索要学生们的电子邮件地址，"以便亲自向他们表示感谢"时，她和写作学校的其他老师——阿尔内·松德林（Arne Sundelin）、雅典娜·法罗赫扎德（Athena Farrokhzad）和萨拉·戈尔丹（Sara Gordan）——决定说出学生们的投诉：

  "我们听到消息，我们有几名女学生受到了你言语和身体上的性骚扰，这是我们无法接受的。目前，我们认为不可能继续与'论坛'合作，尽管今晚的活动很精彩。"

  阿尔诺回复了他们的电子邮件：

  "我们强烈反对你们的指控。我们当晚对学生们发表的一些评论完全是出于文学。我对这一误解深表遗憾，这使得我无法再与阿尔内主教学校合作"。

  伊达·林德说，学校的行为导致其他文化名人站出来为阿尔诺辩护。

在我读到的一封电子邮件中，一位诗人写信给阿尔内主教学校的校长，称其对老师们针对阿尔诺的言论感到"羞愧"。她认为这种行为应该受到"谴责"。她还强调，写作学校与瑞典文学院资助的项目有关。那个秋季，我听到的许多故事中都会再次提到文学院的名字。这个机构是一个象征，是人们恐惧和沉默的最终原因，而且它同时也是一个具体的威胁。一些女性声称在属于文学院的官邸里受到过侵犯。其中特别提到了巴黎的办公点。秋天的时候，我请许多人分别描述过这所公寓的特点，她们给出了相同的地址，以此证明它的存在——文学院本身并没有公开过它在国外拥有哪些房产。

我也很难获得文学院为阿尔诺和弗罗斯滕松的活动提供资金支持的相关文字信息。我最终找到的一些数字，是从"论坛"向瑞典艺术委员会和其他捐助者提交的申请中发现的，上面写明了资助者的姓名。

众所周知，瑞典文学院的财务运作方式使其很难接受新闻审查。

我一直喜欢这样一个事实：文学院是社会中的一个例外。它代表了当代要求任何事情都要有透明度的对立面。人们被要求在公共领域里公开自己的个人生活，或者一出现丑闻就得诚惶诚恐地道歉，但文学院却被允许保持沉默。院士们可以着眼于长远，与文学史对话，而不是与我们这个时代最常见的报纸报道进行对话。

2014年，当我采访克里斯蒂娜·隆时，我第一次感受到了在瑞典文学院终身任职所带来的权力，以及一种特殊的自由。

我们的会面是从一顿责骂开始的。我最近刚搬到斯德哥尔摩，误解了她要我去皇家戏剧院"入口"的指示。皇家戏剧院的"入口"，实际上是一个隐蔽的侧门。但我却走到了正门入口处，和所有买票的人挤在一起，所以她不得不过来接我。克里斯蒂娜·隆出现，她的整张脸都被大红发遮住了，这是她几十年来的标志性造型。当她向我招手时，头发就像护帘一样垂在她的眼前。她就像一个相信"只要你自己什么都看不见，别人也就看不见你"的孩子一样躲了起来。她让我想起了12岁那年，我也曾有过这样的经历。学校的生活变得让人无法忍受，我就本能地把头发向前拉，让一堵金色的发墙遮住我的脸。克里斯蒂娜·隆让我想起了这个动作，我仍然经常有这么做的冲动。

她身上散发出的自由气息，让我联想到她后来告诉我的关于瑞典文学院的事情。她递给我一根烟，并说所有人都应该属于这样一个永恒的、无条件的社区。

"只要我还活着，每周四我就必有不得不见的人。无论发生什么事，不管他们愿不愿意，他们绝不会让我流落街头。"

一旦被选入文学院，其席位就与工作表现无关。与对她的评价无关，也与她是否生病或痴呆无关。她仍然享有豪车接送的私人服务，仍然在这世界上拥有一个居所。克里斯蒂娜·隆住在老城区一处属于文学院的房产中。这间大公寓曾是古斯塔夫三世医生的住处。

同一时间，新当选的院士萨拉·达尼乌斯接受了《大众阅读》(*Vi läser*)的采访，她将瑞典文学院描述为人类社会的理想所在:"你不能选择退出,也不能被退出。"她继承了塞尔玛·拉格洛夫曾经坐过的那把椅子(字面意义上也是如此)——就像她们都用刻有罗马数字"7"的高脚杯喝酒一样。

当然,在克里斯蒂娜·隆和萨拉·达尼乌斯所描述的机构中工作是有风险的。如果在这个永远无法解体的组织里发生了矛盾,会怎么样?对于一个永远不能从殿堂坠落的人来说,怎么做才是可行的?

但在2014年,这个组织的存在让我着迷。这个排他性的团体让我想起了我最初对文化世界——以及我长大的教会——的浪漫印象。

2018年秋天,霍拉斯·恩达尔也将学院比作一个宗教团体:在这个圈子里,你不仅相信群体,还相信自己是上帝的孩子。然后,他又进一步渲染文学院的神圣感:

"瑞典文学院不是一个政府机构,而是一个由天之骄子组成的协会。我们的目的是守护圣火。对有些人来说,圣火只是偶尔闪烁;但对某些人来说,它却在熊熊燃烧,这一点必须得到认可。是的,成员之间在形式上是平等的,也应该是平等的。但总是有一些人的火焰燃得特别旺,在快乐的时光里,我们简直是在与文学天才打交道。这正是我们所要铭记的。"

瑞典文学院会对我即将发表的文章作何反应?

我注意到,他们对批评他们的文章经常选择沉默,这些文章有时会谈及文学院在斯德哥尔摩的公寓被分配给成员亲属的情况。

我读到霍拉斯·恩达尔 2004 年在《政治报》(*Politiken*)上将记者比作秘密警察。他将学院与媒体之间的关系描述为一场战争。

我听到一段老录音，文学院成员乌尔夫·林德①在上世纪 70 年代末向瑞典广播电台记者解释，瑞典文学院的任务是与大众媒体抗衡。他认为，大众传媒才是真正的掌权者，而他们却让自己的工作受制于蜉蝣。他表达了这样一种观点，既把新闻业捧上了天，又认为新闻业卑微、无足轻重。

我认为，如果恩达尔和林德反映了瑞典文学院的世界观，那么我的文章既会被视为宣战，也会被视为微不足道的小牢骚、小噪音。

但现任常务秘书长会如何回应，或干脆不回应呢？我无法想象。

我知道，在过去的 25 年中，她是 9 位在成为瑞典文学院院士之前就出现在"论坛"里的人之一。这 9 人是霍拉斯·恩达尔、安德斯·奥尔松、比吉塔·特罗锡、克里斯蒂娜·隆、佩尔·韦斯特贝里、耶斯佩尔·斯文布罗、萨拉·达尼乌斯、萨拉·斯特里斯贝里和耶娜·斯韦农松②（Jayne Svenungsson）。

---

① Ulf Linde（1929~2013），瑞典艺术评论家。1977 年当选瑞典文学院院士。
② Jayne Svenungsson（1973~  ），瑞典神学家。2017 年至 2018 年 7 月任瑞典文学院院士。

# 16

报道发表前的一周,感觉每天都过得匆匆忙忙的。我不断地改已经写好的文章。文章主体意思必须清晰明了。我想,任何人都不能用平庸来形容我的这篇报道。人们不能把它看作一篇丑闻报道,或某种民粹主义的报道。我试图了解"论坛"和瑞典文学院周围的圈子,于是我通读他们的文章,采访相关人士。他们对新闻业的形容,让我既想反驳,又不得不去接受这些低级的表达方式。但是,如果要让人真正重视这篇报道,仅仅写出事实是不够的。真相仅仅是个开始,我在写作时清楚地意识到,我所能做到的最好的事情,就是绝不能让人觉得我是个庸人、觉得我的文字可以被忽视。

我开始联系让-克洛德·阿尔诺。我一遍又一遍地拨打他的电话。我坐在编辑室的一个僻静房间里时,他突然接听了电话。他的声音听起来很低沉。我的脉搏跳得很快,但我还是按照事先写好的稿子做了自我介绍。我希望就针对他和"论坛"的批评对他进行采访。

他说:"我对此无可奉告。"

我回答说,我们最好能见面谈谈,"这样你才能清楚地知道目前的情况"。

"我想象得出。"

"你想象的是什么?"

"拜托,我没兴趣回答这些问题。你要写那种报道,我很遗憾。我还以为你是个优秀的记者呢。"阿尔诺说完就挂断了电话。

我继续打电话,并通过短信发出了五条采访请求。我写道,这些针对他的指控内容很严重。但阿尔诺不想谈,他全盘否认:"我什么也没做!!!"

我开始关注媒体对#MeToo的报道,因为我也即将成为其中的一员。我看到一些文章里用字很难听,也看到大众在报道之后对被指控者表现出的愤怒。

据统计,我们大多数人都认识至少一个性侵的受害者。但几乎没有人认为,自己的熟人圈里存在施暴者。如果被强奸的人一直都过得浑浑噩噩,那么对施暴者的惩罚也必须是持久的,犯罪的人应当变成怪物。正因如此,我们才会觉得"强奸犯"这种人与我们认识或喜爱的人毫无关系,他们距离我们自己的社会圈子很遥远。但2018年秋天发生的事证明,这个人群的数量是如此之大,他们如此普遍。#MeToo运动有可能刷新我们对受害者和施暴者的印象。但在2017年11月底,这种变化还没开始。

我听到传言说,有人在收集针对当过我老师的一名男子的证词,我看到他疲惫而略显驼背的姿势出现在我面前。我回想起他读我文章时专注的神情,他鼓励了我,并花了很多时间帮助我对文章进行提炼。我知道,一种恐惧正在或多或少的男性公众人物中蔓延,他们知道或觉得自己过去有过#MeToo那样的故事。他们中的一些人几乎足不出户。许多人保持沉默，回避社交媒体，回避任何可能引起人们对他们关注的东西。这些行为模式与让-克洛德·阿尔诺的受害者所采取的相似，在这几个月里，#MeToo 让受害者与加害者的角色倒转了。

长期以来，羞辱一直是对付指控他人性侵自己的女性的主要武器。道德审判的重心在于她们的性格和个人名誉，例如她们是否酗酒、性生活是什么样的。

#MeToo 运动中，被指控的施暴者成了被审查的对象。我阅读了一些瑞典和外国的文章，这些文章描述了被指控者的个性和嗜好。

但最可怕的是描写被指控者的性癖的文章，这些文章显然既恶心又滑稽，只不过是将性侵与个人的欲望或吸引力混为一谈。

当历来由女性承受的羞耻感——而且她们往往是在沉默中承受——突然被转移给男性时，这种羞耻感的猛烈程度变得清晰可见了。

这种转换让人觉得像是一种甜蜜的报复。但是，一个群体集体羞辱一个个体，是危险的现象。羞耻感与你做了什么无关，而关乎你是怎样的人，被强加羞耻感的人，其本能的反应通常就是想消失在这个世界上。

最后，律师和几位编辑参与了报道发表前的最后工作。他们充当魔鬼的代言人，逐行审阅我的文章。在一间光线充足的房间里，我坐在他们面前，大声朗读确凿的证词。他们问我，凭什么要他们相信这些信息，而我则在一堆文件中翻阅，努力找出那些被害人日记的照片,还有聊天记录的截屏,以及她们的女性朋友或治疗师的采访记录。

主编倾向于不要在文中直接点名阿尔诺。我试着用"文化大咖"这个假名指代他,发现这样写出来的文章更好看,更真实。矛盾的是,匿名反而加强了调查的具体性。让-克洛德·阿尔诺其实并不为瑞典公众所知。他的权力地位是建立在瑞典文学院以及围绕他和"论坛"而存在的人脉结构之上的。因此,这个假名正合适。

《每日新闻报》开始设立新的职位。突然之间,高层管理人员都围着我们这些在文化部工作的人转,而文化部通常是报社中相对边缘的部门,很少成为热点新闻的中心。但#MeToo运动的第一阶段恰恰围绕文化界(以及娱乐界)展开。运动从这里开始不足为奇,因为没有比创造独特艺术的才能更能保护施暴者的东西了;或者,如同我的这篇报道中一样,与拥有这种才能的人结婚,也足以受到绝佳的保护。

我回想起之前对文化界神话人物的采访,回想起关于他们的成长和成功的对话。他们在工作中使用的力量与黑暗是分不开的。我总能在他们身上看到映射出我自己的一部分。我虽然能在文字中用"臭名昭著"来形容他们,却从未探究他们为何被视为"烂人"。我不自觉地、心安理得地认为,这类指控必须由法律来处理,而不是严肃的新闻报道。最重要的是,我知道必须"将工作和人品区分开"。

但对哈维·温斯坦的报道使这些原则复杂化了。这次曝光表明，依靠新闻审查是可能的，同时也揭露了性暴力与好莱坞娱乐产业密不可分的联系——与那些已经制作完成的电影有关，与那些还没来得及在好莱坞大展拳脚就选择离开的人有关。我敏锐地意识到，一些创作出伟大作品的人可能曾经抹杀他人的创造力。因此，让施暴者失去有权施暴的职位，也许是让艺术前进的一个途径。

但是，也有一些被指控的文化名人的作品或电影被撤回的消息，这让我很难过。同样让我感到难过的还有那些人数不多但声势浩大的团体，他们将在明年发起运动，要求从 Spotify① 上删除这些人的歌曲，或从博物馆中撤下历史名画。他们似乎颠覆了将作品和人品区别开的观念，他们觉得应该用人品来评判作品。

我认为这是对 #MeToo 的贬低，对我来说，它并没有给予任何新的解决方案。相反，它只是一场挑战我们以往所依赖的旧真理的运动。

\* \* \*

在得知这篇长报道可能发表在《每日新闻报》时，我立刻想到这篇文章应该如何配图。我希望每个参与调查的人都能拍照，就像《纽约杂志》封面上的喜剧演员比尔·科斯比的受害者一样。我知道她们中的大多数人都不可能露脸，我的想法是让她们自己决定露脸的程度。如果有人想盖着黑色的毯子，靠着黑暗的

---

① 成立于瑞典的在线音乐流媒体平台，全球音乐流媒体服务商龙头。

墙壁，那也没问题。但是，每一份证词——尤其是匿名证词，都承载着一个身体的重量。我一直等到最后才提出这个问题。我希望能坚定地说，她们并不是孤单的。她们的肖像，是众多肖像中的一个，是8个、9个、11个、16个人中的一个。

我定期用谷歌搜索《纽约杂志》的封面，上面有35位不同年龄的女性的黑白肖像，她们每个人都坐在椅子上，背部挺直，手掌放在膝盖上。

所有人都是在一个豪华的摄影棚里单独拍摄的。《纽约杂志》特意选择了这一表现形式，以示主题的严肃性。

封面女性的脸上有一种矛盾的情绪，眼神坚忍、迟疑、不自在，又充满悲伤。可能是因为她们都不想成为被比尔·科斯比下药和强奸的女人，不想因此被轻视。没有人愿意以受害者的身份暴露在人们的视野里、被人所熟知。然而，她们选择被拍摄，她们讲述的一些最痛苦的经历将对社会产生重大影响。这样的封面既脆弱又具有战略意义，反映了最近几周我在电话采访中所听到的矛盾。

6个月后，当瑞典文学院从神坛陨落时，一位外国电视台的男性记者对我显得如此害羞表示由衷的惊讶。他说，调查记者往往比较大男子主义，你知道的，就是那种强势的类型。他不明白这才是问题所在。他心目中的那种记者，其实永远不可能做类似的报道。

在过去的一周里，《每日新闻报》的摄影师比阿特丽斯·伦德堡（Beatrice Lundborg）、亚历山大·马哈茂德（Alexander

Mahmoud）和马克·艾希（Mark Earthy）前往瑞典和英国的不同地点为这些女性拍摄肖像照。许多人犹豫不决，但最终都决定接受拍摄。在《每日新闻报》文化版出版前两天，一位文化部编辑走到我面前，把《每日新闻报》文化版头版的打样放在我桌上，我第一次看到封面的样子。

封面上是18位女性，她们的人生轨迹截然不同，前进方向也各不相同，但在那一刻她们走到了一起。

有的靠穿着来挡住自己的脸，比如穿着军绿色连帽衫，或是白色连帽衫，还有的戴着针织帽，有的穿了一件黑色连帽羽绒服；有些人选择背过身站立，但露出了头发。有两位女性表现犹豫，实际上，她们已经几乎脱离匿名的状态了：两人都是面向摄影师，其中一位用两只手掌遮住了自己的脸，另一位则用抬起的手臂遮住眼睛，露出半张脸。而加布里埃拉·霍坎松、埃利斯·卡尔松、阿曼达·斯文松（Amanda Svensson）和莱娜·松德斯特伦则直视镜头。

出版前夜，我睡不着，一直盯着漆黑的公寓，要不就是在阳台上抽烟或在沙发上打瞌睡。地板上满是文件。还有大幅打印的报纸打样，一共有4个版面。封面是18张肖像，准确来说是17张——米拉昨天选择了退出。但我还是希望她能改变主意。虽然报纸在24小时内不会付印，但原定计划是在白天以数字形式发表文章。

想到8小时后这些证词就会在网上流传开来，我感觉自己在坠落，并且看不到眼前的一切。这一次，我没有去猜之后会发生什么。因为我根本无法想象。出版仿佛是结束，而之后的时空，就像一段缺失的记忆一样无法进入。

早上6点，我穿上最漂亮的毛衣和黑色百褶裙，像机器人或士兵一样机械地快速给自己上妆。我走出公寓，再次回头检查。今天是2017年11月21日，天空被连绵的大雨染成了铅色。在地铁上，我收到了米拉发来的短信。她说，她愿意参加这次报道，成为18位女性中的一员。我把这个消息告诉了我的编辑，她突然意识到，证人的数量和瑞典文学院院士的数量一样多。我们以前怎么没想到过这点？

上午，各种会议接踵而至。我的办公桌上摆满了塑料杯，几天前在自动咖啡机买的咖啡看起来像油一样。我不担心自己误会了什么关键的东西。

通常，我对自己写的报道总会抱有一点怀疑，但这次我充满信心——我甚至被对自己的这份笃定给吓到了。

我知道这篇报道揭露了一个巨大的真相。但同时也知道，如果有一个地方失真，这篇报道就有可能垮台。当最后一次仔细核对所有内容时，我突然发现少了一份文件。我叫了一辆出租车送我回公寓，然后再回到《每日新闻报》的大厦。在特兰堡大桥上，我看到几台黄色的起重机在城市上方移动。其中一台似乎以一种不寻常的速度掠过大楼，就像一根脱轨的时钟指针。有那么几秒钟，我的眼睛完全被这运动和重力吸引住了，之后的几个小时里，我一直想吐。

午饭后不久，报社通知说一切都准备就绪。在一位编辑按下发布键之前，编辑团队的大部分成员都聚集在他身边。好像每个人都在等待着什么特别的事情发生。我退后两步，用手机拍下这一情景，同时意识到我害怕的是没有反响。我怕这篇文章很快就会被下一条新闻取代，然后一切照旧。这就是我无法想象未来的时间里会发生什么的原因。

## 米拉

我一直到最后还在犹豫。自从我设法离开让-克洛德后，我一直活得有点低调。我不想因为进入他的视野而再次惹怒他。但在出版前几天发生了一件至关重要的事。我得知让-克洛德有了一段新恋情，这让他可以接近我非常关心的一个女孩。一下子我的视野就清晰了。我觉得自己有责任不让她或其他人受到伤害。也许我有机会通过作证，防止下一个受害者被性侵？这也像是一次审判和考验。我所经历和遭受的一切有多少是真实的？有多少是妄想？

在发表文章的那一刻，我既害怕又充满勇气。我想着："是时候展示你自己了，让人们看看你有多大的力量，能够延伸到多远的距离。"

## 克里斯蒂娜

那天下午，我坐在公寓的厨房餐桌旁。我读了关于我们18个女人的整篇文章。我永远不会忘记那一刻。因为经历了过去的种种，现在可能是心情最糟糕的时刻。我读不到一半就停了下来。我坐着，发抖了一会儿。然后我带着我的狗出去，我们漫无目的地四处游荡。那件事,是我最大的创伤之一,也是我这几年生活的特别之处。即便如此,这件事并不是孤立的。它一直在重复发生。我是许多人中的一个。我是一长串无名受害者中的一员,意识到这一点,太残酷了。

那天下午,我目不转睛地盯着各种屏幕,看着文字传播。一封又一封电子邮件飞进来,收件箱仿佛秒表一般"滴滴滴"地响个不停。我意识到成千上万的人相信了这些证词,这让我感到一种解脱,一种身体上的解放,让我想起了自己昨晚彻夜未眠。

在24小时内,我又收到了10项性骚扰指控、5项严重性侵指控。

桑娜写道:"1985年秋天,我被让-克洛德强奸。那年我23岁。5年后,我们在同一个圈子里交际,就像什么都没发生过一样。"

艾玛也是如此:"我不知道你们是否有兴趣知道,因为你们已经掌握了这么多的证词,但我也被他强奸过。我想总数应该不止18个人。"

## 桑娜

我读了好几遍这些证词。我觉得描述中所有的情况都是在说我自己。我哭了好几场。我的反应一点都不理性,完全出于感性思维,出于身体上的本能:一种被激活的身体记忆。我被调查的规模撼动了。但最主要的是他被揭露了。这就好像在1985年,在强奸案发生后的第二天早上,有人来到我的公寓对我说:"那个，让-克洛德·阿尔诺完了。他要因为昨晚对你做的事而完蛋了。"

我立即在照片墙上发了一篇文章，然后告诉了我妈妈。她惊愕地看着我，失望之余感叹道："你太坚强了。你是有正义感的孩子。当时你为什么不去报警？"她的反应让我由衷地感到高兴。一直以来，她都很支持我。相信我。

即使在报道发表之后，每当广播或电视新闻中提到让-克洛德，我都会流泪。一天要哭好几次。部分痛苦来自感到自己是同谋。我意识到自己本该做些什么。我应该在1985年举报他。即使根据当时的法律，这样做不会导致起诉，但也会起到些作用。如果在新的指控出现时就已经有人提交过强奸报告，情况可能会有所不同。许多女性本可以幸免于难。

## 艾玛

当我搬到斯德哥尔摩学习电影专业时，我和姐姐合租了一套单间公寓。我们的公寓位于瓦萨斯坦，晚上我经常在附近漫步，听音乐。我在瑞典西部的郊区长大，所以我喜欢住在大城市的中心。我知道自己永远都不想搬出去。

我一个人参加了斯德哥尔摩电影节志愿者的闭幕派对，这之前我剪了差不多一周的票。我曾怀疑自己是否有勇气独自前往，但我想走进这座城市，于是下了决心。

偌大的大厅里挤满了人，我设法联系上了几个熟人。不孤单的感觉真好。也许是因为我和朋友聊天时总移开视线，让-克洛德注意到了我。也许他觉得我看起来像要找个男人。当我去吧台买霍夫啤酒的时候,他出现了:"你让我想起了我的小妹妹。"我暗自窃笑,这是我来这里那么久,听过的最风流的一句话。

我听出了他的法国口音,大概猜到他的年龄:在一个只有年轻人的聚会上,有一个50岁的人很奇怪。他穿着皮夹克,扎着马尾辫,就像电影《莫扎特传》①里的萨列里。他继续用奇怪的口吻尝试搭讪我——但没有惯常的那种恭维。他告诉我,他来自法国,他的家族拥有凯歌香槟酒庄;他从60年代起就住在瑞典,参加过巴黎的学生抗议活动,在诺尔兰当过木筏工。他绝不是什么危险人物,而且他很善于让话题一直延续下去,我发现和他聊天比和我刚离开的同伴一起玩更有意思。

在我的生活中,我很少加入某种小团伙,通常是因为我自己刻意选择。但我一直对小团体和其中的规则很感兴趣。因此,遇到像让-克洛德这样的人很有意思。这些人显然希望成为某种群体的一分子。他们是战略家和参与者。我喜欢尝试了解他们,也了解我自己。

过了一会儿,让-克洛德建议我们继续去歌剧院咖啡厅,这是我一个人绝对不会去的地方。我想反正没有其他计划,不如就一起去吧。我认为这会成为很好的经历。

我们到达时,门口大排长龙,但让-克洛德越过了排队的人群。我感到尴尬并提出了异议,但他把我拉了进去。

他的身份让我大吃一惊。我无法将门卫的挥手与我遇到的这

---

① *Amadeus*(1984),音乐天才莫扎特的传记电影,第57届奥斯卡金像奖最佳影片,另斩获最佳导演、最佳男主角、最佳改编剧本等多项大奖。下文的萨列里是片中嫉妒莫扎特才华的音乐家。

个有趣但又略带滑稽的人联系在一起。

我并不觉得自己当时喝得特别醉。我对喝酒很有节制。在歌剧院咖啡厅，我可能喝了一杯。记不太清了。因为我的记忆之后就中断了。很长一段时间，我都以为这是因为我对酒精敏感。直到几年后，我才开始怀疑是不是他在我的酒杯里放了什么东西。我的眼前一下子黑了。

下一刻，我坐上了一辆刚刚停下的出租车。让-克洛德给司机付了钱。我想知道我们在哪里，我是怎么来的。我几乎走不动了，但他搀扶着我，像是有了个拐杖似的，我被带进了一个楼梯间。进了一间公寓。双人床附近有两扇大窗户，一切看起来都很整洁、舒适。我头晕目眩，感觉自己是在通过幻灯机体验现实。每个画面之间都有长长的黑色停顿。

让-克洛德开始脱我的衣服，我不知道该逃去哪里，我没有力气行动。我身体的一部分仿佛熟睡着。但我的头脑是醒着的，他把我放在床上，和我发生性关系。我为自己陷入这种境地而感到愚蠢，同时为他——为对方是这种酒吧里的老男人——而感到羞耻。

第二天早上，我在找我的衣服。我本想逃走，但他醒了。他问我要我的号码。我给了他。我不想让他意识到我做了违背自己意愿的事情。我不想暴露我自己失控了。他和我还有我姐姐住在同一个社区，似乎到处都认识人。如果他打电话来，我会很好地结束这一切。

当我从公寓出来时，我的身体里还残留着恐慌的痕迹，但这是一个美好的早晨。我试着想，就把这看做是其他人做的事情。

我厌倦了没有性经验的生活。我不想被这个世界抛弃，喝醉酒和睡错人是大家都能遇到的事情。我只是碰到了一次糟糕的一夜情。

我怀疑，让-克洛德会再次联系我。我准备礼貌但坚定地告诉他，我对他没兴趣。当电话铃响起时，他首先说他已婚，而且不能生育，也没有艾滋病。我松了一口气，因为我可以回答说，我从不和已婚男人发生性关系：这是我的原则。

他想邀请我共进晚餐。我拒绝了好几次。但随着他的不断唠叨，谈话开始变成了某种谈判。最后，我说我不想去他那种酒吧，想搪塞过去。他就问我，那你通常在哪里见人？我回答说"鹈鹕"，他勉强同意在那里见面，好像是我想见面似的。几天后，我穿上了一件橙色上衣。我看着走廊镜子里自己的眼神，心想"你个傻瓜"，然后走向地铁站。

我们见面时又很开心。我问让-克洛德出轨的事。他对我的中产阶级态度嗤之以鼻，说他和卡塔琳娜有协议。

他轻轻地提到了她的名字，仿佛它会因此破碎："卡塔琳——娜。"

我们整晚都在一起消遣，我拒绝让他为我的啤酒买单。当我想回家时，他让我走了。

他后来继续和我联系，我们见了几次面。我建议我们在白天碰面，于是我们在里托尔诺咖啡馆喝了咖啡。和他在一起真的很有趣，我在搬来斯德哥尔摩之前，曾经对自己许下的一些承诺，其中一条就是要放开一些。我会让新朋友走进我的生活。我要好好玩。

之后我和让-克洛德之间没有发生任何性关系。这是我重拾尊严的一种方式：永远由我来设定界限。当我们像普通熟人一样交往时，第一夜的记忆也渐渐淡去。我试图告诉自己，那次发生的事情没什么大不了的，而且我感觉自己拿捏着这段关系。

我不仅获得了安全感，也获得了力量。有一次，我在"论坛"聆听了一场美妙绝伦的钢琴演奏会。我记得当时的观众都是上了年纪、穿着得体的女士和先生。很多中年男子。还有唇红齿白，负责给客人倒葡萄酒的年轻女孩。我不知道她们都从哪里来的。也许她们的父母有文化地位；也许她们有性方面的优势。我希望没有人会认为我是她们中的一员。

我还在王子餐厅见过让-克洛德几次。我当时坐在作家圈子的边上，他们正在谈论卡塔琳娜·弗罗斯滕松和瑞典文学院。我记得让-克洛德暗示说，在走流程了。几个月后，她当选了院士。

一天晚上，我和让-克洛德在歌剧院附近的一家酒吧闲逛。在我回家的路上，他开始说一起拼出租车。我们住的地方只隔了一个街区。

我当时很累，就说好吧。我相信了他。收回了我的界限。

出租车没有停在他位于诺尔巴卡大街的家门口，而是停在了瓦萨斯坦的另一个地址：卡尔贝里路。让-克洛德说那是他和卡塔琳娜的"写作公寓"。他想让我上去喝茶。他喋喋不休，最后终于让我点了头："但我只喝茶。"他说："当然。"我想他可能会有性企图。但我可以拒绝，毕竟我没醉。

公寓不是很大。厨房里有张沙发，我就坐在那里。让-克洛德焦躁不安地在房间里走来走去，翻箱倒柜。他说他没有茶了，但他可能有一些雀巢咖啡。然后他突然走了过来，手伸到我的两腿之间。我让他住手，我说我不想。我说得很大声。他没有停——他一下子就拉下了我的紧身裤和内裤，从后面锁住了我。突然被弄得动弹不得，我对此大感惊讶。事后我也在想，这到底是怎么回事？他怎么就这么抓住我了？我感觉到，他的体重把我的腿压在了沙发边缘。我的右肩被锁住，一只手腕被紧紧抓住。我还记得腹股沟的疼痛。事后，我确信我不是第一个被骗上来的。我不可能是他唯一的受害者，因为他的动作太快了。

我奋力挣脱。但我试图不要变成打架，也不仅仅是因为我的胳膊被卡住，还因为当时我并没有想要伤害他。所以这变成了一场摔跤比赛。

但在强奸过程中，我放弃了。我无法控制事情的发展，感觉自己就像一只牲畜或一块肉。

让-克洛德释放之后，他放开了我。于是我拉起我的紧身裤和内裤。感觉花了很长时间。作为输掉比赛的人，被人看到自己的失败，是一件很丢人的事。我一遍又一遍地说，他这样做是不可以的，但实际听起来像是我在自言自语。

我冲向前门，却怎么也打不开。门闩很普通，但我不明白它是怎么使用的。让-克洛德一直待在厨房里。然后他走到我这里。我让他开门。他没开。他突然显得很紧张。他可能是担心我情绪激动地从公寓里出去会发生什么事，担心我可能会去报警。于是我静静地站了一会儿。然后我平静而坚定地看着他的眼睛说："开门。"他打开了门锁。

由于我没多少性经验，所以要告他强奸就更难了。我根本无法想象在男警察面前或在医院接受检查时复述发生的事情会是什么样子。当晚洗澡时，我知道证据已经被洗掉了。我还知道在强奸案中，受害者通常会被如何询问，我也知道让-克洛德认识"每个人"。如果我把他拖入法律程序，我将永远无法留在斯德哥尔摩。

强奸案发生后的第二天，他给我打了电话。电话那头传来喊叫声。看来他当时正在参加一个派对。

我说："你的行为是刑事犯罪，我可以报警。"我记得那一刻，我感觉自己充满力量。他道歉说，他从未对任何人有如此强烈的感觉。他说他很难理解我说的"不"。他的口气听起来很绝望。我告诉他，性侵的事确实也影响到了我。让-克洛德是我唯一的证人，我们的谈话，感觉好像是两个朋友之间那种稀松平常的吵架。仿佛两个人误解了对方，正试图对所发生的事情达成共识。我原本的怒火开始消退。相反，我开始思考，也许这并不是他的本意。那只是身体上的碰撞，就如同一起意外事故。有时候，人是会摔倒的，会受伤。我也没有别的选择。我决定好了，不告诉任何人，试着从大脑里删掉那一幕。

所以当他在我生日那天出现时，我什么也没说。他也许是为了打探我是否报警，也许是为了向我道歉。我正和姐姐还有几个朋友一起吃一顿小晚餐。让-克洛德和我们在客厅里坐了一会儿，他送了我一件礼物：4个手工吹制的玻璃杯。我从未用它们喝过酒，但也没有扔掉。它们成了一个象征，象征着这一切真的发生了。每一次搬家，它们都和我在一起。我告诉丈夫不要扔掉它们。

收到报道发布的推送通知时,我正坐在我工作的公司里开会。外面下着雨。我只用手机读了几句话,就反应过来,是他。我的心跳得很厉害,以至于房间里的其他声音我都听不见了。

我已经50岁了。多年来,我曾经告诉过我丈夫和另外三个人,我被强奸过。但我从来没有告诉过他们是被谁强奸的,也没有告诉过他们是怎么发生的。这是我生存和留在斯德哥尔摩的唯一办法。但这也把我塑造成了一个有秘密的人。我知道,我有一块永远连自己都无法触及的内心世界。

我记得有一次,我成功地说服了我的丈夫,让他把我摔倒,然后我反抗。我想测试一下自己。我丈夫完全不知道我怎么了。他以为我开了一个毫无意义的玩笑。事后,我百感交集。我为自己的遭遇感到悲痛,但同时我也原谅了自己。我真的无法挣脱,尽管我尝试过。

几年后,我们有了两个孩子,在一次游戏中,我丈夫握住我的胳膊,让他们给我挠痒痒。我意识到,自己被困住了。我的孩子们看出了不对劲,开始往后退,噤若寒蝉。我大叫道,不要抓着我,但他没有意识到事情的严重性。他只是为了好玩。当我挣脱一只胳膊时,我疯狂地挥拳,打到了他。他双手捂着脸倒了下去。

他鼻子上被眼镜压到的地方在流血。伤好了之后,鼻子上会留一道小疤。他抬起头看我的时候,眼睛睁得很大,也很迷茫。尽管事后我为吓到孩子们而感到羞愧,但过了很久,愤怒才慢慢消退。愤怒和胜利兼而有之。因为这次我并不是被动承受。我行动了。

大概在 5 年前，我曾试图告诉丈夫我被强奸的事情。我们在电视上看到了一个关于性侵的节目，谈论这个话题而不提及我自己的经历感觉很奇怪。我开始解释，但他的回答让我放弃了：

"什么，你认识那个人吗？你们以前发生过性关系吗？那这事就完全不同了。"

《每日新闻报》的这篇文章发表的晚上，我失眠了。第二天，我和一位同事共进午餐。除了回忆这段往事，我不可能把注意力集中在其他事情上。于是，我突然把强奸的事告诉了她。她不是我的密友，谈到这个话题也不是那么自然。但事情就这么发生了。第二天晚上我也睡不着，所以之后的那天，我又告诉了两个朋友。我们在一家水疗中心做按摩。到处都是平和的人们，彼此低调地交谈着。我感觉自己像个 80 岁的老人。额头疼，后背也疼。我的意识仍旧停留在 90 年代。能够谈论这件事，既沉重又美好。但我还是睡不着。当另一位同事想共进午餐时，我觉得有必要解释一下我的奇怪行为。于是，当我们在餐厅里相对而坐时，我向另一个人讲述了我被强奸的经历。一切都不一样了。

# 17

11月21日,我的文章在网站上发表的当天下午,卡塔琳娜·弗罗斯滕松联系了她的朋友们。她还给霍拉斯·恩达尔和即将成为瑞典文学院院士的耶娜·斯韦农松打了电话。她告诉他们阿尔诺是一场阴谋的受害者,并解释了这场阴谋的组织者和目的。

弗罗斯滕松还写了一封由她和阿尔诺署名的电子邮件给文学院的所有成员。内容是希望在周四的会议上与他们会面,告知他们"谎言背后"可能存在的真相。

两人建议在会前会议上一起发言。正式会议总是在会议厅举行,而会前,院士们一般在图书馆会面,进行社交活动,对橡木桌上摆放的新出版的书籍和期刊发表评论。此前,除了国王和瑞典文学院成员外,其他人不得参加这些会议。

霍拉斯·恩达尔很快回复了这封电子邮件。他写道,所有"知名人士"都有谣言在流传,他不认为卡塔琳娜·弗罗斯滕松和让-克洛德·阿尔诺应该为自己做出解释。不过,如果他们向瑞典文学院寻求方向,他也表示理解。毕竟,一个"有歇斯底里倾向"的社会认为指控就意味着某人有罪,并以类似"打内战"的方式"算旧账",你该如何应对呢?

这封邮件促使萨拉·斯特里斯贝里联系了萨拉·达尼乌斯。她想说的是，联席会议在她看来是非常不实际的，这样做就等于把他们与卡塔琳娜·弗罗斯滕松以及让-克洛德·阿尔诺编织成一种亲密关系，以后没法独立做事。

萨拉·达尼乌斯还与其他成员通了电话，其中包括弗罗斯滕松。后者否认了整篇报道。在把电话听筒给其丈夫之后，他也否认了一切。

彼得·恩隆德在邮件中很快做出了回应，他正好是轮值的文学院主席。他写道，他认为联席会议是一个非常糟糕的主意，如果召开，他将不会参加。其他成员也反对这一提议。

我的文章在网站上发表后，我便开始试图联系萨拉·达尼乌斯。没有哪个机构比瑞典文学院更能使阿尔诺合法化了。没有人比瑞典文学院的成员对他更重要了。当天深夜，我得到了采访常务秘书长的机会。萨拉·达尼乌斯将在事件曝光后首次发表评论。

我以前从未与她交谈过。我卧室的窗外漆黑一片，我不知道她和瑞典文学院将如何回应18位女性的证词。

达尼乌斯用一个匿名号码给我打电话，在此后的一年里，一直如此。因此我永远无法直接联系到她。但有时她会联系我，无论我身在何处，我都会接听。她通常是想确认她同意的大型采访是否会进行，而这个大型采访其实永远都不会发生。

我们的第一次对话开始时，萨拉·达尼乌斯问我人在哪里。我回答说我正坐在家里的床上，她说她也一样。

我想知道她读到这篇文章时的反应。

她如何看待女性们所讲述的种种经历,包括她们在学院的公寓里所遭受的这一切?

萨拉·达尼乌斯说,她读后深感震撼。她认为文章中的信息是真实的,因为这些证词的数量是如此之多且惊人一致。

萨拉·达尼乌斯说:"所谓的'文化大咖',行为极其不雅。不一定非得是女权主义者才能理解这件事以及#MeToo运动的严重性,我本人也深受震动。这关系到对他人的尊重,关系到遵守普通人的礼仪。"

能够获得瑞典文学院的认可,我感觉很好,但并不是最重要的。我知道他们的真实回应不在于此刻的言语,而在于他们之后一段时间内如何行动。

我说,文化界的大多数人都知道阿尔诺的一些行为,他在文学院里混了几十年,所以她知道什么?而且她本人也曾在"论坛"演出过——难道她从未目睹过文章中描述的任何行为吗?

萨拉·达尼乌斯回答说,关于"文化大咖"的传闻由来已久,业内很多人都知道,"但对我而言,这则新闻里的事情太严重了……"。

常务秘书长继续说,阿尔诺的行为牵连到了瑞典文学院。这本身就足以让瑞典文学院与之断绝关系。

但她强调说,这件事必须由整个文学院共同决定,而且这个问题将在周四的会议上提出。当我问萨拉·达尼乌斯,如何看待霍拉斯·恩达尔关于阿尔诺是生活方式的榜样的说法时,她很有感染力地笑了起来:

"你能引用这个笑声作为回答吗?这么说吧:在这一点上,我和这位成员的意见相去甚远。"

在未来的几个月里,这句话将成为成员间电子邮件里慢慢出现裂痕的迹象之一。

萨拉·达尼乌斯决定迅速采取行动,在报道发表的第二天,她就和哈马舍尔德律师事务所(Hammarskiöld & Co.)的人见了面。

她向他们提出的主要问题是如何评估我的文章的真实性。经过长时间的会谈,她下令进行独立调查,调查每位文学院成员与阿尔诺的关系。

她在电话中告诉我,调查的目的是"弄清我们文学院内部对让-克洛德·阿尔诺的了解,以及我们应该要知道的情况"。

当我有机会与她通话时,我趁机提出了一些重要的后续问题,这些问题是我在之前的谈话中无法提出的。

我提到她对阿尔诺的行为如此严重感到惊讶。那她知道他本人有哪些比较轻微的骚扰行为吗?

"我听说他是个好色之徒,轻浮随便,性欲旺盛。诸如此类。"

"您说的轻微骚扰是什么意思?"

"咸猪手、说很露骨的话。"

"您听说过这个'文化大咖'的这类事情吗?"

"嗯,我听说过。是的,乱摸,还有说话很露骨。但没有听说过现在曝光的这种严重性侵行为,这种行为纯粹是犯罪。"

"您知道这些,也听说了女性关于性骚扰的抱怨。那瑞典文学院为什么还要与'文化大咖'这种人保持密切联系?"

"嗯……因为他为文化生活做出了巨大贡献。所谓的'俱乐部'①一直是不同文化表现形式的集中地,是一个重要的场所……但对学院来说,他并不重要。"

我曾向其他一些成员发出采访请求,比起达尼乌斯,他们和阿尔诺走得更近。但他们都让我与达尼乌斯联系。于是我写信给霍拉斯·恩达尔,说我需要和他谈谈他担任常务秘书长时发生的事情,关于他在那个职位上做出的决定。但他回答说,这不现实:"我们的规定就是这样。我已经不再是常务秘书长,因此也不便再担任文学院的发言人。"

与律师会面后,萨拉·达尼乌斯发出了两封邮件。一封是给除卡塔琳娜·弗罗斯滕松之外的所有文学院成员的。她写道,在周四的会议讨论中,他们有些事情要记在心中。

她提到,律师们说《每日新闻报》上的信息是可信的,因为它涉及多达 18 名女性,并"补充了日记、电子邮件和证人等形式的佐证"。

她写道,不要在没有听到申辩前对一个人下判断,这是比较合理的法律原则:"但正如律师所指出的:这是法院的事,不是我们的事。对我们而言,现在是保护瑞典文学院的问题。我们现在面对的是一个显然不适合继续参与我们圈子的人,因此应该断

---

① 即书中所说的"论坛"。

绝关系。"

她的第二封电子邮件是发给卡塔琳娜·弗罗斯滕松的,并抄送了其他成员。她写道,她和律师事务所的意见都是弗罗斯滕松暂时不应参与文学院的评奖工作:"我对此深表遗憾。您是我们的无价之宝。"并说,"我希望您明天能像往常一样参加会议,虽然在我们讨论《每日新闻报》文章中的信息,以及如何以最佳方式处理这些信息时,我们不得不请您离开会议室。当然,如果您不想来,我也可以理解。"

霍拉斯·恩达尔随后回复说,他觉得常务秘书长没有权利要求成员不来参加瑞典文学院的任何活动,这使得萨拉·达尼乌斯必须使用"更友好的语气"。他还提醒道,她肩负着不得不为其他秘书长的错误而"洗刷"污点的"讨厌"任务。

11月23日晚,斯德哥尔摩仍在下雨。但在老城区的证券交易所大楼外,聚光灯照亮了黑暗和湿雾。瑞典文学院的周四会议从未被如此多的媒体关注过,当成员们拒绝发表任何评论,企图直接从绿色大门进入时,他们被无数的手挡住了。

证券交易所的楼梯间,光线温暖。会议厅在二楼,里面高窗深框,让人感觉街上的动静很远。会议桌和金边椅子上方悬挂着一盏大型水晶吊灯。

萨拉·达尼乌斯在每个座位上都放了一份文件副本,里面说明了律师事务所接下来的调查任务。有两把椅子是空的。安德斯·奥尔松正在巴黎的瑞典文学院办事处发言,卡塔琳娜·弗罗斯滕松和让-克洛德·阿尔诺则撤回了出席会议的提议。弗罗斯滕松在几小时前发给各位成员的一封电子邮件中宣布了这一消息。她给出的理由是萨拉·达尼乌斯"在信中和媒体上自以为是、妄加评论"。

瑞典文学院的会议有严格的议程。任何想发言的人都要举手,然后由主席安排发言。他们互称先生和女士。就连这天的晚上,成员们也还是遵循惯例先拎了捋日常的话题,然后彼得·恩隆德主席宣布就让-克洛德·阿尔诺的问题进行讨论。恩隆德认为,卡塔琳娜·弗罗斯滕松的丈夫有计划地利用自己与瑞典文学院的关系谋取肮脏私利。他说,这场危机有可能与拉什迪事件相提并论,他还说躲在地下,不吭声,等风暴过去的想法——这是霍拉斯·恩达尔的主意——不可行,"因为它不会过去"。他表示赞同萨拉·达尼乌斯的想法,女性证词的数量和分量足以让文学院采取行动,而且成员们必须以文学院的最佳利益为重:

"我们必须摒弃个人因素,即使这么做确实会带来痛苦。如果我们要参与到比我们自己更重要的事情里,我们就需要这么做,我知道我们都尊重并追求对这个集体的维护。"

恩隆德先生呼吁瑞典文学院与阿尔诺断绝关系,成员们表示同意。

他的讲话结束后,开始了自由对话。很快就能看出,许多成员都曾目睹阿尔诺越界的行为。这些事件要么影响到了他们,要么影响到了他们身边的女性。

克里斯蒂娜·隆说,她的女儿曾经受到过达到犯罪程度的性骚扰,克拉斯·奥斯特格伦说,他的妻子也受到过骚扰。证词层出不穷。萨拉·达尼乌斯讲述了自己曾经收到对方的性暗示。彼得·恩隆德说,在与阿尔诺有过不愉快的相处经历后,他的妻子不再愿意参加瑞典文学院的晚宴。后来恩隆德告诉我,他选择逃避晚宴以避免尴尬,太懦弱了。

"我妻子待在家里,我从未和卡塔琳娜或让-克洛德谈过这个问题。我觉得可能得到的收获与可能产生的冲突之间不成正比。我也不了解他行为的严重性。我知道他经常和女人在一起,而且我也注意到书展期间,他为套房举办的派对找来的服务员都很年轻。但我当时太天真了,把这种情况理解为让-克洛德只是一直在出轨。我明明接收到了一些信息。甚至在我加入文学院之前,我的妻子就已经对他有所警觉。但在事情败露之前,我们从未在会议上真正谈论过这些事情。在11月23日文学院的讨论中,一切都清楚了。我们应该早点看透的。"

会议期间,萨拉·斯特里斯贝里提到,她自己也曾收到过性方面的评论,她觉得很不舒服,因此向秘书处的工作人员提出了这个问题。解决方案是,晚宴上,她不必坐在阿尔诺旁边。

"我说,我认为任何女性都不应该遭遇这种情况。他们表示理解。他们认识到这个问题已经存在了几十年。但我在会议上从未提及这个问题。我也告诉工作人员,这件事不要让卡塔琳娜·弗罗斯滕松知道。我不想让她难堪,也不想让她感到不自在。我自己解决了问题,就像我们许多人所做的那样。这就是现在#MeToo所揭示的一种典型的画面。"

会议期间,与会的大多数成员表示,他们或多或少相信《每日新闻报》的证词。霍拉斯·恩达尔提出了一些反对意见。他谈到了让-克洛德·阿尔诺的诱惑艺术,他质疑匿名证词的价值。

通常情况下，恩达尔是文学院里最中坚的力量。

但今晚他却异常低调，与将来几次会议相比也是如此。

在讨论中，成员们试图捋清楚，为什么他们以前从未相互谈论过自己的经历。他们解释说，主要是害怕冲突，或者怕气氛尴尬，这在一个需要终身社交的团体中尤为重要。以及，出于对卡塔琳娜·弗罗斯滕松的关心。许多成员与她有着深厚的友谊。

在交谈中，弗罗斯滕松经常肯定阿尔诺的优点，她也是让阿尔诺在机构中担任受信任职位的推动力。

瑞典文学院内的几位女性用她们自己的感受来解释这一行为：当她们的职位超过丈夫和男友时，她们就会产生内疚感。

不过，成员们保持沉默的最常见原因是卡塔琳娜·弗罗斯滕松的愤怒。佩尔·韦斯特贝里曾试图和她谈谈他听到的关于阿尔诺的一些传言。但她大发雷霆，他便再也没有提起这件事。

彼得·恩隆德担任常务秘书长时意识到，涉及阿尔诺的问题，都需要谨慎处理：

"可能只是一些小事。比如他想借用学院的三角钢琴，而我们不想搬动它。我们知道我们必须小心谨慎地说明理由。如果他受到丝毫质疑，卡塔琳娜就会不乐意。"

成员们坐在吊灯下的餐桌旁，谈话并不轻松，因为这些谈话涉及责任，涉及并不平均分配的责任。各位成员与阿尔诺的距离不尽相同。在律师事务所即将启动的调查中，大家可能面临的追责情况并不一样，但在座的所有成员都支持这项调查。

在后来的一次夏季座谈中，萨拉·达尼乌斯描述了当时既压抑又私密的气氛：如同"向外界敞开了一扇窗户"。

萨拉·斯特里斯贝里说，当小组成员分开时，谈话产生了一种特殊的亲密感。

"当你经历过重大而艰难的事情时，就会产生这样的感觉：每个人都有点赤裸裸的。"

其他成员也证实，会议结束后他们彼此感觉更亲密了。在证券交易所大楼外，他们的司机正在等待，他们将身着黑衣，默默地见证未来一年中文学院院士与亲属之间许多激动人心的手机通话。

这天晚上，有些人选择直接回家，有些人则按照传统在金色和平饭店见面。

萨拉·达尼乌斯被要求在会后撰写一份新闻稿，她与萨拉·斯特里斯贝里和彼得·恩隆德一起留在证券交易所大楼。

三人正在紧张地工作。窗外下着雨，他们写稿、改稿、互相宣读提案。他们一致决定，他们应该让会议中出现的问题透明公开。他们想表明，他们已经好好审视过自己，他们对阿尔诺的了解不仅仅来自报纸上的一篇文章。所以，他们试图找到合适的措辞，能够捕捉到成员们在会议期间谈到的不同经历。

会议开始近5个小时后，萨拉·达尼乌斯走出绿色大门，记者和摄影师们仍在门外等候。彼得·恩隆德紧随其后。

萨拉·斯特里斯贝里已经回家和孩子们团聚了。

我正在一家餐厅里关注事件的进展。手机上闪烁着的画面不久后会在全世界播出。彼得·恩隆德为常务秘书长撑起了一把蓝色的雨伞，常务秘书长正站在各家媒体的各色麦克风前。她伸出的手戴着手套，已经被雨淋湿了。

我对达尼乌斯会说什么没有特别的期望。作为一名记者，我习惯了有权有势的人在面对疾风骤雨时说话的方式。我想起了文学院经常使用的各种华丽的辞藻。我预想，这份稿子既是免责声明，同时又不具有约束力。

萨拉·达尼乌斯开始宣读新闻稿。她代表整个瑞典文学院发言，仅仅说了几句话后，我就开始从局外人的角度来观察这个事件。当你意识到自己当下所处的场景会存在于未来的永久记忆中之时，注意力就会高度集中。

伴随着不规则的摄像机咔哒声，萨拉·达尼乌斯表示，瑞典文学院一致决定立即切断与让-克洛德·阿尔诺的所有联系。她继续说道：

"这是我们的第一项措施，其动机有两点。一方面，我们欢迎《每日新闻报》的调查；另一方面，在会议期间发现，文学院的成员、成员的女儿、成员的妻子和工作人员被问题人物以不必要的亲密举动或不恰当的行为对待。如果没有最近对这些问题的关注，这些经历就不会被曝光。

"其次，第二项措施，我们决定澄清瑞典文学院之前与此人的往来，特别是审查他是否对文学院颁发奖项、奖学金和其他类型的资金有直接或间接的影响，并了解他是否对文学院的总体工作产生了影响。

"第三项措施涉及的是未来的工作。我们将启动调查工作以确保此类情况不会再次发生，并确定改进日常工作的方法。我们已经能够确定的是，我们确实违反了原定的竞争规则，未来必须加强对这些规则的严格实行。瑞典文学院将在这件事的调查过程中,尽可能保持透明。"

霍拉斯·恩达尔很快就从金色和平饭店那里给萨拉·达尼乌斯发送了一条鼓舞人心的短信,她和其他几名成员都将这条短信看作文学院团结一致的标志。他写道:

"亲爱的萨拉,我希望你现在能吃点东西,并且在一个安静的地方歇息。我们刚刚在'和平'这里读了新闻稿,非常棒。我们还查看了《每日新闻报》网站上发表的声明。情况似乎光明一些了。你已经做得很好了。不管如何,我们挺过来了。致以热烈的问候,霍拉斯。"

但恩达尔后来告诉我,他发完短信就立即后悔了:

"我从一开始就对萨拉处理这个问题的方式缺乏信心。刚刚举行的会议其实在很多方面都是一次令人痛苦的经历。但当我写下这条短信时,我只是遵从了一种可以追溯到我过去当秘书长时的冲动心理。我认为现在的重点是不惜一切代价,让大家在一条船上。但这个说法一发出去,就等于接受了耻辱。"

许多为阿尔诺性侵案件作证的女性也关注了节目。桑娜躺在床上,笔记本电脑放在肚子上。

"我对文学院的信任度很低,所以当萨拉·达尼乌斯宣布他们的态度,还补充说,他们内部也有女性经历过这种事情的时候,真的让我难以想象。这是历史性的一次表态。对我而言,不存在'洗脱污名'一说。不如说,我感觉自己像是被原谅了。我们这群受害者,各种阶层的都有。这种事无关乎一个人的地位高低。不管什么样的女人，他都这么做。所以，这件事不在于我，不是我的错。"

听到瑞典文学院的新闻稿后，莉迪娅决定报警，说出被阿尔诺强奸的事：

"在此事曝光后的几天和几周内，文化界的许多人都害怕被视为品行低劣的人。他们公开表示，自己与'论坛'的接触少之又少，他们对此情况绝对一无所知。他们的思维逻辑似乎是这样的：在性侵这件事情上，你要么干净，要么肮脏，要么邪恶，要么善良。但当萨拉·达尼乌斯宣读新闻稿时，我感觉她和瑞典文学院正处复杂而混乱的情况中。她并没有假模假样地说自己其实不在那里而是确认披露的事情与学院有关。当她说起连成员们自己都被骚扰过时，我觉得我们这些挺身而出的人都被看到了。我觉得萨拉·达尼乌斯也在冒险。虽然我不明白，这个风险有多大，以及实际上会产生什么利害关系。那天晚上我决定了。我要去报警。第三次去。"

# 18

2017年11月26日星期日，莉迪娅前往斯德哥尔摩的警察局举报阿尔诺。在接下来的一周内，7名女性也做了同样的事情，其中包括埃利斯·卡尔松、加布里埃拉·霍坎松和3名未参与我的调查工作的女性。我在报纸上写了一篇关于这件事的报道。几个小时后，我收到了瑞典文学院常务秘书长的一封电子邮件："现在我可以说：我欢迎她们向警方报案。向那些勇敢挺身而出的女性致敬。致以亲切的问候，萨拉·达尼乌斯。"后来我反复联系她，希望她给予更多评论。

**艾玛**

每个人都在谈论让-克洛德。文章发表的同一天，他就成了我家厨房餐桌上的话题核心。我丈夫注意到我的反应，但我们不能在孩子们面前谈论这事。那天晚上晚些时候，我和他说起，十年前我试图告诉他有关性侵的事，而其实正是让-克洛德强奸了我。这让我丈夫沉默了。

我们有几天没有说话，但后来他提出和我一起去警察局。尽管犯罪行为已经过了时效，我还是决定报案。我认为如果报案的人数很多，还是有点作用的。等候厅很小，三个接待台后面都是穿着制服的男警察。窗口玻璃上有小孔,所以每个人都能直接听到对方说的话。

我平静而清晰地陈述了我的情况,并要求见一名女警官。当我们坐在审讯室时,我知道我必须详细讲述性侵事件。但在过去的 24 小时里,我在身体和情感上多次回忆和感受了这件事,所以要陈述起来,出乎意料地容易。警方称,一共算是发生了两起强奸案。都要报案吗?我拒绝了。我不知道为什么大脑一下子空白了,我知道如果人处于"无意识状态",当时的法律无法将其视作强奸。我丈夫坐在我旁边。他握着我的手。在接下来的一年里,我们通过信件和长短信来传达有关性侵的信息。他想知道我为什么给让-克洛德我的电话号码。我怎么会愿意陪他去公寓呢?20 多年来,这些问题一直是导致我讨厌自己的一部分原因。有了 #MeToo,我开始正视这种羞耻感,所以当丈夫质疑我的时候,我内心很沉重。我试着回答。我解释了这件事对我的影响,以及为什么当他抱着我时我打了他。我的许多秘密都是彼此相关联的,讲述强奸事件意味着我也开始谈论我生活的其他部分。

2017 年 12 月,我依然在新闻编辑室的白色隔音室里度日。我要处理各种后续工作,让我保持清醒的是,我看到我以前怀疑过的事情慢慢浮出水面,并变得越发清晰。

当我与"论坛"关系密切的人交谈时,他们告诉我卡塔琳娜·弗罗斯滕松在正式发表的作品中为阿尔诺代笔,而伊尔萨茨出版社的出版总监表示阿尔诺在两人共著的散文系列中所承担的工作极其有限。

文章发表后，米拉和两名前雇主取得了联系，他们证实阿尔诺确实给他们打过电话。他们从文章中认出了米拉的身份，他们也说，阿尔诺警告过他们，不要雇用她，但他们也没有听他的话。米拉表示，可能还有其他人受到了影响，但她永远不会知道真相。她也没有申请过阿尔诺之前声称会"屏蔽"她的艺术类课程。

在我的调查中，几位女性认为阿尔诺曾事先透露即将获奖的诺贝尔文学奖得主，包括 2004 年的埃尔弗里德·耶利内克（Elfriede Jelinek）、2005 年的哈罗德·品特（Harold Pinter）和 2014 年的帕特里克·莫迪亚诺（Patrick Modiano）。我和同事胡戈·林德奎斯特（Hugo Lindkvist）试图证实这些说法。在常务秘书长打开证券交易所大厅的门之前，这群女性就已经听到过某个候选人的名字。常务秘书长完全不知道，在 18 位院士之外，还有别人已经知晓结果。其中一人把这件事写在了她的日记里。

12 月 4 日，我们发布了泄密事件的调查结果。瑞典文学院刚刚聘请的律师团队所进行的法律调查，最终将包含阿尔诺共 7 次提前传播文学奖获得者相关信息的事情。

阿尔诺到底窥探了多少文学院的工作？他可以利用这些情报来摧毁别人的职业生涯吗？——不是纸上谈兵的那种摧毁。

作为瑞典文学院新文学委员会的主席，卡塔琳娜·弗罗斯滕松对瑞典作家和诗人能否得到经济支援产生了巨大影响。得知此事后，一些成员回忆起她是如何积极反对两名与阿尔诺发生冲突的女性获奖的。这两个人都得过该机构颁发的奖项，但获奖名单的确定是共同做出的,她一个人的力量有限。另一方面,由于阿尔诺利用和瑞典文学院的内部关系威胁对方,导致一些女作家不愿将她们的手稿交给出版商。也许很少有真正的掌权者能比阿尔诺所谓的文化帝国,对瑞典文化世界产生更大的影响。

随着我的报道发表,另一篇文章也开始受到关注。事实证明,《快报》早在1997年4月就在一篇题为《文化精英中的性恐怖》的文章中对阿尔诺进行了评论。

文章讲述了一位被职业介绍所派往"论坛"的年轻实习生指控一名知名文化人物性骚扰的事。

文章中还提到,另一位女性——一位不愿透露姓名的艺术家——在"一封绝望的信"中向文化工作者们发出过警告。她将这封信寄给了支持该知名文化人物活动的机构,收信人包括瑞典文学院前常务秘书长斯图雷·阿伦。她在信中说,过去她曾"依附"对方,在此期间,遭受了该男子的性骚扰和性侵,信的开头写道:"我经历了两年这样的侵害,到现在我才联系您。"这样的文章怎么可能在发表后没有任何水花呢?在20世纪90年代,敢于谈论阿尔诺的女性都有谁?近20年的沉默,她们又是如何过来的呢?

我发现这位匿名艺术家叫安娜-卡琳·比隆德。她住在利德雪平(Lidköping)郊外的乡下,是一名缝纫老师。

在她自己的艺术作品中,她经常使用宗教图案。我还发现了一些大型纺织品装置的老照片,它们摆满了"论坛"的展厅。

安娜-卡琳几天后才回复我。她没有听说过我的文章,当我提到阿尔诺时,她的反应非常具有防卫性。她说她的故事只是沧海一粟,不想再与我联系下去。过了很久,我们才有机会再次交谈。

* * *

原定于报道发表几天后在"论坛"举行的演出"因病"取消,也没有安排新的节目。卡琳和我去参观开幕式时,通往大厅的走廊被关闭了。但我现在非常想进去看看这个房间,我想到唯一能放我进去的人就是"论坛"的前员工。犹豫再三之后,我给洛夫·德尔温格打了电话,他的回答是"不行",在我的意料之中。他对我想去看看这片废墟的想法唠叨了几句,但表示有机会的话他很乐意谈谈。我们见了几次面,然后继续写信给对方。

### 洛夫

在"论坛"的最后几年里,我有时候觉得自己的工作是苦行。我们不再年轻,要在短时间内不断尝试创新,排练高难度的乐曲,需要耗费大量精力。我们的节目总是全新的,必须在上台演出前的几周内完成。压力很大,而让-克洛德日益严重的情绪化让我们更感压力沉重。大家可能过去就都知道他神经脆弱,但现在他还经常抱怨失眠。很明显,他身体不好。在我看来,他好像在被人追杀似的。

他和往常一样,会开朗地唠叨几句,但他说的话也不再有趣。我觉得他开始认为我的工作是理所当然的。这种态度很挑衅我，有时我甚至想收拾我的三角钢琴离开"论坛"。然而，一个成功的"论坛"之夜足以让不满的感觉烟消云散。再次成功的喜悦占据了我的心，让我和许多人都忽略了他不那么令人同情的一面。

让-克洛德毫不掩饰他有很多女人的事实，他还尝试过一段时间内同时谈好几段比较认真的恋情。给我的印象是，他真的很喜欢猎艳，对象总是换来换去。这些女人都很年轻，他安排她们在办公室工作一段时间。我认为这是他监视她们的一种方式：让-克洛德是个嫉妒心很强的人。与此同时，我又想，这可能反映出他的内心很浪漫，也就是他喜欢和情人一起工作——一起真正地创造一些东西；有点像从前他与卡塔琳娜。这种关系注定要失败。他这辈子都不会离开卡塔琳娜。我很惊讶这些女人都能忍他这么久。当然有一点是很清楚的：我意识到，要摆脱这种关系可能很难。让-克洛德无法忍受被抛弃的感觉。

他总是乘坐出租车通勤，即使是短途出行。他不喜欢在斯德哥尔摩漫步。在巴黎还好，但在这里不行。他说这座城市的气氛变得很危险，尤其是对外国人。

有些晚上，我练完琴，看到办公室里亮着灯。我就去敲门，打声招呼，说几句话。每次他冲出来，都是一副惊恐万分的样子。

我常常在想，他是真的恐惧什么吗？是存在真实的威胁，还是这一切只是他的偏执？

2017年秋天，温斯坦丑闻闹得沸沸扬扬，在一次聚会上，我听到传言说让-克洛德出了点事。起初我很惊讶。在我看来，

#MeToo运动主要针对的是位高权重的男性。在我眼里，让-克洛德没有权力。在艺术、戏剧和音乐界，他没有任何影响力。对于我们这些在"论坛"演出的人来说，我们和他的关系与传闻中截然相反。因为我们拿不到真正的酬金，所以我们来表演，实际上他需要感谢我们，依附于我们。

也许在文学领域——通过卡塔琳娜的关系——情况有所不同。但即便是在文学领域，我也很难想象他能说出什么有分量的话来。另一方面，让-克洛德被赋予了能让人联想到权力的东西：他有一枚皇家勋章，在巴黎管理着一套公寓。我想象着，当他进入自大狂和无边无际的状态时，这些东西就像护身符一样，强化了他自认无可匹敌的感觉。

11月21日，我坐在地下室的三角钢琴前。正为几天后在"论坛"举行的活动练习。大提琴手发来了关于让-克洛德的文章，我用手机浏览了一遍。太令人震惊了，我甚至感到麻木。我无法理解读到的内容。我几乎用漠不关心的心态思考着：真实情况有那么糟糕吗？我的第一个念头是，没有什么能威胁到"论坛"的活动。艺术必须不惜一切代价生存下去。我们欢迎战争的到来。它不会阻止我坐在钢琴前演奏，直到炸弹炸塌屋顶。我想起在泰坦尼克号倾斜下沉的甲板上，继续演奏的弦乐四重奏。当小提琴手打来电话时，我从可悲的末日幻想中醒来：

"我的经纪人建议我不要参加。记者们会蜂拥而至，场面会一团糟。"

然后罗兰·彭蒂宁打来电话。我们同意取消演出。在回家的公交车上，我毫无感觉。晚上我仔细阅读了这篇文章，其内容令人震惊。这些证词似乎非常具有可信度。尤其是其中大部分证人说的话都带自责性。内容中没有任何发泄或臆测，有的只是悲惨和不安。这种事怎么可能真的有？这种事怎么会持续这么久，而且一点不透风地进行？当然，这些女性出于恐惧或羞耻而选择隐瞒性侵行为是可以理解的。但是，我怎么可能没有听说过在公共场所和出版商聚会上发生的事情呢？

第二天，我给让-克洛德打了电话。他比我想象的要平静。他说他确实和那些女孩上过床，但仅此而已。除此之外，他什么也没做。他解释说，他已经联系了一名律师。他让我不要和记者说话。他的这道命令，就像你在要求别人关上身后的门一样，不容拒绝。我解释说，如果他们打电话来，我当然会接。不，他说，你永远都不应该和记者说话。你应该保持沉默。

我有点为让-克洛德感到难过。尽管文字可信，但我不知道是否真的允许用这种方式揭露一个人。我想到了媒体的力量，想到了这篇报道是如何让"论坛"28年的活动突然化为灰烬的。但我也有相反的想法。考虑到性骚扰和性侵已经持续了很长时间，这篇文章的撰写和发表实际上花了很长的时间。各种想法把我弄得头晕脑涨。

在信息披露后的几个月里，我打了很多电话，拨新号码时的不适感已经消失了。我联系那些听到我的名字就感到害怕或不安的人，还有立马挂断我电话的人。他们似乎理所当然地把自己看作后世的一部分，他们不允许自己接受采访，而是说要把文件提交给皇家图书馆，并对材料设置了很长的时间限制。这些人让我突然领悟到历史通常是如何被书写的。

但大多数人都很乐意谈谈，条件是不引用他们的话。多年来的影射形成了集体性的压抑。

人们一直都会谈论让-克洛德的事情。尤其是在女性之间——为了相互警告。在谈话中，我听到了更多关于性骚扰或性侵的故事。

但同时，我也听到了各种猜测和理论，它们在斯德哥尔摩以惊人的速度流传着。

我知道，八卦是一种巨大的力量。研究表明，它能在人与人之间建立牢固的纽带，几乎就像一种临时的家庭联系，或者是一种消除界限的药物。现在，我打电话给那些觉得和我聊这事挺有意思的文化名人。他们说："既然和你打了电话，我能不能问问，你知不知道……"我意识到自己成了一个八卦中心，事后我会感到羞愧。但在那一刻，深入业界内部的感觉令人无法抗拒。几次谈话之后，我和一位导演分享的关于瑞典文学院的想法竟被一位女演员提及了。她说，她刚刚在酒吧里听到了这件事，这难道不是一种有趣的诠释吗？我在想，当人们长时间地相互重复一件事时，会发生什么呢？在对话中，我感觉到出现真相的时候，也同时滋生了新的谎言。

每次进出《每日新闻报》的摩天大楼，城市都是一片漆黑。在康拉德山公园，高大的黑色树冠下几乎看不到树干。但在便利店外的传单上——在灯火通明的地铁走廊里——我看到了我身边的人最想和我聊的那对夫妻。她有一双冷峻的蓝眼睛，他穿着皮夹克。

卡塔琳娜·弗罗斯滕松的作品读得越多，我就越能感受到她在公众面前曝光的讽刺意味。我们都在试图理清和理解她与阿尔诺之间的关系。

卡塔琳娜·弗罗斯滕松一直捍卫隐匿的权利。她的诗歌批评了一个沉迷于可见性和开放式解决方案的社会。这个社会希望我们说出自己的内心世界——仿佛忏悔可以"将我们身体中的黑暗挤出去"。

你永远无法完全了解另一个人，这是她作品的一大主题。在一次采访中，她说她想唤起那些即使是最亲近的人也会让你有"表现出了他们隐藏的一面，站在你对他的认识的边缘地带"的感觉。

12月底，我观看了一部关于瑞典文学院的纪录片，听到卡塔琳娜·弗罗斯滕松说她喜欢在不被人看到的情况下活动。这种态度让我感到害怕。但人们对她和阿尔诺的迅速转变也让我感到害怕。几十年来人们对她的崇敬和忠实的注视，很快就被特写照片和嗤之以鼻的态度所取代。

莉迪娅说，这篇文章最令人震惊的地方在于，它表明这种性侵事件已经延伸到了斯德哥尔摩的文化界：

"将阿尔诺妖魔化——或者将我们理想化为目击者——成为一种避免看到更深层次真相的手段。我认为，当涉及性犯罪时，这种机制会更加强大。这或许是因为长期性侵揭露了其社会背景的不同寻常。历史上有许多受害者和施暴者都从群体中被驱逐出去的例子。如果你不想改变自己的社会地位，如果你不想扪心自问自己扮演了什么角色,那么就不得不做出这种反应。"

## 洛夫

出事后的这段时间很动荡。记者们突然打来电话,主要是来自《每日新闻报》的记者——这家报纸多年来对"论坛"的支持力度最大,发表了大量文章和评论。谈话就像审问一样。你被有条不紊地逼问。我是百分百诚实回答的。我解释了我在"论坛"从事的工作,并从正面和反面描述了让-克洛德这个人。我告诉对方我知道什么,不知道什么。我所说的一切都不足以发表,不够有意思。报纸追求的是夺人眼球的标题。有一位记者甚至打电话给罗兰的孩子,向他们套信息。"论坛"将被描绘成斯德哥尔摩的邪恶中心。黑魔王让-克洛德在这个地下室里统治和操纵着文化生活,而文学院的男性成员们则在阳光明媚的房间里与天真无邪的少女们嬉戏打闹,充满了性指向和侮辱感。没有什么比这更容易误导观众了。"论坛"的观众主要是一些渴求诗歌和音乐的叔叔阿姨。最执着的粉丝是3位年纪稍长的女士,她们在舞台门外排几个小时的队,只为抢到最好的座位。年轻人很少来。文学院成员通常只有在登台演出时才能被看到。

当人们朝着同一个方向匆匆走去时,我会本能地站在原地不动或走开。这是我的一种群体恐惧症,这也是我从未去过摇滚音乐会或看过足球比赛的原因。现在,我觉得每个人都在朝着一个方向奔跑,并高喊着:"大家都知道了!"他们把目光投向了文学院,这种自信的态度让我害怕。有时,我觉得那些证词和言语中悲伤的声音已被遗忘。

一段时间后，我再次冒险来到地下室。记者们放弃了西格图纳大街，辗转到老城区聚集起来。打开门的时候，我有种打破了禁忌的感觉。当时是傍晚，房间里漆黑一片。我的心怦怦直跳。我借助手机的手电筒下了楼。三角钢琴还在。其他一切都被拆除了。电线、坏掉的聚光灯、纸箱和各种垃圾散落在地上。储藏室里的艺术品已经打包好，沿着一面墙一字排开。我开始练习。事实上，我已经快要伤心欲绝了，但音乐还是帮了我一点忙。我在那儿待了4个小时。

负责打扫房间的是让-克洛德的一些同事和朋友。这是一项艰巨的工作，进展缓慢。他们的策略似乎是一次扔掉一件东西。地毯被扔到垃圾场。第二天，几把椅子不见了。下指令的是待在巴黎的让-克洛德。我不明白他为什么不直接雇一家搬家公司。但我猜被人评头论足对他来说很重要，这也许能让他活下去。

我后来就不再与让-克洛德联系了。电话之后，我们曾就"论坛"的财务问题通过电子邮件进行了简短的交流。许多音乐家、哲学家和演员都曾在"论坛"上表演，"论坛"显然收到过大笔资助，这些艺术家没有分到资助金是怎么回事呢？为什么设计节目的人中只有我没有拿到报酬？

从根本上说，这不是钱的问题。装有几张百元钞票的信封微不足道。

但我认为这不诚实，我感到被欺骗了。

回复的邮件应该是卡塔琳娜代笔的。让-克洛德不会用瑞典语写东西。他说我的邮件让他既愤怒又难过。他理解成，我们就我参与"论坛"的事宜达成了明确的协议。他指出，我可以自由出入办公场所，原则上可以全天候在那里练习。他还解释了活动的成本，据他说在 110 万到 130 万①之间。我不清楚其中涉及哪些费用。

我回邮件说，我们的协议很简单。我父亲伦纳特（Lennart）将他的三角钢琴放在"论坛"，以换取我每天都能在钢琴上练习。我提到了我们在 1991 年秋天签署的协议。这是最后一封电子邮件。后来我再也没有收到让-克洛德和卡塔琳娜的回信。

最后，来了一家搬家公司清空了最后一间办公室。"论坛"再一次禁止入内了。我的三角钢琴已经搬到教堂。这事情让我很混乱。我经常在本应该去教堂的时候，莫名走到西格图纳大街。办公室被废弃了，招牌也被摘掉了。

---

① 此处单位是瑞典克朗，约 76 万到 90 万元人民币。

# 19

2017年12月6日,诺贝尔文学奖得主的传统新闻发布会举行,作家石黑一雄①被要求当着全世界媒体的面就让-克洛德·阿尔诺涉嫌性侵一事发表评论:他是否认为该奖项的权威性和完整性受到了影响?常务秘书长坐在石黑一雄的旁边。在整个诺贝尔奖周期间,萨拉·达尼乌斯将回答飞抵斯德哥尔摩的各国记者们提出的类似问题。

人们在评论诺贝尔奖庆典时,把萨拉·达尼乌斯的外表和她华丽的礼服归为瑞典文学院的罪过。当《文化新闻》(*Kulturnytt*)上的一名记者建议她"涂焦油粘羽毛"②出席今年的晚会时,我写了一篇简短的文章来表达我的不快。当《每日新闻报》上的一篇文章称常务秘书长执行清洁任务时需"着蓝色工作服和防护靴,而非丝绸和蝴蝶结"时,我感到很不舒服。当瑞典电视台的评论家们将今年礼服的哥特式美学评论为达尼乌斯本人"已置身于恐怖片中"时,我感到很不舒服。另一方面,斯图雷·阿伦和霍拉斯·恩达尔在诺贝尔奖颁奖典礼上的形象和他们选择的燕尾服,并没有被认为体现出他们的精神状态有什么特别,也没有被认为表达出他们对让-克洛德·阿尔诺性侵行为的任何感受。

在当年文学院的最后一次会议上,常务秘书长强烈批评了在她之前的几任秘书长。

她谈到斯图雷·阿伦在 1996 年收到的安娜-卡琳·比隆德的来信一事,说他选择将其搁置在一旁。

她指出,霍拉斯·恩达尔在其任职期间,决定由他的好友阿尔诺负责管理巴黎的公寓,并支付劳务费用。此外,他还决定为"论坛"提供独一无二的永久性资助。

萨拉·达尼乌斯谈到了机构内的利益冲突和友谊滋生的腐败问题,并指出改革是整个文学院的努力方向。目前的情况很艰难,但常务秘书长和其他几位成员认为瑞典文学院是团结的。

他们不知道,机构内的一些成员在私下联系外界,而且正在与卡塔琳娜·弗罗斯滕松进行对话。他们在电子邮件和短信中提出的批评意见主要是针对常务秘书长的——尽管表面上他们表达了和秘书长观点一致。他们提出的反对意见主要是反对弗罗斯滕松被排除在会议之外,也不允许她在 11 月 23 日的会议上与让-克洛德·阿尔诺一起为自己辩护;还有萨拉·达尼乌斯独立委托律师进行调查一事,调查是在次日才获得成员认可的,以及对她公开就文学院的罪责问题表明立场感到不满。

在瑞典文学院圣诞假期后的第一次会议之前,卡塔琳娜·弗罗斯滕松向所有成员发送了一封长长的电子邮件。她写道,大家似乎相信了关于她丈夫的荒谬说法,这让她觉得很可怕。她问他

---

① Kazuo Ishiguro(1954~ ),英国小说家和剧作家,出生于日本,5 岁时移居英国。2017 年诺贝尔文学奖得主,1989 年布克奖得主。代表作有《长日将尽》《远山淡影》等。
② 这是近代欧洲及其殖民地的一种公开羞辱对方的严厉刑罚。

们到底怎么了——她指责他们大唱圣歌,要把她和阿尔诺当成替罪羊。

她写道,她对瑞典文学院缺乏信心,部分原因是常务秘书长"自作主张"地下令让律师事务所进行调查——使其成员受到"审问式调查"。

她还写道,她没有向阿尔诺传达过任何有关瑞典文学院工作的信息。哪怕是暗示这种可能性也是一种侮辱,成员们都知道她很"正直"。

会议于2018年1月25日举行。萨拉·达尼乌斯需要提前离席,她离开后,霍拉斯·恩达尔要求发言。他要求立即取消正在进行的律师调查。他重复了弗罗斯滕松电子邮件中的言辞和内容,声称是达尼乌斯"自作主张"地下令进行调查。

对于没有联系过当事人且在批评圈之外的成员来说,令他们震惊的主要不是霍拉斯·恩达尔的讲话,而是他没有遭到激烈反对。相反,他似乎得到了几位成员的支持,尽管他们认为他的表述过于激烈,对调查的批评也太过分。支持者包括斯图雷·阿伦、克里斯蒂娜·隆、布·拉尔夫、马悦然;虽是新当选的成员,却对会议室里过去发生的讨论非常熟悉的耶娜·斯韦农松;接替彼得·恩隆德担任本届主席的安德斯·奥尔松;还有托马斯·里亚德,他曾想担任常务秘书长,但在2015年的投票中输给了达尼乌斯。

萨拉·斯特里斯贝里、彼得·恩隆德、谢尔·埃斯普马克、克拉斯·奥斯特格伦、佩尔·韦斯特贝里和耶斯佩尔·斯文布罗对恩达尔取消律师调查的要求提出了特别强烈的抗议。他们说,这样的决定不仅看起来像掩盖事实,而且就是在掩盖事实。在随后的讨论中,几位成员首次表示,如果接受霍拉斯·恩达尔的提议,他们将不得不离开文学院。

会议结束时,大家决定继续进行调查。

但这次会议预示着接下来将要发生的事情。萨拉·斯特里斯贝里将这些事件描述为整个文学院滑向悬崖的标志。突然间,一切都在以一种既无法理解也无法阻止的方式进行着。大多数对话似乎都发生在会议室之外。彼得·恩隆德也觉得,这种方式不是一个开放的过程。从一次会议到另一次会议,情况发生着剧烈的变化。

但是,也许没有人比谢尔·埃斯普马克更加动摇了。他是霍拉斯·恩达尔几十年的朋友。他仿佛不认识现在说话的这个极度愤怒的人。


1月25日的会议形成了两个阵营,而在下一次会议即2月1日前,另一派也开始私下互相联络,萨拉·达尼乌斯也参与其中。

例行会议的内容结束后,霍拉斯·恩达尔再次要求发言。这一次,他朗读了一篇长达数页的文章。他带着非常愤怒的情绪进行了发言。他批评达尼乌斯在罪责问题上表明了立场,而她唯一的收获是一些"低级的流言蜚语"。他指责她独断专行,还指责她宣读新闻稿时表现出的脆弱的样子。霍拉斯·恩达尔认为,瑞典文学院正卷入一场战争之中,而萨拉·达尼乌斯则让瑞典文学院"袒露了自己的喉咙"。

* * *

在那之后，我了解到瑞典文学院 11 月 23 日的新闻稿是如何被冠以阴谋论的名头的。

安德斯·奥尔松没有出席会议。但他后来告诉我，他与其他成员谈论过这次会议。

"我听说，在讨论时，新闻稿中没提到真正的论据。只有一些小事。所以我们都想知道这发言稿是基于什么写的。唯一涉及的'女儿'指的是克里斯蒂娜·隆的女儿，但这是在她当选前几年发生的，是发生在文学院之外的事情。"安德斯·奥尔松说。

一位成员的亲属说，常务秘书长主动"添加了关于妻子和女儿的内容"，引起了内部的"不和"。一位在学院圈子里混了几十年的人解释说，萨拉·达尼乌斯出现在媒体面前是一场"政变"：

"连彼得·恩隆德都一无所知。据我所知，他碰巧就在附近，所以他们同时走出了大门。是的，当他和其他人听到她当着媒体的面所说的话时，都惊呆了。"

在 11 月 23 日的会议上讲述了自己遭受性骚扰的经历的成员们，认为这种阴谋论令人不快。尤其是彼得·恩隆德和萨拉·斯特里斯贝里，他们当时也在场，并与萨拉·达尼乌斯一起撰写了新闻稿。

* * *

2 月 1 日，霍拉斯·恩达尔继续发表讲话，他说瑞典文学院应就文章发表后的行为向卡塔琳娜·弗罗斯滕松道歉。如果她声称自己是无辜的,在座各位必须相信她。此外,霍拉斯·恩达尔表示,瑞典文学院决不能谴责自己的成员。无论此人做了什么,瑞典文学院的使命是保护她。

但是,他的演讲引发了许多追问和小组内部的强烈反响,而且他的出发点不仅仅是无条件的团体和内心的忠诚。

他的推理将老《危机》圈子对艺术家的浪漫看法推向了极致。霍拉斯·恩达尔说,未来将由卡塔琳娜·弗罗斯滕松来定义我们的文学时代。

在冬季一系列的激烈讨论中,其他成员一次又一次地为弗罗斯滕松辩护,论证她作为诗人的伟大之处。

2018年9月,当我见到霍拉斯·恩达尔时,他问了自己一个问题:

"百年之后,当人们回顾我们的时代,会说什么?我深信,人们会谈论卡塔琳娜·弗罗斯滕松时代的文学院,就像今天谈论滕纳尔或耶耶尔时代[①]的瑞典文学院一样。她是一位杰出的诗人。这不难想象。未来,人们不会再像今天一样,因为同样的原因而在道德上感到愤怒,但最优秀的文学作品仍将保留其光环。可以肯定的是,如果我们将弗罗斯滕松排除在文学院之外,那这场审判太严厉了。这也是大多数人希望让她重返文学院的原因之一,此外,许多人还认为常务秘书长对她的处理有失公允。我向同事们强调,我们必须慎重考虑,我们面对的法庭是后人的世界。"

---

① Tegnér 和 Geijer 是 19 世纪瑞典文学院的成员,都是诗人。

采访结束后,我听了一下音频文件,这是一段长达 4 个小时的独白。我听到自己的声音在试图插入台词,可往往只说了个"但……",听起来好像我的身体无法承受打断对方的力量。我很少有这样的经历。

我对霍拉斯·恩达尔如此自然地答应与我见面感到惊讶。但当他告诉我他对我的评论的看法时,我感觉他是在解释。

恩达尔说,自 20 世纪 80 年代以来,卡塔琳娜·弗罗斯滕松一直是"诗歌女王":"我知道,有无数女作家愿意付出自己的右臂,成为她的友人,或者只为摸摸她的包。她很清楚,这是一场抹黑运动,一场诽谤她的运动。但整个事件终将受到调查。那些幕后黑手将会受到惩罚。"

当我反对说整个调查是我进行的时候,霍拉斯·恩达尔用不理解的眼光看着我:

"不,不,我不认为卡塔琳娜对你本人有什么恶意。她认为你是被欺骗了。很简单,你被一些女人利用了,她们早就想伤害让-克洛德,从而把卡塔琳娜从诗人的宝座上推翻下来。"

霍拉斯·恩达尔认为,《每日新闻报》和其文化版负责人是基于自身利益才发表了这些女性的材料:

"现在的情况是,那些在编辑部工作的人煽动起了一种伪观点,他们似要在影响力和声望方面与瑞典文学院竞争。他们想伤害我们。宣传是一场战争,我们犯了一个典型的错误:我们已经受大众欢迎挺久了,一直都过得相当好,而所有的经验都表明,这是很危险的。你会失去防守准备的能力。你看不到天空中的征兆。你没有注意到后方的嘀咕。当攻击来临时,我们毫无准备。"

不久之后，我们在作家斯蒂格·拉松最喜欢的餐厅"瑰色梦想"进行采访时，我从他那里听到了类似的理由。他住在小埃辛根岛上，紧邻《每日新闻报》编辑部。两地之间有一座小桥相连，有时我下班走在回家的路上，看到他在散步，就会觉得瑞典和首都是如此渺小。村子里的每个人都有自己熟悉的角色属性，作为公众人物，斯蒂格·拉松是一座行走的纪念碑，见证了上世纪80年代的颓废和对天才的崇拜。但他同时也是一个媒体现象，当时他曾对两性差异发表挑衅性言论。因此，当他解释他的朋友让-克洛德·阿尔诺的遭遇时，我一开始并没有听得很认真。他说男人会随着年龄的增长变得更有魅力，而女人则会失去价值：

"这让人嫉妒。因为很少有例外。但卡塔琳娜就是其中之一。即使年纪大了，她依然美丽动人，而且她还拥有巨大的力量。她是成千上万女作家的榜样。我们男人已经养成了某种竞争习惯。女性在应对这种事情方面没有那么拿手。当她们无法对付卡塔琳娜时，她们就会去对付让-克洛德。我不知道互联网是怎么运作的，但我可以想象，她们很快就开始沿着这根线来追击。然后，她们很容易就编了18个故事，寄给了报纸。"

还有人告诉我，霍拉斯·恩达尔和斯蒂格·拉松的理论来源于卡塔琳娜·弗罗斯滕松和让-克洛德·阿尔诺本人——自从我的文章发表，这对夫妇一直保持沉默——他们说这篇文章是由一些女权主义作家组织的。她们是在年轻一代中的一名最有名的女诗人的领导下，在网络上成立了这个组织。

听到这些说法，我感到很不真实。它们让我无言以对。

我是否应该为我自己的想法和亲手做的调查辩护？我是否应

该告诉大家那些经过重重怀疑好不容易出来作证的女性的情况？是否要说，根据我的调查，我分析她们中的大多数甚至互不相识？这不是承认了阴谋论的世界观吗？

在极端情况下，人们很难保持共同的对现实的认知。我怀疑，阴谋论恰好符合文化世界的战争叙事。20 世纪 80 年代，霍拉斯·恩达尔和斯蒂格·拉松与 20 世纪 70 年代的意识形态文学展开了斗争。他们制造了一场权力争夺战，据他们所说，一种新的美学的——也是政治导向的——体系已形成，并向旧意识形态发起攻击。我想，这样看来他们会那么说是有道理的，而另一种解释似乎是无法忍受的。

也就是说，投稿人是一名记者，对瑞典文学院及其立场构成威胁的，是有关性侵的具体案件，而这些证词所引起的反应则表明，一个更大的世界已经离开了他们，这些是他们决不愿承认的。

我正在考虑是否在我的新书中传达他们说的理论，但我在等待，因为我怀疑他们有些夸大。我很难相信卡塔琳娜·弗罗斯滕松也赞同这些理论。但 5 月 23 日，K 一书出版发行，弗罗斯滕松将自己写入了被极权社会流放的、青史留名的作家的行列。她本人——诗歌女王——被墨盖拉①、被想博得关注的"挑刺者"逼迫流亡。这些"挑刺者"自己想进入瑞典文学院，有"计划"、有"文学或政治目的"地破坏文学界的稳定、夺取权力。在 K 中，《每日新闻报》的形象便是如此，其目的也是为了将触角伸向瑞典文学院，"瓦解它，也许最终会获得支配它的权力"。

---

① 希腊神话复仇三女神中嫉妒的化身，面目狰狞而凶狠。也指凶恶的女人或爱吵架的泼妇。

# 20

调查报告于 2 月中旬定稿,出于保密原因,文学院成员必须在律师事务所阅读该报告。根据报告,阿尔诺散布有关未来诺奖文学奖得主的信息共计 7 次。据称,他还参与了新院士评选的过程。一些证词是匿名的,但并非全部。例如,萨拉·达尼乌斯描述说,她在 2013 年冬天接到过一通电话,电话中阿尔诺向她索要简历。他说正在讨论,她可能是潜在的未来院士。她很惊讶——但并没有把这个消息太当回事。不久之后,达尼乌斯收到了一条来自阿尔诺的短信。他在短信中说,她很快就会接到一个电话。她明白他指的是瑞典文学院。不久之后,彼得·恩隆德打电话给她,表示愿意为她提供文学院的席位。

克拉斯·奥斯特格伦也参与了调查,他说,1996 年秋天,早在他成为瑞典文学院院士之前,让-克洛德·阿尔诺就打电话告诉他维斯拉瓦·辛波斯卡[1]将获得诺贝尔奖。他说他们当时没有任何联系,这个电话完全是阿尔诺主动打来的。

卡塔琳娜·弗罗斯滕松涉嫌泄露信息,这违反了瑞典文学院的章程。作为"论坛"的半个所有者,她涉嫌将文学院的经费发放给自己的不端行为,调查怀疑该机构存在财务违规行为。律师事务所建议瑞典文学院向警方报案,举报"论坛"。

这次调查标志着许多成员都希望避免的情况发生了：讨论的主角不再是让-克洛德·阿尔诺，而是卡塔琳娜·弗罗斯滕松。

涉嫌违反职业道德和保密规定的行为会给她带来什么后果吗？这是否构成被文学院除名的理由？这算是违反了章程规定的"荣耀"二字，理应被除名，但自 1794 年以来从未发生过这种情况。

萨拉·达尼乌斯和其他一些人对此表示支持，并赞成按照建议将调查移交给经济犯罪管理局。他们认为，瑞典文学院无权凌驾于瑞典法律之上。

但文学院的部分成员对报告本身提出了质疑。他们认为报告在法律上是不确定的，因为许多证人的证词都是匿名的。此外还有一个有关友谊的问题，一些成员希望保护弗罗斯滕松女士——毕竟她的处境已经很艰难了。另一些人则认为，在某些情况下，提出反对意见更有人情味。

瑞典文学院至少一致同意，他们需要与弗罗斯滕松谈谈，因此她将出席 3 月 1 日和 8 日的会议。

当她出现在图书馆参加会前的非正式会议时，许多人眼神游离。

萨拉·斯特里斯贝里说她很高兴她能来。霍拉斯·恩达尔拥抱了她。她自己则冷淡地向几位成员打招呼，对萨拉·达尼乌斯视而不见。

---

① Wislawa Szymborska（1923~2012），波兰诗人、作家。1996 年诺贝尔文学奖得主。

根据律师的报告，一些成员准备了有关"论坛"财务等方面的问题。

他们首先认为应该是阿尔诺在负责这部分业务，因此他们率先发问：会不会是弗罗斯滕松夫人的丈夫负责财务？或者至少负主要责任？弗罗斯滕松对答如流，他们感到非常惊讶。一位成员表示，讽刺的是，她的有备而来反而适得其反：

"她看来不是那种只会在丈夫面前签字的远离世俗的女诗人。太遗憾了。我们中的许多人本希望如此。我们希望相信她是被操纵的，让-克洛德是始作俑者。这样一切就简单多了。"

佩尔·韦斯特贝里也很失望：

"如果她承认是自己的疏忽，她其实本可以通过讲道理的方式达成和解。"

但受到质疑的不止卡塔琳娜·弗罗斯滕松一人。她在发言中斥责成员没有站在让-克洛德·阿尔诺一边。她想知道他们都成了些什么人？在执行谁的主意？他们怎么会不知道自己已经踏入了《每日新闻报》设下的陷阱？

卡塔琳娜·弗罗斯滕松朗诵了滕纳尔的诗《1836年4月5日之歌》，这是对瑞典文学院早期的赞美，诗中提到"古斯塔夫的时代闪烁着梦幻般的、异国的、张扬的光芒"。她似乎认为这首诗所赞颂的是法国文化对瑞典的影响。阿尔诺所体现的张扬，是瑞典所憎恶并希望将其赶出社会的东西。弗罗斯滕松将阿尔诺描述为种族主义的受害者，称他为异乡人。她的发言很长，一些成员事后发现很难再复述其内容。他们认为这些论点难以理解，而且有时表述过于修辞化，以至于将资助金欺诈和可能违反保密规定等具体问题消解了。

* * *

当瑞典文学院就重要问题做出决定时，会采用投票的方式，成员们要在一个容器中投入白色或黑色弹珠。

3月22日星期四，6位成员投票赞成请走弗罗斯滕松。萨拉·达尼乌斯、彼得·恩隆德、谢尔·埃斯普马克、耶斯佩尔·斯文布罗、佩尔·韦斯特贝里和克拉斯·奥斯特格伦选择了黑色。8位成员反对，投了白票：耶娜·斯韦农松、克里斯蒂娜·隆、布·拉尔夫、安德斯·奥尔松、托马斯·里亚德、霍拉斯·恩达尔、马悦然和斯图雷·阿伦。萨拉·斯特里斯贝里弃权。

4月5日进行进一步投票，结果是卡塔琳娜·弗罗斯滕松不再被允许继续使用文学院在巴黎和柏林的公寓，但不会对她的成员资格施加其他限制。

最后，瑞典文学院是否应该按照律师的建议，将调查工作移交给经济犯罪管理局？

当这一建议也被否决后，萨拉·达尼乌斯感到之前向外界敞开的窗户被关上了，百叶窗也被拉上了。克拉斯·奥斯特格伦离开了会议厅。

我的同事们在证券交易所大楼外就位，《每日新闻报》的摄影师拍下了一张奥斯特格伦穿过老城的一条小巷，然后消失的照片，没有人知道这张照片会成为标志性的照片。

在等待律师调查的期间,证券交易所大楼周围已经沉寂了几个月。瑞典文学院内部以外的任何人都不知道里头正在发生的冲突。

过了一会儿,霍拉斯·恩达尔和安德斯·奥尔松一起走出了大门。他们也没有想到,在24小时之内,瑞典文学院将在媒体报道中占据新的头条位置。霍拉斯·恩达尔认为,这场伟大的冲突已经取得了胜利。也许这种信念源于他本人,毕竟他曾经多次威胁说,如果不按他的想法去做,他将选择退出瑞典文学院。也许他认为,离开瑞典文学院对其他人和他自己来说都是不可想象的。

* * *

4月6日星期五,阴。在上午11点钟声敲响前几分钟,《瑞典日报》发表了克拉斯·奥斯特格伦的声明:

"瑞典文学院长期以来一直存在着严重的问题,现在试图以一种模糊的手段,凌驾于其自身章程之上,解决这些问题,这意味着对其创始人和崇高的赞助人的背叛,尤其是对代表'天才与品位'的宗旨的背叛。因此,我决定不再参与其活动。'我要离席了,我退出游戏。'① "

半小时后,谢尔·埃斯普马克向《每日新闻报》发表声明:"正直是瑞典文学院的生命线。当瑞典文学院内的主要成员,将

---

① 最后这句原文为英文,引用了加拿大歌手、音乐人、小说家和诗人莱昂纳德·科恩(Leonard Cohen)的歌曲 Leaving the Table 的歌词。

友谊和其他无关紧要的考虑，置于对这种正直的责任之前时，我就不能再参与这项工作了。"

下午 2 点，彼得·恩隆德也辞去了瑞典文学院的职务。他在自己的博客上发表声明："文学院已经做出了一些我既不相信也无法为之辩护的决定，因此我决定不再参与瑞典文学院的工作。"

佩尔·韦斯特贝里对上述几位的主动离席感到失望。他认为，他和耶斯佩尔·斯文布罗都投了赞成请走的票，但现在只剩下他们几个孤军奋战了。

但没有人比霍拉斯·恩达尔的反应更强烈，在 2018 年 9 月接受我的采访时，他仍然怒气冲冲。

"一个文学院的成员不该因为没拿到多数票而退出，也不该因为一个对他们不利的决定而退出。做人不能这样！如果发生这种情况，你顶多就是不发言。我所说的情况也比你想象的要糟糕得多，因为里头的情况比表面要严重得多。坐在倒塌的文学院里的经历简直就是噩梦。就像人失去了信仰。"

同一天下午 3 点，我和艾玛约好进行一次采访，我们坐在《每日新闻报》的一间会议室里，一台没有声音的电视显示屏正在直播这场危机，而我们都不知道危机的全部背景。她告诉我，第一个院士离席的消息一出来，她心跳加速。

"在我工作的办公室中，没有其他人对这件事有什么大反应。当年克拉斯·奥斯特格伦接受文学院席位时，我感到非常失落。一旦瑞典文学院成为众人瞩目的焦点，我就会有一种被困住的感觉，然后突然有一种想表达的欲望。有时我觉得自己就像一颗定时炸弹。11月,当萨拉·达尼乌斯撑着伞走出来时,我还心存疑虑。我以为他们说了些外交辞令,让外界都闭嘴。当他们再次闭口不谈时,我以为他们成功了。现在,我感觉到有些事情正在发生变化,我上班都坐不住了。我不得不溜去健身房喘口气。自从真相被揭露以来,跑步对我来说是必不可少的。我以此来缓解一切浮出水面给我带来的恐慌和创伤后压力。不久之后,埃斯普马克离席的消息也传来了。我平时训练时总是播放自己的音乐。音乐必须调得很响亮。但现在我听P1电台,听各种有见识的人解释最近发生的一切,这很管用。"

# 21

4月6日傍晚,安娜-卡琳·比隆德的名字在我的手机屏幕上振动。她说,她现在想公开讲述自己的故事。这是一个经过演变的决定,是由三位院士的离席触动的。

"我不知道今天发生的事情意味着什么。只能说瑞典文学院做出了反应。"

一天后,我坐在安娜-卡琳·比隆德的对面,她家位于利德雪平郊外,可以俯瞰大片草地。客厅是一间工作室,摆满了针垫、绣线和布料。

她说,她写信的目的是要改变结构。

"我试图告诉资助者,是他们创造了让-克洛德伤害他人的条件。艺术界通常就像一个无法无天的无人区。工作没有保障。当我的作品在'论坛'展出时,我没有合同。但他有自己的王国。"

安娜-卡琳说,她之前不想发声也有个人原因。

"我写这封信是因为我听说了其他人的遭遇。但这一切发生在我身上时,我没有反抗。我知道,如果发生了争吵,就不会有后续的展览了。这是我自己的选择,这种负罪感让我难以忍受。我怎么能在事情发生后,第二次在'论坛'展出呢?我为自己的愚蠢感到羞愧。"

她说，最近几个月，她经常收听广播。

"我听到几位女性讲述她们的遭遇，她们的故事不是那么清楚。有时你无法为自己辩护。我一直认为，整个制度实质都是要让人责备自己并保持沉默。现在，当我发声时，我将用自己的真名。"

上世纪90年代中期，安娜-卡琳·比隆德是瑞典国立艺术设计学院的大明星。

她的一些同学回忆说："她既伟大又敏感。"

"她的作品占据了巨大的空间；她的编织装置作品占满了整个房间。她还是一名基督徒，这使她的作品更加令人震撼。"

安娜-卡琳告诉我，她在五旬节派的教会里长大，这赋予了她异乎寻常的自信和天真。

"我认为这来自我早期的生活经历，我觉得人是被爱的，生活是一条通往天堂的道路。教会还教会我坚持自己的信仰，而在别人看来，我的信仰很奇怪。"

比隆德甚至在毕业前就得到了关注。在一个电视节目中，她应邀以"基督就是本质"为主题创作。在这件作品中，她用数百张肉汤块的包裹纸的光亮内层制作了一幅巨大的祭坛画。作为项目的一部分，她向一家肉汤块公司寻求赞助，这在艺术界本身就是一件新鲜事。

毕业后，安娜-卡琳获得了艺术设计学院为期一年的发展资助，她亲自打电话给阿尔诺，要求在"论坛"举办作品展。

她曾去那里参加过一次开幕式，觉得那里非常适合她想建造的虚构房间。

"一位女性熟人提醒我注意这个地方的老板。但我没听进去。我完全专注于我的工作。"

安娜-卡琳·比隆德开始计划在"论坛"举办展览时，她已经研究亚麻长达两年之久。她研究了亚麻如何在不同文化的文学和神话中占有一席之地。利用这些知识，她希望创作出对真实和虚构的女性的赞颂——比如圣比尔吉塔①和安娜·卡列尼娜的嫂子多莉。她有9个月的时间准备。她身为一个单身母亲，每天都在西格图纳大街的地下室度过，晚上也是如此。在开展前的几周，阿尔诺建议她一起去他家共进晚餐，讨论这个项目。

"能在开幕前过一下所有细节，挺好的。对我来说，他也是一位老人，所以当他试图与我发生性关系时，我的脑子一片混乱。我没有推开他。我不能或不敢。我没法更好地解释这一点，只能说我有一种焦虑感，让我压抑了自己。当事情发生后，我觉得自己在他们的公寓里和画廊里都像某件脏东西一样。但我深深地投入到我的工作中，我知道我绝对不能接受所发生的一切的后果。我需要创作。"

1994年秋天，安娜-卡琳·比隆德完成了名为《我最亲爱的人》(*Min käraste*)的展览，这成了她的突破口。

从天花板上沙漏状的结构中延伸出来的亚麻线在地下室的地板上流动并形成图案。作家兼出版人奥洛夫·拉格克兰斯（Olof

---

① 被称为Bridget of Sweden（1303~1373），瑞典女诗人、宗教活动家。

Lagercrantz）撰写了策展导言，评论家们称赞她"关于女人和织物，关于身体的短暂性和织物的永恒性"的神圣冥想。这是一种不同寻常的戏剧性表演，唤起了肌肤本身。

安娜-卡琳·比隆德在"论坛"后来又举办了另一场展览。她认为，在阿尔诺家中发生的一切，都是她没有反抗导致的。她认为，如果现在再做点什么，又显得太奇怪了。此外"论坛"这个地点也符合她的艺术理念。

1996年秋天，安娜-卡琳·比隆德的第二次作品展开幕。地板上布满了上千个老鼠夹子和相应的猎物：手工编织的亚麻布片，它们被倒塌的夹子赋予了最终的形状。在地下室白色墙壁的衬托下，悬挂着一长排黑色的修女袍，评论家们将这次展览解读为一场性别之争。

那年深秋，安娜-卡琳·比隆德决定写一封信。她听说让-克洛德·阿尔诺也曾性侵犯过其他女性。

"'论坛'的一位助手还告诉我，他叫我'阴道艺术家'。这对我来说是越过我的底线了。在我的作品中，我一直专注于让女性的声音被大众听到。写这封信的感觉就像是为我的艺术创作挺身而出。"

安娜-卡琳·比隆德调查了"论坛"的资助者。她得知，对方是瑞典文学院和斯德哥尔摩郡议会。儿子睡着后，她坐到了打字机前。她强调，"论坛"作为一种理念是"丰富而有趣的"，但让-克洛德·阿尔诺滥用了他作为艺术总监的权力，"利用并贬低了来到他面前的女性，尤其是年轻女性。如果您对我的信有任何疑问，请与我联系"。

安娜-卡琳·比隆德在信里写上了自己的姓名、地址和电话号码，信件于第二天上午寄出。

她想自己再也不能在"论坛"周围的圈子里活动了。她当时想过，她的信会带来什么质的变化吗？

"我写信主要是因为在我的世界里，这个决定是正确的——我的余生都将生活在这个世界里。但我也认为，像时任瑞典文学院常务秘书长斯图雷·阿伦这样德高望重的人必须采取行动。我想这也是我从教会带来的想法。你一定要表达自己的观点，坚持自己的真理。"

安娜-卡琳·比隆德的信，20年来都石沉大海。她不知道，就在同一时间，其他人也在公开揭发阿尔诺。

1996年秋天，海伦·赫尔斯特伦（Helen Hellström）担任职业介绍所文化与媒体处的负责人，该介绍所的办公室设在斯德哥尔摩的塞格尔广场。她记得当时接到了一个电话，并由此促成了一次会面。

"有几名年轻女性坐在我的办公室里，告诉我她们在我们派她们去实习的文化中心'论坛'里遭到了性骚扰。她们说，上司对她们动手动脚，在酒吧吧台边强迫她们。而且在场的其他客人都没有反应。她们说，'论坛'就是这样。我很震惊，建议报警。但这不现实的。"海伦·赫尔斯特伦现已退休，她说："她们表示，在任何情况下，都不能公布她们的姓名。"

当天，她就决定暂停与"论坛"的合作。但在这一决定成为永久性决定之前，她试图与让-克洛德·阿尔诺取得联系，她想听听他的说法。他没有回应。几个月后，他才同意会面。随后，海伦要求当时的市政府文化负责人列席会议。要讨论的问题非常棘手，她认为应该有一位斯德哥尔摩市的代表出席。当文化负责人与阿尔诺一起来到会场时，她感到非常惊讶。

"他们走在走廊上，说起了一些常见的行话。阿尔诺说这是女孩们编造的。说我真笨，竟然相信了她们的故事。文化负责人也这么说。他说我相信她们的话太可笑了。我应该看得出，一个成年人，一个对瑞典文化生活如此重要的人，是不会和小女孩有关系的。但我没有改变主意。让-克洛德和文化负责人都很气愤。'论坛'失去免费劳动力了。他们是一起离开了会场的。"海伦·赫尔斯特伦说。

1997年春，《快报》得到消息，职业介绍所已经中断了与"论坛"的合作。记者尼克拉斯·斯文松（Niklas Svensson）说，他不记得消息从何而来。

"但有人给了我一些女性的名字，说可以和她们聊一聊。有人和我电话联系，有人和我约在城里。我记得，她们很害怕被曝光。但我印象最深的是卡塔琳娜·弗罗斯滕松在我联系她并找她丈夫时表现出的愤怒情绪，她说：'你怎么能说这种话？这些女人都是谁？'90年代末，我是《快报》的一名普通新闻记者。我发现要了解文化界的全貌非常困难。对我来说，这是一个令人难以置信的新闻故事，但我很快就会转向下一个故事。遗憾的是，这就是我当时的工作方式。"

尼克拉斯·斯文松也不记得他是如何读到比隆德的信的。安娜-卡琳从未在文章中接受过采访,她也没看到那篇文章。

直到 2017 年 12 月我联系她时,她才意识到还有其他人对阿尔诺提出了抗议。

2018 年冬天,我开始寻找那些不愿被《快报》披露姓名的实习生。海伦·赫尔斯特伦不记得他们的名字,职业介绍所也没有留下当时的文件。

就在我向文化界打听的时候,三个不同的人主动找过来,讲述了阿尔诺对这件事情的评价:他曾说,这整件事是一个"老"女人提供的线索,所以才有了这篇文章,是她"策划了这场阴谋"。最终,我得到了一条线索,知道了那个人的名字。

我决定叫她伊丽莎白(Elisabeth)。在我的调查中,她的两个朋友证实她参与了这篇文章的创作。但他们都无法说清楚,她在其中到底扮演了什么角色。他们只知道,伊丽莎白是在 1996 年秋天通过职业介绍所文化与媒体处来到"论坛"的。她当时 30 多岁,是一名作家。她也是一位致力于解决性暴力问题的女权主义者,认识她的人说,在 20 世纪 90 年代末,谈论这类问题几乎是没有热度的。

"不管伊丽莎白是不是揭露真相的关键人物,对让-克洛德·阿尔诺来说事件的真相就是如此。当谈到这个话题时,他告诉我们,她是这篇文章的幕后黑手,是她把年轻姑娘们拉进了针对他的阴谋中。"一名女士说道。

"他会说成,这是因为她年纪大了,对他不想和她上床感到不满,所以她想报复。"

伊丽莎白的朋友记得,她对媒体披露让-克洛德·阿尔诺的方式非常失望。她觉得还有很多东西值得报道。她觉得报纸放弃了这个问题。

后来伊丽莎白选择彻底离开"论坛"的圈子。但她的写作和女权主义事业仍在继续。2012年,伊丽莎白结束了自己的生命,因此也就无法讲述自己的故事了。她的一位朋友说,她希望伊丽莎白能够有机会经历#MeToo运动。

《快报》的文章首先在让-克洛德·阿尔诺的朋友中引起了轰动。洛夫·德尔温格还记得那篇《文化精英中的性恐怖》的大标题:

"让-克洛德的那张照片对他很不利。他站在法国南部的某个泳池边,看起来像个流氓。我们这些与'论坛'关系密切的人开始聊起来。当然,他有时会有点过于亲近,有点笨拙,有时他的行话也会失控。但辱骂?性骚扰?我们认为不太可能。所以,我们觉得这或许是小报媒体故意要让所谓的'文化精英'倒台。顺便问一下,什么精英?在体育界,真正擅长自己所做的事从来不被认为是势利的表现。我们首先想到的是必须拯救'论坛'。但没有必要。没有人深入调查这些证词。《每日新闻报》或是其他媒体都没出现。文学院则是耸耸肩,就这么没事了。指责声渐渐消退。很快,一切又恢复了正常。这就是那个时代的样子。"

一位经常出现在"论坛"上的男性学者不记得有任何关于这篇文章的讨论:

"我想我们大多数人,如果要我们诚实地回答自己当时在想什么，也只能说不太记得了。我们只是随波逐流。如果我努力回忆，我还记得我们说这应该是一场针对让-克洛德和'论坛'的仇杀。他们想打击一个他们认为过于花哨和高雅的组织。还有人认为，性骚扰的话题不属于公共领域，当然也不属于媒体。我想说的是，当我们回顾历史时，我们往往太天真了。我们会觉得其实当时有更大的自由度。但是，如果你想了解什么事是可行的，你就必须找到采取不同行为的人。他们能够提供一种对比。在这种情况下，有向职业介绍所举报的女性，有写信给瑞典文学院的艺术家。她们的做法表明，我们其实是有选择的，格格不入的行为其实是可行的。"

在《快报》的文章发表后，阿尔诺的朋友决定写一份请愿书，为阿尔诺和"论坛"辩护。霍拉斯·恩达尔成了收集签名的推动者。在"论坛"长期工作过的一名助手记得，阿尔诺在他的办公室里放着一份请愿书：

"他给我看过。名单上有文学院成员、艺术家和学者的签名。他为此感到非常自豪，尤其是著名的女权主义者都在上面签了名。但据我了解，这份名单从未被寄到任何地方。"

因为报纸上的这篇文章很快就被遗忘了。没有一家瑞典媒体撰写过后续报道。没有一家文化网站对这一消息发表评论。甚至连《快报》也没有。

相反，"论坛"之夜继续受到推崇。1997年5月，《瑞典日报》的评论家说，他找不到足够的词汇来描述以托马斯·特朗斯特罗姆为中心的这场晚会。但在他斜前方的椅子上，有"一个女孩,大约 18 岁,穿着浅色毛衣",当她听到诗人的比喻时,她"发自肺腑"地笑了。

1997 年 4 月,作家佩尔·韦斯特贝里同意成为瑞典文学院的新成员,1997 年 10 月,霍拉斯·恩达尔也同意了。

1997 年夏天,艾玛和几位同事在斯图雷霍夫餐厅碰面。

"让-克洛德强奸我已经快 5 年了。突然,他在人群中向我走来,兴奋地说:'你听说过《快报》上的那个强奸犯吗?他们说是我!'再见到他的感受很不舒服,当他的话落地时,我觉得:终于来了。我还没看到那篇文章,但我猜想它会引发后续的丑闻案件。我当即决定站出来发声。我要通过公开我的故事来证实这条新闻。但之后什么也没发生。跟我聊过的人都没听说过这个故事。"

艾玛也找不到那篇文章。当时还没有谷歌搜索软件,没有社交媒体。互联网兴起后,让-克洛德·阿尔诺的名字成了她的首要搜索对象之一,她隔段时间就搜这个名字,经常是在晚上。但她从未找到任何此类信息,甚至在匿名聊天室也没有。

随着时间的推移,她对他们最后一次见面的记忆越来越不愉快。

"就在我被性侵之后,他曾表示过担忧。他似乎意识到我有可能会去报案。所以他觉得自己处于危险之中。但当他在斯图雷霍夫餐厅向我走来时,他似乎很镇定,像是松了一口气。"

阿尔诺身边的人猜测,《快报》的报道产生了相反的效果。阿尔诺意识到,他好像可以做任何事但依旧逍遥法外,哪怕他可能被曝光。

他似乎变得更善于表现自己了。他可以大声谈论他想对文化名人的未成年女儿做什么,并且表现出了更明确的特质。

但最重要的是,阿尔诺的实际行为升级了。在酒馆里,他毫不掩饰地威胁他的熟人,嘴里不断重复同样的台词:

"你们不知道我和谁结婚了吗?"

"我会让你在这个城市被烧死。"

"你疯了。所有人都会知道你疯了。"

在某些聚会上,将手放在女人的胸部或抚摸她们的下体,成了他的行为方式的一部分。

在文化圈子中,这种行为被正常化了。一些曾经参加过阿尔诺在哥德堡书展期间举办的套房派对的人说,人们后来就不再谈论这些情况了。他们只是以一种本能和共同的方式处理这些情况。如果你和他接近的女人很熟,你就会谨慎地把她拉到自己旁边提醒她,以防止出现这种情况。如果你们不认识那个人,就会不约而同地移开目光,去别的圈子聊。

我采访了一位曾多次在"论坛"展出的艺术家,他说让-克洛德·阿尔诺与女孩相处的方式是"性格缺陷"所致:

"这是一种性格特征,你不得不面对。就好像他是个跛脚一样。"

2017年秋天,我意识到对阿尔诺的指控很严重。我认为他打破了具有两面性的经典坏人形象。这种经典坏人形象是在同一个人身上既有善良的公民特质,也有残暴的罪犯特质。他白天是一个人,晚上却换了一个人。

但阿尔诺在众目睽睽之下对女性动手动脚,并对她们的身体发表戏剧性的评论。也许正因为如此，他周围的人反倒不愿意怀疑他强奸。这种行为与他的外表太贴近了。每个人都知道他的绰号："毫不留情的让-克洛德""挠痒痒克洛德"和"养你克洛德"。许多人都劝自己的女儿和他保持距离。但至少他是一个不躲不藏的人。他把所有的牌都亮出来。

随着时间的推移，这一定会让旁人怀疑他猥亵等事情的想法变得越来越不可能。因为这意味着阿尔诺的所有暗示都是真的。而在这种情况下，30多年来，人们一直看着，却没有意识到问题的真相。

"看，姑娘们来了！"

当我和卡琳走进11月的开幕式现场时，我们意识到阿尔诺身旁的朋友听到他的评论后露出微笑。

但过了一年，当我再次回想起这段记忆时，我意识到其中似乎蕴含着一些别的含义。有些人可能为自己的伙伴感到羞愧，他们的笑容很尴尬，更像是个鬼脸。据我所知，让-克洛德·阿尔诺的对外形象因人而异。

对于年轻的、没有地位的人来说，他仿佛是一个权力核心。而在他的成功人士一类的朋友眼中，他则是一个脆弱而无害的人。对于霍拉斯·恩达尔来说，阿尔诺似乎一直都是自由和美好生活的象征。但也有很多人注意到他的偏执症在不断加重。他抱怨自己总是睡不着觉。当女人拒绝他时，他一蹶不振，亟需支持。他身边的一些人建议他接受心理治疗，但他不感兴趣。阿尔诺的一位朋友说，他之所以"越来越狂躁地出去滥交"，这种行为应该被解释为对焦虑和内心空虚的回应。他很难理解阿尔诺怎么可能是具有威胁性的人。他和其他朋友认为他对他人的攻击和摆布是一种心理补偿："这让我们觉得他很可怜。"

瑞典文学院内部也有类似的看法。几位成员说，让-克洛德·阿尔诺可能会以一个可笑和略带滑稽的形象出现在他们面前："这就是为什么大家想对他格外宽容一些。"

阿尔诺把手伸进了加布里埃拉·霍坎松的两腿之间时，她周围有几名目击者，她觉得他的行为到最后竟然只是成了一个笑话。

"大多数女性对微妙的性骚扰并不陌生。但如此公开和粗暴，导致这种行为被众人视为一场奇观。就像一场反复上演的闹剧。"

一位与阿尔诺关系密切的人说他经常自嘲：

"就好像他在扮演一出戏里的角色。如果有年轻女孩走进房间，他就会立刻夸张地恭维一番。好像每时每刻他都在努力做一些有趣或好玩的事情。但他周围的气氛变得相当尴尬。"

\* \* \*

安娜-卡琳·比隆德认为，在没有人回应的情况下作证会产生一种孤立感。

"尤其是当你的内心长期背负着一些别人察觉不到的东西时。"

她说这种沉默影响了她的生活。

"艺术设计学院事件后的几年里，我精力充沛。但我有点失去了本心。在内心深处,我知道自己想要什么:让大型机构和警方认识到,所发生的一切并不是我们的错。我和让-克洛德的经历影响了我的自信心。有人在我背后窃窃私语,我觉得我的首次展览因性利用而蒙上了污点。我的才华和技能被置于从属地位,这个问题一直伴随着我。当一切顺利时,我却很难感到快乐。"

我打电话给斯图雷·阿伦。

1999年的时候,他是瑞典文学院的常务秘书长,在《快报》的文章中,他向记者证实,他收到并阅读了安娜-卡琳·比隆德的信。但他拒绝发表评论。记者问,在性骚扰和性侵事件发生后,瑞典文学院是否还为让-克洛德·阿尔诺的活动支付过费用。斯图雷·阿伦说:"我没有理由回答这个问题。"

斯图雷·阿伦对我解释说,这封信曾被聊起过,但很快就被搁置了。

"我们认为信的内容并不重要。平时我们会收到大量的信件,如果你对信中的所有内容都一一作答,那你其他就什么也做不了了。我们对让-克洛德·阿尔诺充满信心。"斯图雷·阿伦说。

我追问道,1996年的时代精神和现在完全不同,但现在回想起来,他是如何看待当时的行为的呢?

"我再重申一遍,当时有很多信件。我想你无法理解在文学院的工作是什么情况,要和文学院联络的人和机构面很广。回信只是庞大工作中的一个小细节。"2018年4月11日星期三上午,斯图雷·阿伦说。

当天晚些时候,作家阿涅塔·普莱耶尔(Agneta Pleijel)被授予瑞典文学院北欧奖。在我的报道中为阿尔诺事件作证的作家埃利斯·卡尔松指出，在随后的交流会上，许多出席的人以前从未被邀请到证券交易所里。

"主要是女性和女权主义者，既有文学界的，也有学术界的。我感觉到达尼乌斯需要支持，我开始怀疑这个圈子是否值得征服，是否真的有可能在这样的环境中做些有意义的事情。现在回想起来，我会把这个夜晚看作一次对敌情的侦察。"她后来告诉我。

萨拉·达尼乌斯在最后一刻发出了几封邀请函。她知道自己能否胜任秘书长职位的问题已列入第二天的会议议程。安德斯·奥尔松主席在会议议程上增加了这个事项，她也同意了。

在颁奖仪式举行的前一天，奥尔松被召到皇宫与国王谈话。他后来告诉我，皇宫希望全面了解该机构的问题：

"国王之前只与萨拉·达尼乌斯谈过话。他所听到的关于具体情况的描述其实非常简单，也不充分，内容只涉及将卡塔琳娜·弗罗斯滕松除名的必要性——尽管大多数人都投票反对将她除名。没有人和皇宫汇报过任何有关领导层深层危机的情况。因此，我试图把情况说清楚。国王说，他知道我们有两个问题，我们应该同时解决这两个问题。"

与国王的谈话让奥尔松想到了应对瑞典文学院内部矛盾的方法。他联系了卡塔琳娜·弗罗斯滕松。

我参与了瑞典文学院北欧奖的颁奖和颁奖仪式的在线报道。我和许多人一样，能感觉到即将发生什么，所以我晚上没有睡着。在手机的蓝色光晕中，我看到了那些我已经习以为常的照片，上面显示着进出证券交易所的文学院成员。

前一年的11月初，一位熟人曾猜测我的调查可能会导致什么结果，说可能会有晚报记者出现在瑞典文学院每周四的会议场外，摄影师在老城区鬼鬼祟祟。我笑着回答。想象一下记者们在鹅卵石上跟踪花白头发的男人们，这情景真是一个笑话。2017年11月23日，我看到此类照片在现实中到处传播，今年春天，这样的照片热度未减。

老城小巷里的黑暗需要闪光灯，在照片中，年迈而明亮的院士们像是被探照灯捉到了。在一个视频片段中，克里斯蒂娜·隆被记者们团团围住，她像拿着香炉的天主教神父似的，一边掸了掸面前的香烟和烟雾，一边高呼："我吸烟的，你们跟着我，会死。"在另一张照片中，霍拉斯·恩达尔仰头大笑。这就像一场阴森恐怖的闹剧。

我把手机调到静音。

我没有接那些突然要求我接受采访的记者的电话，也没有回应那些希望我对自己推动这场调查并在瑞典最大晨报上发表长达数版的报道的后果发表评论的记者。最后，我通过短信告诉他们，这篇文章不言自明。我真诚地写道，我的职责不是发表意见。

但在那几周里，我的沉默也表现了对这一事件的焦虑，以及对自我矛盾的感知。

我的自我形象无法适应这种影响，现在回想起来，我认为这种反应与让-克洛德·阿尔诺有关。文化界不愿或不能确认这种隐形的权力，是他得以做出这些事的机制之一。

* * *

当我在 2018 年晚些时候采访安德斯·奥尔松时，他对阿尔诺被指控的罪行牵涉到瑞典文学院这件事，表示了既轻微又恼火的惊讶。他担任常务秘书长已经 6 个月了，他欢迎我去他位于证券交易所的办公室。他说，性侵事件与文学院无关。阿尔诺从来都不是文学院的成员，而且大部分事件都发生在其他场合——这种无知带给我的不舒服的感受，不亚于霍拉斯·恩达尔关于其权力斗争的言论。

在瑞典文学院的危机最严重的时候，恩达尔身着黑色大衣，戴着特意挑选的墨镜出席周四的会议。

他告诉我，扮演反派和局外人的角色让他有一种回乡的感觉，"像是对我一直以来的身份的确认"。他指出，战斗的局面让他感觉自己又年轻了。在 2016 年的一次电视采访中，我听到他说，他的人生成就要求是"赢"。我认为霍拉斯·恩达尔提出的对权力的定义，并不是要改变或捍卫世界上的任何事物。这让我想起了儿时的打斗。那些打斗和游戏，真正的目的只有打架本身，"赢"或"输"就是全部。

对萨拉·达尼乌斯来说，常务秘书长的角色既沉重又具有象征意义，她从不掩饰自己是文化界最有影响力的人这一事实。恰恰相反，她努力让人们看到这一点。

她坐在一个举足轻重的位置上——她想给瑞典文学院带来

变革。

当 18 位女性的证词发表后,她公开表示她相信这些证词。她认识到性骚扰和性侵问题的重要性。她知道,文学院的行动对于受害者能否举报或揭发对方的罪行至关重要。她迅速采取行动,坚持自己的路线,尽管最后她没有得到大多数成员的支持。

"文学院的所有重要决定都是共同做出的,"安德斯·奥尔松说,"秘书长的工作就是执行这些决定——无论其个人立场如何。达尼乌斯是我们的对外发言人。但她公开表达的观点并未获得整个组织的授意,而且也不是我们所相信的事实。这让我们无法忍受。她并没有在代表我们。"

在瑞典文学院北欧文学奖颁奖的前一天,霍拉斯·恩达尔在《快报》上发表了一篇评论文章,引起了广泛关注:"当你在思考文学院目前已成事实的分裂情况时,你唯一得出的结论是,自 1786 年以来,萨拉·达尼乌斯是所有秘书长中唯一一个成功做到这一点的人。"

霍拉斯·恩达尔解释说,他当时的愤怒也是针对离席者恩隆德、奥斯特格伦和埃斯普马克的。但他也说,对达尼乌斯措辞严厉点是必要的。

"否则,多数派很快就会被常务秘书长的花招套牢了。我是学院里唯一一个会说点不客气的话的人。其他人做不到这一点。但他们中的大多数人都支持我。在提交文章之前,我很犹豫。我搁置了几个小时。然后把文章读给安德斯·奥尔松听,他给了我鼓励。最后,我运用了我的军事头脑,它告诉我,我们处于自卫状态。我意识到我只有一枪——那就是关于萨拉·达尼乌斯是1786年以来最糟糕的秘书长的那句话。我觉得:现在我必须开枪,而且这一枪必须打中。"

## 22

4月12日星期四,即颁奖仪式的第二天,萨拉·斯特里斯贝里在例行会议上致辞:

"我想我们今天聚在这个封闭的房间里,是很艰难的。即便我们在其他事情上没法意见一致,但有件事我们大家都会同意:我们好像没法跨过这道坎。

"人类的天性就是无法应对困难的事情。但我相信,文学院是有人情味的。我对自己的工作负责。在这个春天,我慢慢地沉默了。我之所以沉默,是因为话题发生了如此令人震惊的转变。我开始思考自己的出路。它最终将自动为文学院带来一种开放和革新,并带来文学院继续生存所需的光明。

"佩尔·韦斯特贝里说得非常好,他说他和萨拉·达尼乌斯都希望帮助维护这个机构的美丽和尊严,因为不受外界影响这点在欧洲是非常罕见的。

"我还想说说这位常务秘书长。我认为她实际上是文学院的救星。11月是她,1月是她,现在也是她。她自始至终都站在公正公开的立场上。她表现出的勇敢和坚强令人印象深刻。看到你们当中有那么多人反对萨拉·达尼乌斯的工作和为人,我很震惊。很遗憾,但我必须这么说。我带着应有的敬意,尽可能温和地说出这句话。这里头涉及恩达尔在文学院内部的权力地位。当霍拉斯·恩达尔公开谈论暴行时,我想到的是霍拉斯·恩达尔对常务秘书长所展现出的暴行。在这方面,这么做的远非他一人,但关于抵制这位秘书长的工作,是他起的头,这点在今天说来也是没有争议的。我想到了他在这个房间里所拥有的巨大权力,以及要绕过这种权力有多么困难。至少对我来说是如此。

"本年度的第一次会议一开始,霍拉斯·恩达尔就对萨拉·达尼乌斯进行了猛烈抨击,将自己与文学院 11 月份的所有决定和讨论拉开了距离。他暗示,有关性暴力和性侵的指控是一场阴谋。他还说,文学院根本不会——引用他的原话——不会'他妈的'更新对这件事的回应。霍拉斯·恩达尔在会议桌上盯着萨拉·达尼乌斯,用玻璃杯猛敲桌子,这种微妙的暴力行为,我已经记录了下来。遗憾的是,我认为霍拉斯·恩达尔在公开场合对萨拉·达尼乌斯的正面攻击对文学院造成的伤害比其他任何事情都大。我很遗憾地告诉大家,我并不认为——也从未认为——这把椅子特别神圣或特别特殊。它和所有椅子一样。你只不过是坐在上面。你坐在上面工作。你要承担责任。但除此之外还有其他神圣的东西。瑞典法律是神圣的。以文学院的名义保护遭受性暴力和性侵的妇女是神圣的。法律是一个社会的最终边界,但所有其他人际关系通常都要遵守比法律更严格的规则。

"有人问我是否打算继续留在文学院工作,我保留对这个问题持开放性答案的权利。大家都知道,任何人都可以从这个机构辞职。"

萨拉·斯特里斯贝里一发表完讲话，事情就迅速发酵起来。

在会议召开之前，萨拉·达尼乌斯已经制定了一份她希望瑞典文学院推行的措施方案。她希望瑞典文学院收紧针对性骚扰的规定，设立吹哨人职能，并制订针对性骚扰的行动计划。她的建议被霍拉斯·恩达尔先生形容为"警察式的"，他说这些建议将是"瑞典文学院棺材上的最后一根钉子"。随后，他转向托马斯·里亚德，请他发表演讲。里亚德拿出一张纸，开始宣读对萨拉·达尼乌斯领导事务的书面指控。耶斯佩尔·斯文布罗、佩尔·韦斯特贝里和萨拉·斯特里斯贝里提出抗议，支持她的立场，并申辩说，她才是能够带领大家走出危机的人。

但多达7名成员支持里亚德的指控。安德斯·奥尔松解释说，他已经与卡塔琳娜·弗罗斯滕松取得了联系，如果萨拉·达尼乌斯辞去常务秘书长的职位，她准备暂时辞去职务。在场的一位成员将此称为"协调方案"。

安德斯·奥尔松强调说，国王也赞同他们对萨拉·达尼乌斯的看法。在会议召开后的第二天以及后来接受我的采访时，皇室都否认了这一说法，但这并不重要。对萨拉·达尼乌斯来说，瑞典文学院的最高赞助人支持成员们让她卸任的愿望，这成为一个决定性的论据。

她站起身来，感谢和成员们在一起度过的时光，然后离开了。

"在会议室里有一种感觉，外面的世界很遥远，时间静止不动。"萨拉·斯特里斯贝里后来告诉我，"一走进会议室，我就不得不努力与现实保持联系。当萨拉·达尼乌斯被迫卸任时，她离开了会议室，而我留在了这里。我想说，让常务秘书长卸任的决定会给瑞典文学院带来负面影响。我认为，让弗罗斯滕松与达尼乌斯对立的协议是不合理的。我喜欢很多成员，我想保护他们。瑞典文学院仍有机会拦住她，别让她辞职。我在向他们呼吁。当时萨拉·达尼乌斯正在办公室收拾东西。几分钟后，刚刚发生的一切将成为历史。时间也将在同一时刻进入瑞典文学院封闭的房间里。但成员们都很坚持。我无能为力了。我离开他们，跟在萨拉身后，不让她一个人走。"

萨拉·达尼乌斯的足音回响在楼梯间，她走下楼梯，于19:57踏出了大门。她又一次站在了一大群等待的记者和摄影师面前。她穿着一件带白色领带的白衬衣，告诉人们她卸任了常务秘书长的职位。

"这是文学院的意愿。"萨拉·达尼乌斯说，"因此，我还决定离开我的席位——瑞典文学院的第7号椅子。我的决定立即生效。"

许多为性侵案件作证的女性对萨拉·达尼乌斯的辞职做出了反应。

埃利斯·卡尔松认为常务秘书长成了替罪羊：

"在第一次会议上，成员们试图会对多年来所发生的一切感到内疚和羞愧。但当他们意识到接下来的工作是一件很困难的事情时，原本对达尼乌斯的感激就变成了愤怒。当我听说她不得不离开时，我感到很难过。我永远都会为此难过。"

莉迪娅说,当她看到新闻发布会的场景时,她觉得难以呼吸:

"达尼乌斯走下的楼梯和半年前一样。检察官刚刚通知我的律师,可能会提起公诉——那一刻我意识到走法律程序将是艰难的。我觉得瑞典文学院领头的成员已经把我们作证的事情变成了一场权力斗争。他们展示了自己的能力:这就是我们对待一个表示支持你的人的方式。我认为,在某些时刻,你只能依靠自己,而现在我也必须如此——以与她相同的方式。在这种情况下,我在她身上看到了另一种令我终生难忘的东西。她身上散发出的不屈不挠的精神和自豪感感染了我。"

萨拉·达尼乌斯站在记者们面前说,她本想继续工作,但生活中还有其他事情要做。

然后,萨拉·斯特里斯贝里从她身后的门里走了出来:

"来吧,我们走。"

这个画面也深深地印在了她们的共同意识中。萨拉·达尼乌斯和萨拉·斯特里斯贝里在明亮而寒冷的暮色中手挽手走过大广场。一名戴耳机的保安紧随其后。

达尼乌斯和斯特里斯贝里离开证券交易所大楼 30 分钟后,其他几位文学院成员也走了出来。安德斯·奥尔松宣布他将接任常务秘书长一职,卡塔琳娜·弗罗斯滕松将从瑞典文学院卸任她的工作。奥尔松将这一切描述为一种妥协,而霍拉斯·恩达尔后来告诉我,当晚他在《快报》上发的那颗子弹,打中了目标。

"没错,我确实命中了。如果不是萨拉·达尼乌斯被说服辞去秘书长一职,文学院就倒了。但现在我们似乎活了下来,尽管我们可能再也回不到原来的位置,在某些方面,我们必须重新开始了。在我看来,前进的道路只有一条。那就是重新训练自己,让自己变得更强大。提高警惕。这正是新的社会和媒体生态所需要的。"霍拉斯·恩达尔说。

在安德斯·奥尔松之后,马悦然也走了出来,面对众多麦克风,他说,他们现在拯救了瑞典文学院。

社交媒体上已经爆发了对这位前秘书长下台的愤怒和对她的支持。学者和作家们开始互相打电话和写邮件。4天后,一份请愿书被发表出来,200多名瑞典研究人员在请愿书中表达了他们对剩余成员的不信任:

"20多年来,运作文学院的力量选择无视性侵的指控。他们明确地无视那些说出自己遭遇的女性的证词,并培养了一种沉默文化,这种文化显示出裙带关系、偏见和友谊导致腐败的种种迹象。"

瑞典文学院首位女性常务秘书长被迫离职的消息在世界媒体上广为传播。很快,负责颁发诺贝尔奖的组织诺贝尔基金会采取了行动。

他们向几位瑞典文学院成员提议取消2018年诺贝尔文学奖。在下一周即4月19日的会议上,瑞典文学院的其余成员不得不讨论这一问题。

会议在一个秘密地点举行。原因是证券交易所大楼外的大广场上，正在举行支持萨拉·达尼乌斯的大型抗议示威活动。

5月4日，文学院决定2018年不颁发诺贝尔奖。自第二次世界大战以来，还从未发生过这样的事情。

夏初，诺贝尔基金会呼吁成立一个全新的诺贝尔奖委员会。瑞典文学院拒绝了这一想法。然而，当诺贝尔基金会探讨将颁奖任务交给其他机构的可能性时，最后终于达成了一个折中方案，即委员会的部分成员由外部专家组成，他们一起来挑选获奖者。

许多人认为，这才是瑞典文学院免于垮台的原因，尽管这意味着瑞典文学院失去了独特的、具有百年历史的独立性。

# 23

2018年春，报案逐一撤销。不是因为"证据不足"，就是因为诉讼时效已过。但在6月12日，阿尔诺被指控犯有两项强奸罪。检察官克里斯蒂娜·福格特（Christina Voigt）认为证据充分且有力。莉迪娅是原告，当我们在8月份见面时——也就是开庭前几周——阿尔诺的辩护律师正好要求她提供医疗记录和服用过的药物清单。她不想给他们。

"我担心这些信息会在互联网上传播，或者出现在报纸上。我之前把孩子们的事情都告诉了我的治疗师。关于雇主、朋友，关于一切。但如果我不给他们我的记录，也可能对我不利，他们会觉得我想隐瞒什么。"

我们在莉迪娅的家里见面，她在家工作已经有一段时间了。她觉得自己不能去自己正在攻读博士的大学了。学校已经启动了两项外部调查，其中一项调查后来得出结论，系里对莉迪娅报警一事采取的行为导致她被迫"暂时离开工作场所"。我们之所以在她的公寓里见面，也是因为她不敢跟我一起在外面露面。莉迪娅和我开着玩笑谈论偏执症，我们也认真地讨论如何抵制偏执症。记者已经开始打电话，阿尔诺的辩护律师也在积极寻找证人，而阴谋论也在流传。她自己在工作场所也听到了这些说法，因为她的工作场所有几位著名学者与瑞典文学院和让-克洛德·阿尔诺关系密切。

她担心自己感受到的对他人的怀疑永远不会消失。

"谁会愿意为我说话？那些想和我谈论私事的人，会不会在寻找一些日后可能对我不利的东西？我现在的感觉是，这种担心会一直在我脑海中挥之不去。我永远不会知道我报案之后，这件事在我的人际交往中、在我的工作中会有什么影响？不举报工作中或熟人圈中的某个人，往往是因为犯罪者是你认识的人的朋友。你最终会变成他们关注的焦点，他人会不断复述和评价你的私人经历。如果这个故事也被媒体报道，那么你就会被孤立。"

随着审判的开始，公众对18份证词的讨论开始集中在莉迪娅身上。她在地铁上听到乘客们也在谈论"那个女人"。

"但也有亲戚和熟人不知道我是原告。尽管审判是秘密进行的，但很多人都觉得自己知道实情，他们的依据是评论家对我的行为和为人发表评论的文章。我坐在发表这些言论的人对面，而他们实际上不知道那个主角就是我，这真是一种非常奇怪的体验。"

莉迪娅觉得，面对这些指控，她是孤独的。但其他几位女性却觉得这一切也与她们有关。艾玛说，她一到晚上就盯着电脑屏幕。

"我阅读每一篇关于我们的文章。还有文章下面的所有评论，这些评论都在谈论原告，也就是我，还有我们，说我们都是咎由自取。说我们如何从与让-克洛德·阿尔诺的会面中获益，说我们如何再次若无其事地去见'强奸犯'。我在阅读时有一种无言以对的感觉。如果我公开谈论，可能会被判诽谤罪。在#MeToo期间出现了那么多糟糕的文章之后，'匿名证人'已经没有任何价值了。"

克里斯蒂娜在《每日新闻报》封面上面朝远方站着，只露出头发，事后她对不从正面拍照的决定表示感谢。

"几乎每天翻开报纸，就会被提醒性侵这件事，这已经够难受了。然后在聚会上听到有人讨论这事。我坐在人群堆里，他们都在猜测我们的动机或我们为什么不作为。"

在争论最激烈的时候，我前往马赛调查让-克洛德·阿尔诺的个人史。一路上我会拍摄教堂和美景，拍摄著名的海港，拍下用桶盛着的肉汤，桶边上还挂着一只螃蟹。尽管此行目的明确，但我发现自己的精神状态仍停留在瑞典，我收到了一位与我联系密切的女士发来的短信。她不想出现在我开始动笔写的书里。她为真相大白感到自豪，但又不忍心再等下去。在出版之前，她一直在接受治疗，并开始给自己建立起一份新生活。她写道，一切被再次粉碎了。所以她希望她的故事到此结束。

她退出后，后续会有更多的人也选择退出吧。当我在马赛闲逛时，我对自己的计划产生了根本性的怀疑。其实我也精疲力竭，我意识到了一些迹象。比如我开始与现实脱节，这就是为什么我要用拍摄来把自己拉回现实。这样我才能在以后描述这座城市。

也是在这次旅行中，我得知萨拉·达尼乌斯又病倒了，而且病情严重。

诺贝尔文学奖消失之日　　243

我记得三周前,她曾用那个未知号码给我打过电话。她说她会接受我的采访,尽管在当时还不行。她提到了一种身体被掏空的感觉。我想到了她在瑞典文学院和公众场合所经历的一切。我说我能理解。在我出发前几天,她通过电子邮件建议我们在她家见面。但我旅行的计划都已安排妥当。我回复说,从法国回来后,我随时随地都能和她见面。

回国前,我在巴黎待了两天。2018年冬天以来,让-克洛德·阿尔诺的名字登载在黑色报纸的头条,传遍了他的祖国,但对于法国人来说,这个名字只是一个陌生人。

在瑞典,阿尔诺经常谎报自己的背景,初到斯德哥尔摩时,很多人对他的故事持批评态度。但在《危机》圈子里,他似乎从未受到过质疑,反而因为他对自己的童年和在巴黎的职业生涯编造出如此惊艳的故事而备受赞赏。为什么他们对了解他的身份来历不感兴趣呢?

在20世纪90年代中期,让-克洛德·阿尔诺和卡塔琳娜·弗罗斯滕松接受了一次电视采访。采访提到她的诗歌和他的照片相结合,出版了一部新书。他们相邻而坐,他穿着黑色针织毛衣,她穿着浅色毛衣。卡塔琳娜·弗罗斯滕松谈到了她为被遗弃的风景和被遗忘的人所吸引,将其化作诗的主题。他肯定地点了点头。最后,他补充说,唯一会比死亡更可怕的事情就是不被人记住,"不留下一个故事便消失了"。

一个人经常撒谎的原因可能是想成为众人瞩目的焦点,也可能是过分害怕孤独和被群体排斥。

但是,编造自己的现实并不一定会让人感到内疚或悔恨。相反,一个人的谎言可以被视为一种创造性的东西。就像一种艺术形态。如果你长期与这样的人生活在一起,你对谎言的接受程度就会增加。你会与这种谎言产生相互依赖的关系,甚至是共同创造。这种角色会很有吸引力,你可以享受置身于不断扩大的谎言世界中的乐趣。

《危机》圈子对阿尔诺的生平不感兴趣,或许这和他们对阿尔诺的印象有关,和他们希望他象征着什么有关。阿尔诺身边一些最有影响力的朋友会以庄重的口吻谈论他的脆弱,谈论他的生命力和魅力,这种生命力和魅力是如此不瑞典,以至于他永远无法融入其中。阿尔诺从未停止过"异乡人"的身份,虽然这个角色被抬高了,还带他走进了最好的艺术沙龙,但我不知道这是否也反映了似乎一直存在于他童年中的那种只有自己姓氏不同的疏离感?

最后一天晚上,我去了阿尔诺常去的位于玛莱区的餐厅。我试着与服务员交流他们对阿尔诺的印象。我知道,餐厅服务员的职业操守是绝不透露客人的任何信息,而他们都是很专业的服务业从业人员。不过,当我给他们看一些报纸上的照片时,他们都点头示意,并称他为"瑞典人"。

# 24

2018年9月19日星期三,市政厅的台阶上排起了长队,微弱的晨曦斑斑点点地洒在地面。让-克洛德·阿尔诺从一辆出租车上下来。被指控性犯罪并即将接受审判的并非只有他一人。这种审判形式在瑞典很经常。不同的是,法院外面人山人海,阿尔诺谨慎地向一名警卫示意,后者带他穿过排队的人群。我看着他通过,然后走到安检口。他的头发向后梳着。

经过法庭外的记者团时,他被麦克风和闪着光的黑色相机包围。半小时后,莉迪娅也经历了同样的事情,她本能地用头发遮住自己。

和许多人一样,我觉得阿尔诺会被无罪释放。从我十几岁开始——或者说从童年开始——我就觉得强奸案几乎不可能胜诉。在这次庭审之前,没有任何医疗证明记录被害人身体受到的伤害,没有留下任何犯罪现场调查的痕迹。

但我还记得,一年前我开始调查时,曾读到一些缺乏技术证据的强奸案。文字不足以定罪。但是一个可信的故事,再加上许多其他人给出的可信的故事,就可以满足证据的要求。

在莉迪娅的案件中,检方传唤了7名证人。证据材料还包括她的治疗师在第一起强奸案发生两周后写下的治疗日志。

审判闭门进行了三天。

当检察官克里斯蒂娜·福格特在听证会结束时向媒体通报已要求逮捕阿尔诺时,许多女性和我一样感到震惊。

当米拉看到阿尔诺戴着手铐的照片时,她的第一反应是抚摸他的头发,轻声说一切都会好起来的。

克里斯蒂娜说,看到这则新闻——以及后来的判决,她的第一反应是开始在谷歌上搜索克鲁努贝里监狱是什么样子:

"我看到的是一间牢房和一张乒乓球桌。我有些混乱,难以接受这一切。但一段时间后,我去斯德哥尔摩开会,我意识到会议地点在瓦萨斯坦,这是我近20年来一直避而远之的地方。但阿尔诺被关起来了。我不必冒着碰到他的风险了,我决定路过地下室。地下室的门是开着的,下面看着像是一个建筑工地。我突然觉得,这里的街道属于我。"

10月1日,我来到市政厅门口。当瑞典宣布判决时,首先会在一个老式的接待台宣读判决书。如果案件被媒体报道,门前的空间就会被记者和即将直播的电视摄像机占满。许多人或在地板上踱来踱去,或全神贯注地看着手机,房间里充斥着无所事事的感觉,因为消息可能现在就公布,也可能半小时后才公布。当判决结果公布时,记者们扑向接待处的大门,引起了一阵短暂的骚动。

在市政厅正门的远处,我看到了艾玛。她和丈夫站在一个不起眼的角落。克里斯蒂娜则和一位好友在家等待。

"如果他被判无罪,我想我不能一个人呆着。尽管原告是另一个女人，但我觉得这起案件也是我的案件，是我们所有人的案件，消息传来时，我觉得自己的冤屈得到了伸张。"

判决书被念了出来。斯德哥尔摩地方法院以一项强奸罪判处阿尔诺两年监禁。

\* \* \*

2018年11月14日，卡塔琳娜·弗罗斯滕松在比尔格·亚尔广场下了出租车，这里距离老城的证券交易所大楼只有几条鹅卵石街道。她丈夫的案件已上诉至高级法院。

她本人正在与瑞典文学院进行谈判。最后，她放弃自己的席位，以换取住在文学院名下瓦萨斯坦地区公寓的许可。此外，她还将获得每月约1.3万瑞典克朗①的终身津贴，以便继续维持自己的诗人事业。瑞典文学院——它不再被某种崇高的魔力所包裹——在过去半年里，实施了萨拉·达尼乌斯所代表的一些改革措施，并表示正在努力提高透明度。律师的调查已移交给经济犯罪管理局，文学院在正式同意克拉斯·奥斯特格伦、萨拉·斯特里斯贝里、耶娜·斯韦农松、谢斯廷·埃克曼、洛塔·洛塔斯退出之后，已开始遴选新成员。

卡塔琳娜·弗罗斯滕松身着蛇皮大衣，不回答问题。她没有任何眼神交流。她的目光似乎紧盯着午后细雨和记者们上方的某处。

---

① 约合人民币9 000元。

卡塔琳娜·弗罗斯滕松以及她所代表的80年代，一直强调艺术的自由以及作品与创作者的区别。在采访中，她有时会纠正那些暗示她在诗中谈论自己或自己童年的报道。

在上诉法院的听证会上，她和阿尔诺以及阿尔诺的辩护律师决定将莉迪娅写的小说作为对她不利的证据的一部分。他们选取出性爱场景，认为这种文字表明她将性等同于暴力。他们拿小说作品来审判。

在瑞典的法庭上，使用艺术作品当证据是极为罕见的——让被告的妻子来"证明其品格"也是很罕见的。

当卡塔琳娜·弗罗斯滕松——她过去经常谈及阿尔诺给人的疏离感——被问及她如何知道阿尔诺与其他女性相处时的表现，她回答说，她了解他。

"我了解他，他的样子，他的人，我也了解他周围的世界。"

同样的悖论在K中也存在。她写道，没有人是你所认为的那个人，阿尔诺是完全无辜的。

几十年来，卡塔琳娜·弗罗斯滕松以一种超越所有逻辑的方式所捍卫的东西到底是什么？

这对夫妇身边的人说，这一切都是关于爱。他们认为这是一种既高尚又幼稚的亲密关系——与她的写作密不可分。

霍拉斯·恩达尔指出，阿尔诺的角色类似于传统作家的妻子。卡塔琳娜·弗罗斯滕松能够放下生活中的实际事务，全身心地投入到诗歌创作中。

"但在守护她的创作之外，让-克洛德一直是她诗歌中的一股力量。是欲望的参照对象。一个温柔的刺客，一个体贴的杀手。

至少我是这么理解的。"

卡塔琳娜夫妇的另一位朋友也表达了类似的想法:

"卡塔琳娜在很多方面都是一个有节制、冷酷的人。我认为她需要这种巨大的力量来一次又一次地冲破她的外壳。"

当阿尔诺被形容为卡塔琳娜·弗罗斯滕松的缪斯时,他让人想起了那些"疯狂"或"脆弱"的女性形象,她们吸引着艺术家们前往沙尔科医生每周二在萨尔佩特里埃医院举办的讲座。他是更接近自然和欲望的人。面对这种动态,我对我们这个时代给男性癔症患者创造的自由感到震惊。

12月3日下午2点,高级法院还对阿尔诺的第二项强奸罪进行了宣判。刑期增至两年半。法院对7名证人的可信度进行了单独评估和综合评估。法院还接受了莉迪娅对拖延多年迟迟不报案的解释。在她工作的地方有这么多人认识阿尔诺,所以她害怕说出来的后果,害怕阿尔诺在文化界的影响力;她也害怕在第一次被性侵后所感受到的身体恐惧,其他证人和治疗师的日记证实了这一点。

瑞典文学院常务秘书长安德斯·奥尔松最初拒绝对判决发表评论,他对TT通讯社①说:"我们无话可说,因为这与文学院无关。"稍后,他以书面形式进行了澄清。他指出,性侵受害者的冤屈得到了伸张是件好事:"即使上诉法院判决所依据的罪行与我们的业务无任何关系,瑞典文学院也自然地与所有类型的性侵

---

① 瑞典最大的通讯社,创建于1921年。

保持距离。"但又过了三天,他接受了《文化新闻》的采访,转而谈到了"瑞典文学院在建立让-克洛德·阿尔诺的地位方面所扮演的角色":

"我认为瑞典文学院对整个事情有责任。我们也有责任处理好多年来'论坛'和让-克洛德·阿尔诺之间的关系。"

在高级法院听证会期间,阿尔诺乘坐囚车抵达比尔格·亚尔广场,并在狱警的护送下进入大楼。他看上去消瘦憔悴,腰间被拴着腰带,双手紧握,仿佛在祈祷。

阿尔诺的朋友们对审判中流传出来的他憔悴画面有不小的反应。他们通过讲述阿尔诺的极度脆弱和被社会排斥来解读这些画面。有两个人这么对我说:

"所有围绕#MeToo 的私刑暴民都需要一个受害者。让-克洛德显然是替罪羊。"

"你见过一个不是连环杀手的人被戴上手铐带进法庭听证会吗?他们这样做是为了满足大众的需求。"

但事实并非如此。在瑞典,腰带是押送被拘留者的标准做法。对阿尔诺的判决也并不突出。它并不代表司法系统在处理强奸案件上的特殊做法。

据权威专家称,法庭是根据长期以来形成的法律准则来权衡证据的。判决反映了统计数据。阿尔诺完全是作为一个普通人因强奸罪被判刑的。这让我想起,霍拉斯·恩达尔在接受我采访时曾表示,他相信阿尔诺是无辜的,因为指控与他在交往过程中对这个朋友产生的正面看法不符。

斯蒂格·拉松也表示他相信阿尔诺，因为那是他的"朋友"。只有在我提到桑娜时，他似乎有些犹豫，说话也不按稿子来了。我告诉他，桑娜也声称被阿尔诺强奸过。他沉默了几秒钟。他说我在撒谎。说我在开玩笑。不过，他又问了几次。

"你是认真的吗？"

"是的，我是认真的。"

"你是说她在1985年被让-克洛德强奸了？因为桑娜是个很好的人，也是我的朋友。那她为什么什么都不说？"

我手机里全是短信。在18位女性联合登上《每日新闻报》文化版封面的一年后，她们中的大多数人都不知道其他人是谁，还有几个人希望我转达对原告的问候。

10月12日星期六晚上，萨拉·达尼乌斯去世时，我的手机也收到了许许多多的短信。这些她素未谋面的、不知道名字或面孔的女性与我联系，询问在哪里可以转达她们的感激之情和想给她带去的信息。

\* \* \*

2019年冬，莉迪娅说，整个案件的审理过程让她付出了很大代价，她经常想到自己可能要改名换姓。但同时，判决也改变了她对强奸案的看法。

"我的证人一个接一个地走进法庭，被迫讲述自己的难言之隐。很难说他们都是行为举止非常正确的人。他们在案件中的角色其实也很错综复杂。了解让-克洛德的人会把他描绘成一个普通人。他们也没有把自己描绘得比过去变得更好。聆听这些证词本身就是一种救赎的过程——我意识到，在这个房间里，人们可以谈论并非非黑即白的事件。即便你的行为不完全符合道德，在法律上仍有可能区分出对错。"

洛夫·德尔温格晚上会梦见"论坛"的样子。

"一直是同样的梦，但略有不同：我打开门，可楼梯不见了。它已经被接管这里的建筑工人拆除了。我还是以某种神秘的方式进入了大房间。一切都完好无损。三角钢琴放在老地方。让-克洛德也在那里，从隔壁房间的墙缝里，我听到了派对的喧闹声。他们似乎玩得很开心。让-克洛德走过来对我说，一切都弄好了，'论坛'将照常进行。他热情洋溢，友善，令人愉快。我意识到，我的潜意识希望他一切顺利。有时候，我也会想念他。我想念他可爱的一面。是他的这些面让'论坛'的悠久历史得以延续。真奇怪。数十年来，他只是给点零花钱，请大家在瓦萨霍夫吃点东西，却设法将斯德哥尔摩的大部分文化精英聚集在一个屋檐下。要想从他身上抹去这一点是不可能的，而之后要重建'论坛'也是不可能的。我一直在想，让-克洛德很少遇到阻力。围在他身边的权威人士既有权力也有能力让他摔倒，但新的大门不断向他打开。可在某个地方，存在着一种微弱的、几乎是被扼杀的抵抗。在11月的一个普通日子里，他遇到了这种阻力。'论坛'的兴衰与让-克洛德息息相关，而他摔得很惨。"

米拉说，2017年秋季之后人们的反应帮助她治愈了创伤。

"文化界的曝光被一些人视为对艺术的威胁。他们说这会增加人们对文化的蔑视。但对我来说,情况恰恰相反。迄今为止所发生的一切,都产生了与他们的预期相反的效果。我意识到,有些文化环境值得保护,有些人愿意将自己的处境置于危险之中。不是每个人都是胆小的。我觉得,我将能够重新成为一个更积极、更有创造力的人。一个相信这个世界的人。"

2019 年 4 月,我再次来到"论坛"旧址。我开始写我的书了。我经过瓦萨公园,然后拐进西格图纳大街。地下室已经变成了一个照相馆——一个专门拍摄肖像的冲印工作室。当红色的门打开时,我几乎认不出里头的样子了。墙壁是闪闪发光的白色。除了地板依然粗糙、布满污渍和痕迹外,一切都已翻修一新。在楼梯底部,我左转进入展览室,2017 年 11 月,让-克洛德·阿尔诺手持酒杯,在几位男性朋友的簇拥下站在这里。然后,我穿过走廊,走向已不复存在的大型表演厅。它被改建成了暗室,需要通过一条黑色通道进入。在过去的 16 个月里,我接触过的一些人提到"论坛",说它是创作新作品的灵感之源;另一些人早就知道,这个地下室也是艺术逝去的地方。而我在红色暗室灯光下想到的是,他们中的许多人现在正在写作中。在化学池中,大幅照片被冲洗出来,面孔慢慢变得清晰可见。

# 致　谢

你们牺牲了自己，花费了无尽的时间和精力，才使这个故事得以面世。我通过你们的故事去思考，是你们造就了这本书。

亲爱的 Joachim Sundell，感谢你每天支持我，是我最重要的读者。

感谢家人，感谢你们的爱。

Åsa Beckman，感谢你自 2017 年 10 月 11 日以来无条件地支持我和这项调查，感谢你对手稿进行了至关重要的审读工作。

Antoine Jacob，感谢你对马赛和整个法国相关的历史部分的重要调查。

Max Jedeur-Palmgren，感谢你对"论坛"经济事务调查的帮助。

感谢 Jesper Huor、Anne-Francoise Hivert 和 Axel Gyldén 提供的资料和信息。

Matilda E Hanson、Kristina Lindh、Ludwig Schmitz 和 S，感谢你们对文本的敏锐见解。

Martin Kaunitz，感谢你的支持和鼓励，是你开启了整本书的写作计划。

Merit Hell 和 Mette Carlbom，感谢你们支持我继续开展调查工作。

Rolf Leijonmarck，感谢你提供了 20 世纪 70 年代的丰富知识；Victor Malm，感谢你向我介绍 70 年代的文学。

Gabriella Thinsz，感谢你提供翻译。

感谢 Björn Wiman、Hanna Fahl、Malin Ullgren、Greta Thurfjell 以及《每日新闻报》文化版的所有人，是你们让这本书能被大众看到。

Hugo Lindkvist，感谢你在 2017 年秋季撰写了强有力的后续报道，之后又继续关注故事中许多匪夷所思的转折点。

感谢自由职业者团体"贫苦之家"（Fattighuset）的 Annina Rabe 和 Carmilla Floyd，是你们给了我一个属于自己的工作室。

感谢我的译者们，感谢你们争分夺秒地工作。还有 Astri von Arbin Ahlander 和 Kaisa Palo，感谢你们把这本书推广到世界各地。

感谢阿尔伯特·邦尼出版社的 Sara Nyström 和 Ulrika Åkerlund 为手稿所做的宝贵工作，感谢你们——和我的外国出版商——一直相信并等待着我的这本书。

Matilda Voss Gustavsson
Klubben: En Undersökning
Copyright © Matilda Gustavsson 2019
Published by arrangement with Paloma Agency, through The Grayhawk Agency Ltd.

图字:09－2022－0497

图书在版编目(CIP)数据

诺贝尔文学奖消失之日 / (瑞典) 玛蒂尔达·福斯·古斯塔夫松著 ; 沈赟璐译. -- 上海 : 上海译文出版社, 2024. 8. -- (译文纪实). -- ISBN 978-7-5327-9564-2

Ⅰ. I532.55

中国国家版本馆 CIP 数据核字第 2024CW0399 号

诺贝尔文学奖消失之日
[瑞典]玛蒂尔达·福斯·古斯塔夫松/著　沈赟璐/译
责任编辑/常剑心　装帧设计/邵旻　观止堂_未氓

上海译文出版社有限公司出版、发行
网址:www.yiwen.com.cn
201101　上海市闵行区号景路 159 弄 B 座
上海市崇明县裕安印刷厂印刷

开本 890×1240　1/32　印张 8　插页 3　字数 139,000
2024 年 8 月第 1 版　2024 年 8 月第 1 次印刷
印数:0,001—6,000 册

ISBN 978-7-5327-9564-2/I·5991
定价:52.00 元

本书中文简体字专有出版权归本社独家所有,非经本社同意不得转载、摘编或复制
如有质量问题,请与承印厂质量科联系。T: 021-59404766